Un contrat inattendu

Liaison dans un chalet

STACEY KENNEDY

Un contrat inattendu

Traduction française de
ROSA BACHIR

PASSIONS

HARLEQUIN

Collection : PASSIONS

Titre original :
MOST ELIGIBLE COWBOY

HARPERCOLLINS FRANCE
83-85, boulevard Vincent-Auriol, 75646 PARIS CEDEX 13
Service Lectrices — Tél. : 01 45 82 47 47 - www.harlequin.fr
ISBN 978-2-2804-8813-6 — ISSN 1950-2761

Composé et édité par HarperCollins France.
Imprimé en octobre 2023 par CPI Black Print (Barcelone)
en utilisant 100% d'électricité renouvelable.
Dépôt légal : novembre 2023.

FSC www.fsc.org MIXTE Papier issu de sources responsables FSC® C159065

Pour limiter l'empreinte environnementale de ses livres, HarperCollins France s'engage à n'utiliser que du papier fabriqué à partir de bois provenant de forêts gérées durablement et de manière responsable.

1

— Bonsoir, beau brun.

Assis sur un tabouret de bar, Colter Ward gémit mentalement lorsqu'un parfum capiteux lui chatouilla les narines. Avant d'arriver au Black Horse, le bar de cow-boys légendaire de Devil's Bluffs, petite ville du Texas, il s'était dit qu'après une longue journée de travail dans son ranch, la poussière dans ses cheveux et la crasse sous ses ongles dissuaderaient n'importe quelle femme saine d'esprit de l'approcher ce soir.

Manifestement, il avait eu tort, songea-t-il, agacé. Il avala une gorgée de bière glacée pour détendre ses muscles noués. Le breuvage amer et rafraîchissant coula dans sa gorge tandis qu'il croisait le regard séducteur d'une femme qui, en d'autres circonstances, aurait éveillé son intérêt.

— Je ne suis pas intéressé, asséna-t-il.

Il se retourna vers l'écran de télévision mural pour continuer à regarder les temps forts du dernier championnat de rodéo sur taureau.

— Alors je vais vous laisser quelques minutes pour reconsidérer la question, répliqua la jeune femme avant de retourner à sa table, où son amie l'attendait.

Comme chaque vendredi soir, Colter était venu ici pour se détendre, et non pour se trouver une compagne d'un soir. Le bar était on ne peut plus rustique. Des tabourets de bois étaient alignés contre une barre repose-pieds en laiton. Des photos des chanteurs de country, des acteurs et des sportifs qui étaient passés à Devil's Bluffs au fil des ans recouvraient les lambris sur les murs. Sur les tables rondes, des bols de bretzels étaient posés, et des coques d'arachides jonchaient le sol.

— Les femmes te courent encore après ? demanda Riggs Evans, l'air amusé.

Riggs était le propriétaire du Black Horse, et l'ami de longue date de Colter.

Colter émit un petit rire.

— Elles sont pires qu'une vache qui essaie protéger son veau des vaccinations.

Et il avait une douzaine de cicatrices pour prouver qu'une vache pouvait être féroce lorsque l'on touchait à son petit.

Riggs rit de bon cœur et rejeta la tête en arrière, ce qui agita sa chevelure noire et bouclée.

— Jusqu'à récemment, tu ne t'étais jamais plaint de l'intérêt que te portent ces dames, fit-il remarquer.

— Ce ne sont pas des dames, ce sont des requins.

Un mois plus tôt, la vie de Colter était déjà un désastre à cause de son divorce, mais au moins, les femmes le laissaient tranquille. Tout avait changé depuis qu'un article était paru sur un célèbre blog de potins. Dans ce texte qui dressait la liste des cinquante plus beaux partis du pays – un par État –, Colter avait été désigné comme le célibataire le plus sexy du Texas. Tout cela parce qu'une photo de lui en train de sauver un veau avait fait sensation sur les réseaux sociaux. Depuis, des femmes le traquaient, intéressées par sa notoriété mais aussi par les millions de sa famille.

Toute cette attention lui tapait sur les nerfs. Et l'empêchait de bien faire son travail de P-DG du ranch familial.

Depuis six générations, les Ward élevaient du bétail et des chevaux de race Quarter Horse. Au fil du temps, beaucoup de femmes avaient rêvé d'entrer dans leur famille via un mariage, mais ces dernières semaines, la situation était devenue insupportable. Tous les jours, des inconnues suivaient Colter. Elles le harcelaient même dans ses rêves nocturnes.

Colter avalait une gorgée de bière quand une jeune femme passa commande à côté de lui.

— Je prendrai une bière pression, dit-elle d'une voix douce.

— Ça arrive tout de suite, répondit Riggs, affichant un sourire charmeur que Colter avait vu des centaines de fois.

Colter avait l'impression d'avoir déjà entendu la voix de la jeune femme. Mais il n'avait aucune envie de l'identifier.

— Colter Ward, c'est ça ?

Bon sang. Vingt minutes de tranquillité, était-ce trop demander ? Prêt à servir la même réplique que celle qu'il utilisait depuis des semaines, il se tourna vers la jeune femme à la voix douce – et se figea net.

De longues vagues de cheveux blonds encadraient le visage rond de l'inconnue. Des taches de rousseur parsemaient son petit nez. Ses lèvres pulpeuses étaient roses et tentantes. Elle portait un chemisier fin et une jupe longue qui flattaient sa silhouette. Son corps tout en courbes voluptueuses semblait fait pour les mains d'un homme. Bon sang... Il était prêt à parier qu'elle sentait bon la lavande et le soleil. Et il commençait à reconsidérer sa position sur les aventures d'un soir.

— Ou est-ce que je me trompe ? demanda-t-elle avec un sourire désarmant.

Mais ensuite, il s'avisa que cette femme – comme n'importe quelle femme – était l'ennemi.

— Écoutez, je suis sûr que vous êtes une femme formidable, mais je vais être très clair : je ne suis pas en quête d'une relation. Je suis divorcé depuis peu, et j'ai assez de bagages émotionnels pour remplir une écurie. Croyez-moi, j'ai peut-être des millions, mais ils ne suffiraient pas à compenser l'enfer que je vous ferais vivre.

Arquant un sourcil, elle se hissa sur le tabouret à côté de lui.

— Eh bien ! Après cette brillante présentation, je suis sûre de ne pas être candidate.

Elle lui tendit la main.

— Je suis Adeline Harlow.

Incapable d'oublier les bonnes manières que lui avaient inculquées ses parents, Colter serra sa main délicate.

— Colter Ward.

Elle se fendit d'un petit rire.

— Oui, je sais qui tu es. Tu ne te souviens pas de moi ?

Il la regarda de plus près.

— Je crains que non. Je devrais ?

— Il me semble, oui. J'ai été la baby-sitter de ton petit frère pendant tout un été.

Il chercha dans le brouillard de ses souvenirs, et retrouva le nom de la jeune femme. Un nom associé à une adolescente aux longues nattes, aux dents de travers et au visage poupin.

— Pas l'Adeline qui s'asseyait sur le canapé de mes parents pour noircir les pages de son journal intime ?

— Si, celle-là même, dit-elle en souriant.

Il avait du mal à en croire ses yeux. Il avait vu beaucoup de jolies femmes dans sa vie, mais Adeline avait quelque chose de spécial. Quelque chose de… *tentant*.

— Eh bien, je suis un peu désarçonné.

Son sourire se fit impertinent.

— J'imagine que c'est un exploit de désarçonner l'imperturbable Colter Ward.

— Crois-moi, Adeline, je suis loin d'être imperturbable.

— Alors, tu es humain finalement ? plaisanta-t-elle.

À l'époque du lycée, Colter faisait partie des gens populaires, contrairement à Adeline. Par conséquent, elle pensait sans doute qu'il avait tout pour lui. Elle se trompait.

— Qu'est-ce qui t'a fait croire que je n'étais pas humain ?

— Tu es le célibataire le plus sexy du Texas, après tout.

Maudit article.

— Je me souviens que tu avais déménagé, dit-il. Où vis-tu, déjà ?

— À New York.

Elle remercia Riggs qui venait de lui apporter sa bière.

Tandis qu'elle en buvait une gorgée, il demanda :

— On parle encore de moi à New York ? Cet article est sorti il y a des semaines.

Elle posa la chope sur un sous-verre.

— Que veux-tu ? Les gens adorent les cow-boys héroïques et sexy.

Il se réjouissait qu'elle le trouve sexy – sans doute plus qu'il ne le devrait.

— Tu es revenue t'installer ici ?

D'après ses souvenirs, Adeline et sa mère avaient déménagé peu après l'été durant lequel Adeline avait gardé Beau, le petit frère de Colter.

— Non, je suis juste en visite, dit-elle en souriant. Comment va ta famille ?

— Beau et ma mère vont très bien.

— Et ton père ?

— Il y a cinq ans, on lui a diagnostiqué la maladie de Parkinson. Elle progresse vite, malheureusement.

Colter ne se pardonnerait jamais de ne pas avoir été présent durant les premières années de la maladie. Il aurait dû être là pour aider son père quand celui-ci avait commencé à s'affaiblir. Au lieu de quoi, il s'était concentré sur son mariage en déclin. Dorénavant, Colter donnerait toujours la priorité à sa famille.

— Oh ! je suis navrée de l'apprendre.

Elle posa la main sur son bras dans un geste de réconfort.

— Merci.

La chaleur de ses doigts fins semblait faire fondre la glace dans ses veines.

— Mon père est en fauteuil roulant depuis quelques mois maintenant. Il vit dans une maison de retraite spécialisée, mais il revient souvent à la maison, accompagné d'une infirmière.

— Oh ! c'est difficile.

Elle retira lentement sa main et reprit sa chope de bière.

— Tes parents ont toujours été très amoureux, alors c'est bien qu'il puisse rentrer de temps en temps, commenta-t-elle.

Oui, ses parents étaient follement amoureux. Colter avait cru trouver le même genre d'amour avec son ex-femme. Mais depuis, il avait compris que tout le monde n'avait pas la chance de trouver son âme sœur.

Adeline posa sur lui son joli regard miel.

— J'ai vu que ta famille avait récemment fait un don pour la recherche sur la maladie de Parkinson.

Trois cent mille dollars. Le don le plus important que sa famille ait jamais versé.

— Nous tenons à tout faire pour que la recherche sur cette maladie cruelle progresse.

Elle lui offrit un doux sourire.

— Ta famille a toujours été très généreuse.

Il se surprit à plonger le regard dans le sien, saisi d'un étrange sentiment de nostalgie. Adeline connaissait le jeune homme qu'il avait été autrefois, avant son divorce. Elle ne le regardait pas comme sa famille le regardait – comme s'il était brisé.

— Donc, Adeline, si tu n'es pas revenue t'installer à Devil's Bluffs, pourquoi es-tu ici ?

— Pour te voir.

— Moi ?

Elle sembla hésiter un instant. Puis elle répondit :

— En fait, je suis journaliste. Je travaille pour le blog qui t'a désigné comme le célibataire le plus sexy du Texas.

Colter n'en croyait pas ses oreilles.

— C'est toi qui as écrit cet article sur moi ?

— Non. Mais ma rédactrice en chef veut que j'écrive une suite, car tu as beaucoup plu à nos lectrices.

— Je vois, lâcha-t-il.

Ne voulant rien avoir à faire avec quiconque lié au blog qui avait fait de sa vie un cirque, il vida son verre d'un trait.

— J'ai été content de te revoir, mais je ferais mieux de rentrer, marmonna-t-il.

— Attends, dit-elle, l'agrippant par le bras. Une seule interview, c'est tout ce que je te demande. Ensuite, tu pourras retourner à ta vie, et moi à la mienne.

— Cet article a fait de ma vie un enfer. Pourquoi est-ce que je te laisserais en écrire un autre sur moi ?

Elle afficha un grand sourire.

— Parce que je suis tout à fait charmante ?

Il sentit sa résolution se fissurer.

— Non.

— Parce que je suis une amie de la famille ?

— Non plus.

Son air taquin s'évanouit, laissant place à une expression farouche et déterminée qui éveilla son intérêt.

— La promotion dont je rêve depuis des années repose sur cette interview exclusive de toi, Colter. Rien, et je dis bien rien, ne m'empêchera d'obtenir cette interview et de décrocher cette promotion. Alors, soit tu dis oui maintenant et tu nous facilites les choses à tous les deux, soit nous passons les prochains jours à jouer un jeu auquel aucun de nous ne veut jouer. Mais, au bout du compte, tu m'accorderas cet entretien.

Entre eux, l'air se chargea d'une tension érotique presque palpable.

— Pourquoi penses-tu que tu gagnerais à ce jeu ?

— Parce que je ne perds jamais, affirma-t-elle.

— Vraiment ?

Il se pencha vers elle, inexorablement attiré. Voilà bien longtemps qu'il n'avait pas ressenti cela. Ces dernières semaines, de nombreuses inconnues avaient cherché à le séduire. Mais aucune n'avait retenu son attention.

Jusqu'à *elle*. Quel genre de pouvoir Adeline détenait-elle ?

— Oui, vraiment, répondit-elle. Je sais que tu as l'habitude d'obtenir ce que tu veux.

Puisque tu es un Ward. Elle n'avait pas prononcé ces mots, mais ils flottaient dans l'air.

— Mais je suis en lice pour une promotion, comme trois de mes collègues. Tout ce que j'ai à faire pour écraser la concurrence, c'est rédiger un article sur toi. J'ai *besoin* de cet entretien exclusif, et tu vas me le donner.

Colter rit, amusé par son culot.

Riggs s'éclaircit la voix pour attirer son attention.

— On m'a demandé de t'apporter ça, dit le barman.

Il posa une bière devant Colter. Sans quitter Adeline des yeux, Colter répondit :

— Renvoie-la.

Riggs s'exécuta.

Toutes les réponses que Colter cherchait, il venait de les trouver. Personne n'allait le laisser tranquille. Ni ces femmes. Ni Adeline. S'il voulait reprendre le contrôle de sa vie, il lui fallait agir. Et à présent, il savait quoi faire.

— Tu veux ta promotion ? Je veux que ces femmes me laissent tranquille. Reste en ville et fais semblant d'être ma petite amie jusqu'à ce que cette histoire se tasse, et je te donnerai l'interview que tu veux.

— Tu es sérieux ? s'exclama-t-elle.

— Très sérieux. Je veux récupérer ma vie d'avant, pour pouvoir me concentrer sur le ranch. Tu as besoin d'une promotion. C'est une situation gagnant-gagnant.

Elle rougit, et il trouva cela charmant.

— Je crois que tu me surestimes. Même si je faisais semblant d'être ta petite amie, les autres femmes ne s'en soucieraient pas.

— Je pense que tu te sous-estimes.

Il contempla ses lèvres entrouvertes, ses yeux brillants, puis approcha le visage du sien, s'attendant à ce qu'elle recule. Mais elle ne bougea pas d'un pouce.

— Crois-moi, Adeline, les autres femmes s'en soucieraient.

Il prit son visage en coupe et l'embrassa, tout en se disant que c'était une très mauvaise idée.

Et pourtant… *pourtant*… quand il goûta ses lèvres douces et sucrées, il fut submergé. Adeline avait le goût du passé, d'une époque plus facile et plus heureuse, de la passion incontrôlable. Alors qu'il avait cru tout à l'heure qu'elle sentait la lavande et le soleil, il fut agréablement surpris par son parfum sucré et épicé. Une onde de chaleur se propagea en lui tandis que sa barbe piquante attrapait des mèches de ses cheveux blonds. Il n'avait aucune intention de s'arrêter là. Mais lorsque Adeline gémit, il se souvint qu'ils n'étaient pas seuls. Lentement, il détacha les lèvres des siennes, et se réjouit de voir briller du désir dans ses yeux mi-clos.

— Et *ce baiser* est supposé dissuader les autres femmes de t'approcher ? murmura-t-elle d'un ton sceptique.

— Regarde par toi-même.

Il désigna d'un signe de tête la femme qui lui avait offert une bière. Elle se dirigeait vers la sortie, l'air contrarié, son amie sur ses talons.

— Tu vois ? fit-il. Je te l'avais bien dit.

Adeline regarda la porte se fermer derrière les deux clientes avant se retourner vers lui.

— D'accord. Pas de sentiments entre nous. Aucune intimité, sauf les baisers en public pour éloigner tes admiratrices. Et nous ne dirons la vérité qu'aux gens à qui nous faisons confiance, énonça-t-elle.

— Je peux respecter ces règles. Et toi ?

— Crois-moi, je ne m'attacherai pas.

La promotion qu'elle convoitait devait être vraiment importante pour qu'elle ait accepté une idée aussi folle. Mais il ne la questionnerait pas sur ses motivations ce soir.

— Marché conclu, alors ? demanda-t-il.

Elle l'attira vers elle et murmura :

— Oui, cow-boy, marché conclu. Tu as une petite amie. Et moi j'ai une interview exclusive.

En guise de conclusion, elle lui donna un baiser. Puis elle descendit de son tabouret et gagna la sortie.

— Je croyais que les femmes ne t'intéressaient pas, lança Riggs.

Colter regarda la porte se refermer derrière Adeline, en tâchant de comprendre ce qui venait de se passer. Il n'avait jamais rien fait d'aussi spontané dans sa vie. Mais agir normalement ne l'avait mené nulle part. Or, il tenait à retrouver son anonymat.

— Elles ne m'intéressent pas.

— Ah. Alors, cette fille-là n'est pas un requin ? demanda Riggs avec un petit sourire.

— Non. Elle est différente… totalement différente.

2

Le pot d'échappement d'un vieux pick-up pétarada au moment où Adeline arrivait sur Main Street et tâchait de contenir ses émotions. Ses talons aiguilles claquaient sur le trottoir fissuré.

Mais où avait-elle la tête ?

Autrefois, lorsqu'ils étaient au lycée, Colter était un garçon sûr de lui et populaire ; et elle, une fille timide et calme, qui se réfugiait dans ses journaux intimes. Colter avait aussi été l'objet de tous ses fantasmes d'adolescente.

Le jour où la photo de Colter avait atterri sur le bureau d'Adeline, elle avait compris pourquoi l'image avait eu un tel succès dans tout le pays. Colter était le genre de cow-boy à faire fantasmer la gent féminine. Sur la photo, il était torse nu. Son corps était tout en muscles et son visage, d'une beauté dévastatrice. Sa mâchoire ciselée, ses lèvres pleines, ses cheveux bruns ébouriffés et son regard bleu pénétrant séduisaient bien des femmes.

Y compris elle. Depuis qu'elle avait quinze ans.

Passant devant une boulangerie, Adeline huma une délicieuse odeur de pain au levain, ce qui atténua légèrement la tension en elle. Colter l'avait embrassée et, plus choquant encore, elle lui avait rendu son baiser. Elle pourrait mettre cela sur le compte d'une folie passagère, mais elle savait que son cœur d'adolescente débordait de joie.

Mais tout de même. *Où avait-elle eu la tête ?*

Sentant qu'elle était sur le point de faire une syncope, elle respira à pleins poumons et continua à marcher le long de la rue principale. Quand sa mère avait décidé d'aller vivre à New York, Adeline et elle avaient troqué un train de vie confortable contre un autre. Devil's Bluffs n'avait pas de Cinquième Avenue, mais la ville avait la Promenade, un quartier historique où se mêlaient des boutiques branchées, des galeries d'art, ainsi que des restaurants, des bars animés et des salons de beauté. Les piétons qui marchaient dans les rues portaient peut-être des bottes et des chapeaux de cow-boy, mais leurs jeans et leurs chemises étaient des vêtements de grands créateurs.

Voulant désespérément se ressaisir, elle s'arrêta dans un espace entre deux commerces et prit son téléphone pour passer un appel vidéo à sa meilleure amie, Nora Keller.

Dès qu'elle vit le visage de Nora apparaître sur l'écran, Adeline se sentit mieux. Jolie brune aux yeux noisette, Nora était une personne douce, joyeuse et chaleureuse.

Ne sachant par où commencer, Adeline déclara de but en blanc :

— J'ai embrassé Colter. Ou, pour être plus précise, il m'a embrassée et je lui ai rendu son baiser.

Nora poussa un cri strident et laissa tomber son téléphone. Quand elle l'eut ramassé et qu'elle réapparut sur l'écran d'Adeline, elle semblait sidérée.

— Quand ? Comment ? Pourquoi ?

— Je ne sais même pas ce qui m'est passé par la tête, avoua Adeline.

Nora cligna des yeux. Après un instant, elle afficha un sourire espiègle.

— Ce n'est pas de cette façon qu'on mène une interview, en temps normal, ironisa-t-elle.

Adeline ne put s'empêcher de rire. Elle adorait Nora depuis le premier jour. Elle l'avait rencontrée au lycée, lors de sa première rentrée à New York. Depuis que Nora était entrée dans sa vie, Adeline ne s'était jamais sentie seule.

— Non, embrasser les gens que j'interviewe ne fait pas partie du protocole, en effet. Mais c'est arrivé. Et c'était quelque chose.

Nora ferma les yeux un instant puis secoua la tête.

— Désolée, il me faut une minute pour m'en remettre.

— Oh ! tu trouves ça choquant ? fit Adeline. Je me demande bien pourquoi. Peut-être parce qu'il y a à peine une semaine, j'ai rompu mes fiançailles avec l'homme que je pensais être mon âme sœur, et qu'aujourd'hui, j'ai embrassé quelqu'un d'autre ?

Nora ricana.

— Oui, entre autres.

Adeline laissa échapper un long soupir.

— Je ne sais pas ce qui m'a pris, Nora. J'étais en train de discuter avec Colter. J'ai commencé par lui rappeler que j'avais été la baby-sitter de son petit frère, et puis, sans que je sache comment, je lui ai dit que je ferais tout pour obtenir cette interview. Il m'a rétorqué qu'il m'accorderait un entretien si je devenais sa fausse petite amie, afin d'éloigner toutes les femmes qui lui courent après. Puis il m'a embrassée pour prouver que m'avoir comme petite amie lui serait bénéfique.

— Eh bien, c'était le cas ?

— Comment ça ?

— Est-ce que c'était bénéfique pour lui ?

— Une femme qui le courtisait hier soir a quitté le bar après l'avoir vu m'embrasser, alors je dirais que oui.

Nora garda le silence durant plusieurs secondes.

— Bon sang, dis quelque chose, lui enjoignit Adeline.

— Je ne sais même pas quoi dire ! Ça te ressemble si peu que je n'en reviens toujours pas.

Après un instant, son amie ajouta :

— Colter est absolument splendide ; alors, ce baiser ne devait pas être désagréable.

— Non, au contraire, c'était...

Nora se pencha en avant, son visage emplissant tout l'écran.

— C'était *quoi* ?

— C'était absolument incroyable ! Je n'avais jamais reçu de baiser aussi époustouflant, pas même de Brock.

Brock, qui, jusqu'à la semaine dernière, était son grand amour, l'homme à qui elle avait donné cinq ans de sa vie, et qu'elle aurait dû épouser dans un mois. Et l'homme qui l'avait trompée avec sa secrétaire, Stephanie.

Quand la supérieure d'Adeline lui avait proposé d'aller interviewer Colter, elle avait sauté sur l'occasion, heureuse de quitter New York quelque temps. Brock lui avait envoyé des messages et lui avait téléphoné, d'abord toutes les heures, puis trois fois par jour. Mais elle n'avait jamais répondu. Elle était encore si bouleversée qu'elle ne savait même pas quoi lui dire.

— Honnêtement, c'est comme si je venais de vivre mon plus grand rêve d'adolescente. Je ne sais pas quoi penser.

Nora esquissa un sourire.

— Peut-être que tu ne devrais pas penser, justement. En plus d'être l'occasion de décrocher une promotion, ce séjour au Texas permet à ton cœur de cicatriser. Peut-être qu'il te permettra aussi d'avoir une liaison temporaire divertissante.

Des images de Colter en train de déposer des baisers sur son corps nu jaillirent dans son esprit. Elle frissonna, ayant l'impression de sentir les lèvres de Colter sur les siennes à nouveau.

— Je suis sûre que ma psychothérapeute me dirait qu'une liaison avec Colter serait une très mauvaise idée.

— Dans ce cas, c'est une horrible thérapeute et tu devrais cesser de la voir immédiatement, affirma Nora avec sérieux. Selon moi, des ébats incroyables avec un cow-boy sexy, dont tu étais secrètement amoureuse au lycée, c'est la meilleure manière de réparer ton cœur brisé.

Adeline rit. Nora avait toujours été la plus courageuse et la plus audacieuse de leur duo.

— Au fait pourquoi Colter a-t-il besoin d'une fausse petite amie ? demanda Nora.

L'aquarelle derrière son amie indiqua à Adeline qu'elle se trouvait chez elle. Nora était enquêtrice et travaillait en free-lance.

Adeline attendit qu'un piéton passe avant de répondre :

— J'imagine qu'il en a assez que des femmes cupides le suivent partout. Mais pour être honnête, je crois que ce n'est pas la seule raison.

— Ah oui, comment ça ?

— Il a divorcé il y a un an. Apparemment, c'était une rupture difficile. Peut-être qu'il veut qu'on le laisse tranquille. Quoi qu'il en soit, je vais continuer à creuser jusqu'à ce que j'obtienne des réponses.

Nora esquissa un sourire.

— Il voulait qu'on le laisse tranquille... jusqu'à ce qu'il t'embrasse, fit-elle valoir.

— Ce n'était pas un vrai baiser, rappela Adeline.

Mais si le baiser de Colter était factice, elle était curieuse de savoir à quoi ressemblerait un vrai baiser...

— Je me rends bien compte que cette histoire est folle, mais je veux cette interview. Je mérite cette promotion, bon sang.

Nora fit un bref signe de tête.

— Oui. Écris ton article et reviens ici, d'accord ?

— Rassure-toi, je serai de retour très vite.

— Bien, conclut Nora. Fais-moi part de tous les nouveaux développements concernant Colter. Surtout les choses sexy.

— S'il y a quelque chose de sexy à raconter, tu seras la première personne au courant, crois-moi. Je t'appelle plus tard, d'accord ?

— Entendu. À bientôt.

— À bientôt.

Se sentant beaucoup mieux, Adeline remit son téléphone dans son sac. Elle redressa les épaules et releva la tête, prête à affronter Devil's Bluffs. L'hôtel Dove Hill n'était qu'à deux rues de là. Elle y avait réservé une chambre pour deux semaines.

Alors qu'elle marchait d'un pas déterminé, elle s'arrêta soudain, le cœur battant. Un homme venait de sortir de la quincaillerie. Elle observa sa veste usée, son jean couvert de taches et son visage buriné. Ses cheveux bruns étaient cachés par son stetson beige. Il avait la tête baissée et les mains dans les poches. Il mesurait plus d'un mètre quatre-vingts, pourtant il lui parut petit.

Eric Lowe. *Son père.* Un parfait étranger.

Elle n'avait appris son nom qu'à l'âge de dix-sept ans. Nora l'avait aidée à trouver des informations en ligne. Elles avaient découvert le site web du garage qu'il possédait, et sur lequel figurait une photo de lui.

Adeline plaqua les bras contre sa poitrine, comme pour retenir la chaleur qui essayait de s'échapper d'elle. Elle s'était toujours dit que si un jour elle voyait son père, elle l'affronterait et exigerait de savoir pourquoi il avait refusé de la reconnaître.

Mais au lieu de l'affronter, elle se cacha derrière le buisson le plus proche et l'observa pendant qu'il montait dans son pick-up.

— Tu cherches des vers ?

Dès qu'elle entendit la voix grave et sensuelle de Colter, elle se releva brusquement. Elle soutint son regard amusé.

— Je suis tombée, mentit-elle.

— Si tu le dis.

Il l'observa de la tête aux pieds, son regard réchauffant des endroits de son corps qui n'auraient pas dû être réchauffés par un homme alors qu'elle venait de rompre ses fiançailles.

Mais Colter n'était pas n'importe quel homme. Il était celui qui avait conquis son cœur d'adolescente.

Enfin, il reporta son regard sur son visage.

— Tu n'as pas l'air blessée.

— Ça va.

Elle rougit tout en s'époussetant les genoux.

— Tu avais besoin de quelque chose ? demanda-t-elle.

Il lui tendit une carte.

— Je me suis rendu compte que je ne t'avais pas donné mon numéro de téléphone. Je me suis dit que tu séjournais à l'hôtel Dove Hill et j'étais en train de m'y rendre.

— Bien vu, répondit-elle en acceptant la carte. Merci. Je te contacte demain.

Il sourit et lui fit un clin d'œil.

— Il me tarde, New York.

Quand il pivota sur ses talons et s'éloigna, son cœur d'adolescente s'enflamma.

Le vent faisait danser les herbes hautes quand Colter avança jusqu'au panneau STOP. Des fleurs sauvages bordaient la route à deux voies qui traversait les terres des Ward. Les deux cent trente mille hectares de terres texanes de premier choix abritaient six lacs, dix mille têtes de Hereford et d'Angus, et des centaines de chevaux de race Quarter Horse. Le ranch, établi en 1854, était une machine bien huilée, et Colter était fier de diriger le domaine.

Il appuya sur l'accélérateur, et après dix minutes de trajet, il passa devant sa maison en pierre de style rustique. La demeure était bâtie sur une colline qui surplombait le plus grand lac des terres Ward. Colter continua de rouler, et après quelques minutes, il passa bientôt les grilles en fer forgé de la maison de son frère. À la gauche de la bâtisse se trouvait une écurie au toit noir.

Quand Colter gara son pick-up Ford 150 blanc près du Dodge Ram bleu de Beau, il vit que son frère était en train d'entraîner des chevaux dans le rond de longe. Austin, le fils de Beau, se tenait derrière la clôture. L'enfant âgé de six ans pouvait à peine voir au-dessus de la lice. Son stetson semblait trop grand par rapport à son corps fin, mais il refusait de porter un couvre-chef plus petit. Il avait un fort caractère, comme son père.

Entendant les pas de Colter, Austin jeta un regard par-dessus son épaule. Il ne ressemblait pas du tout à sa défunte mère, Annie, décédée d'un anévrisme cérébral quand Austin n'avait que quelques mois. Avec ses yeux bleus, ses cheveux bruns légèrement bouclés et son sourire malicieux, l'enfant était tout le portrait de son père.

— Oncle Colter ! s'exclama son neveu, sautant de la barrière pour courir vers lui.

Colter rattrapa Austin quand celui-ci se jeta dans ses bras.

— Tu passes une bonne journée, j'imagine ?

— Oui ! Papa m'a laissé monter Big Joe aujourd'hui.

— Big Joe ? Il est immense. Tu peux être fier.

Big Joe était le cheval le plus vieux, le plus paresseux et le plus lourd du ranch. Mais au moins, ce n'était pas un poney, et c'était tout ce qui comptait pour Austin.

— Je l'ai monté comme un champion, déclara Austin, s'échappant des bras de Colter pour retourner vers le rond de longe.

Colter regarda Beau faire claquer une corde contre sa jambe pour faire avancer une jument alezane. Quand il était revenu à Devil's Bluffs après son divorce, il avait repris la gestion du bétail. Beau, de son côté, s'occupait de l'élevage et du dressage des Quarter Horse. Il aimait les chevaux depuis sa plus tendre enfance. Et c'était le meilleur cavalier que Colter connaisse.

Colter avait toujours été fier de son frère cadet, mais jamais autant que lorsque ce dernier avait abandonné ses rêves de devenir champion de reining professionnel pour élever son fils après le décès d'Annie.

Beau confia la jument à Lee, un employé de longue date, avant de rejoindre Colter.

Pendant que le cow-boy emmenait le cheval vers l'écurie, Beau retira son chapeau, essuyant la sueur sur son front.

— Une bière, comme d'habitude ? demanda-t-il à Colter.

— Ça me va.

Beau s'adressa à son fils :

— Austin, va aider Lee à s'occuper de Citrouille.

— D'accord ! s'exclama Austin avant de rejoindre le cow-boy.

Colter haussa les sourcils.

— Citrouille ?

— C'est Austin qui a choisi son nom, expliqua Beau.

Colter et Beau marchèrent côte à côte vers la maison.

Quand ils arrivèrent sous la véranda, Colter prit place sur la chaise de cèdre la plus proche pendant que Beau allait chercher leurs boissons.

Il revint un moment plus tard avec trois canettes. La bière du vendredi soir était une tradition chez les Ward, pour marquer la fin d'une semaine de travail épuisante.

Beau s'assit à côté de Colter.

— Quoi de neuf, grand frère ?

— Tu ne vas jamais croire qui j'ai croisé au Black Horse ce soir.

— Une inconnue qui a cherché à te séduire, fit Beau en souriant.

Colter ricana et étendit les jambes devant lui.

— Très drôle. En fait, j'ai vu ton ancienne baby-sitter, Adeline Harlow.

— Adeline..., dit Beau. Ah, oui ! Des nattes. Une salopette. C'est bien cette Adeline-là ?

— Oui. Elle travaille pour le blog qui a publié l'article sur moi.

Beau émit un sifflement.

— Je parie que la conversation s'est bien passée !

— Ça s'est très mal passé. Jusqu'à ce que je comprenne que nous pouvions obtenir tous les deux ce que nous voulions. Moi, j'ai une fausse petite amie pour que les autres femmes me fichent la paix. Et Adeline décroche une interview de moi pour recevoir la promotion qu'elle convoite.

Beau haussa les sourcils.

— Tu veux bien m'expliquer tout ça en détail, étant donné que ce que tu viens de dire n'a aucun sens ?

Colter lui raconta toute l'histoire. Quand il eut fini, Beau demanda :

— Je devrais m'inquiéter pour toi ?

Colter rit.

— Pas que je sache. Pourquoi ?

— Tu es célibataire. Tu n'es pas encore mort. Pourquoi ne pas profiter de l'attention que ces femmes te portent au lieu de te trouver une fausse petite amie ? Ton idée est délirante, au fait.

Beau croisa les chevilles et ajouta :

— Pourquoi ne pas t'amuser un peu ? Tu le mérites.

Colter baissa la tête, tenaillé par un sentiment de culpabilité. S'il n'avait pas essayé de sauver son mariage, il serait revenu à Devil's Bluffs plus tôt pour aider son père à gérer le ranch. Et Grant serait peut-être en meilleure santé aujourd'hui.

— J'ai un ranch à diriger. Je n'ai pas le temps ni l'énergie pour une femme.

De plus, il avait déjà un mariage raté à son actif.

— C'est vraiment dommage, marmonna son frère. Tu dis qu'Adeline est devenue une jolie femme ?

— Elle est splendide. Mais tu sais comme moi qu'un joli minois peut cacher une grande laideur intérieure.

— Oui, hélas. Tu devrais peut-être parler à papa et à maman de cet arrangement, dit-il en désignant la route d'un signe de tête. Avant que la nouvelle ne fasse le tour de la ville.

Colter suivit du regard le van blanc adapté aux fauteuils roulants qui se dirigeait vers la maison. Quand le chauffeur s'arrêta près de la véranda, Colter réprima l'envie d'aller aider l'infirmière et lui à sortir son père du véhicule. Ils savaient gérer mieux que lui les hommes à fort caractère, et Grant Ward n'aimait pas être aidé.

Tandis que l'infirmière conduisait Grant jusqu'au perron, Colter et Beau se dirigèrent vers leur mère, qui venait de descendre du van. Beverly Ward était une belle femme, aux jolis yeux bleus et aux boucles argentées.

— Bonjour, maman, dit-il, l'embrassant sur la joue.

— Bonjour, les garçons.

Après que Beau l'eut embrassée à son tour, Beverly sortit de son sac une tasse et une paille.

Elle décapsula la canette que Beau venait de lui donner et versa la bière dans la tasse tandis qu'Austin courait vers elle. Elle confia la bière à Beau puis tendit les bras vers son petit-fils.

— Mamie ! s'exclama-t-il, se jetant dans ses bras.

— Bonjour, mon trésor. Je suis contente de te voir, moi aussi.

Elle déposa un baiser affectueux sur le sommet de sa tête.

— Si nous allions dans la maison pour regarder un film ? suggéra-t-elle. J'ai apporté des biscuits.

Elle suivit l'enfant qui courait vers la maison.

Colter et Beau restèrent avec Grant. Colter s'assit sur la première marche du perron et Beau sur la seconde. Quoi qu'il arrive, la bière du vendredi soir avec leur père était un rituel qu'ils respectaient toujours. Colter s'en réjouissait. Car, il le savait, ces petits moments finiraient par prendre fin.

D'une main tremblante, leur père prit sa tasse. L'infirmière alla rejoindre le chauffeur pour les laisser en famille.

— Comment vas-tu, papa ? demanda Colter.

— Ça va, répondit-il, réussissant à porter la paille à ses lèvres.

Colter réprima l'envie de l'aider.

— Donnez-moi des nouvelles du ranch, dit Grant.

— Pas grand-chose à raconter, répondit Beau. La semaine a été tranquille. Nous avons deux belles pouliches qui arrivent la semaine prochaine.

Leur père hocha la tête, posant lentement sa tasse sur la tablette de son fauteuil roulant. Son regard se porta sur Colter.

— Et toi, Colter ? interrogea-t-il.

Colter faillit parler à son père de son arrangement avec Adeline, mais se ravisa en voyant le regard obscurci de son père. Grant Ward avait un lourd fardeau à porter. Tout le reste était secondaire.

— Rien à signaler non plus, assura-t-il, récolant un regard étonné de Beau.

— Le bétail va bien, alors ? demanda son père.

Colter posa la main sur son épaule.

— Oui, papa. Le bétail va bien. Et je vais bien aussi.

3

Le lendemain matin, Adeline se leva de bonne heure. Elle fit de son mieux pour ne pas penser à Colter ou à son père, qui ne reconnaîtrait sans doute même pas sa fille s'il la croisait dans la rue. Au lieu de quoi, elle quitta l'hôtel pour rejoindre le *coffee shop* de la ville, où les grains de café étaient torréfiés sur place. On y trouvait aussi les meilleurs roulés à la cannelle qu'Adeline ait jamais goûtés.

Installée sur une banquette d'angle, elle passa la matinée et le début de l'après-midi à répondre à ses mails et à rechercher en ligne des informations sur Colter. Il s'avéra qu'il n'y en avait pas beaucoup. Colter avait reçu un prix de la ville de Seattle pour avoir effectué un atterrissage d'urgence et ainsi sauvé la vie du gouverneur de l'État de Washington. Adeline n'était pas surprise que Colter soit devenu pilote d'hélicoptère. Il prenait déjà des leçons de vol lorsqu'elle avait fait la connaissance de la famille Ward. En dehors de cette information, elle ne trouva pas grand-chose sur Internet. Il lui faudrait donc interviewer Colter directement pour en savoir plus sur lui.

Lorsqu'elle eut fini son déjeuner, une salade au poulet et au quinoa, elle décida d'envoyer un message à Colter.

Bonjour. C'est Adeline. Je peux t'interviewer aujourd'hui ?

La réponse de Colter arriva quelques minutes plus tard.

Dîner ce soir à 18 heures, au Longhorn Grill ?

Elle n'avait jamais entendu parler de ce restaurant. Elle supposait qu'il était nouveau. Elle répondit :

J'y serai. À ce soir !

Il me tarde, New York.

Le surnom que Colter lui avait manifestement donné fit tressauter son cœur.

Elle referma son ordinateur portable et retourna à l'hôtel pour travailler encore quelques heures. Puis elle se prépara pour son rendez-vous. Elle boucla ses cheveux, retoucha son maquillage, puis troqua ses vêtements confortables contre une robe fluide à volants et des sandales à talons aiguilles.

De retour en ville, elle se rendit compte que le restaurant était situé non loin des bureaux du journal de Devil's Bluffs. Parce qu'elle avait encore une heure à tuer, elle décida d'y faire un saut.

Le bâtiment du dix-neuvième siècle abritant le *Devil's Bluffs Chronicle* avait eu droit à une rénovation depuis la dernière visite d'Adeline, comme en témoignaient la peinture récente et les nouvelles fenêtres. Néanmoins, quand elle ouvrit la porte, elle trouva le grincement des gonds merveilleusement familier. Même l'odeur de poussière des lieux était la même. Waylon, le rédacteur en chef, était assis derrière son bureau, le visage plus ridé qu'autrefois, les cheveux entièrement gris à présent.

— Bonté divine, Adeline. C'est bien toi ?

Son regard bleu vif était exactement comme dans son souvenir – plein de gentillesse.

— Bonjour, Waylon, dit-elle, refermant la porte derrière elle. Je suis très contente de vous revoir.

Il se leva et avança vers Adeline pour la prendre dans ses bras. Elle l'étreignit chaleureusement avant de le relâcher. Waylon était la raison pour laquelle elle ne détestait pas tous les hommes.

— S'il te plaît, dis-moi que tu es revenue vivre ici.

— Désolée. Je ne suis là que pour quelques semaines.

— Pour ton travail ? Je lis tous tes articles, tu sais.

Cela ne l'étonnait guère. Waylon avait toujours soutenu son envie d'écrire. Lorsqu'elle était lycéenne, elle avait fait un stage au journal, et elle avait adoré chaque minute. Quitter Waylon avait été un déchirement, mais ils avaient continué à s'échanger des mails au fil des ans.

— Je suis ici pour interviewer Colter Ward, expliqua-t-elle.

Waylon se redressa, l'air intrigué. Adeline sourit. Waylon était aussi doué pour enquêter que pour écrire.

— Je me demandais si vous pouviez me parler un peu du parcours de Colter ces dernières années.

— Il n'y a pas grand-chose à dire, répondit Waylon, retournant s'asseoir à son bureau. Il a épousé son amour de jeunesse, Julia. Il est allé vivre à Seattle, et comme tous les gens originaires de Devil's Bluffs, il est revenu. Mais il n'était plus vraiment le même.

— C'est-à-dire ?

Waylon réfléchit un instant.

— Il était plus calme. Comme si la ville l'avait brisé. Mais si tu veux mon avis, Julia a quelque chose à voir là-dedans.

Adeline remarqua l'air pincé de Waylon.

— Vous n'aimez pas son ex-femme ? s'étonna-t-elle.

Son mentor aimait tout le monde.

— Ce n'est pas que je ne l'aimais pas, mais Colter et elle étaient différents... Selon moi, ils n'étaient pas faits l'un pour l'autre.

Il lui offrit un sourire chaleureux.

— Toi, en revanche, la vie citadine te réussit. Elle ne t'a pas brisée. Et elle t'a fait grandir. Tu es radieuse, Adeline.

— Merci, parvint-elle à répondre.

Elle ne se sentait pas radieuse. Depuis sa rupture avec Brock, elle se sentait anéantie, et perdue. Qui plus est, elle n'avait plus l'impression d'avoir sa place à New York, tout comme elle n'avait plus l'impression d'avoir sa place à Devil's Bluffs.

Elle chassa ces pensées pour en revenir à Colter.

— Vous ne savez rien de plus à son sujet ? Vous n'avez entendu aucun potin sur lui ?

Les petites villes avaient toujours leur lot de commères.

— Colter est quelqu'un de bien. Les deux fils Ward sont des hommes remarquables. Ils font beaucoup de choses pour la ville et s'occupent bien de leurs parents. Tu devrais le mentionner dans ton article.

Mentalement, Adeline prit des notes. Mais elle avait besoin d'informations supplémentaires pour décrocher sa promotion.

Elle devait aller au fond des choses, découvrir les points forts et les failles de Colter – ce qui ne le rendrait que plus attirant pour les lectrices du blog.

La montre de Waylon émit un bip.

— Ma journée est terminée, annonça-t-il.

Il se leva et éteignit son ordinateur. Quand Adeline et lui furent sortis, il ferma la porte à clé. Adeline avait toujours admiré le fait que Waylon ait trouvé un équilibre entre son travail et sa vie de famille. Il avait toujours pris du temps pour sa femme et leurs deux enfants. Manifestement, cela n'avait pas changé.

— C'était vraiment un plaisir de vous revoir, Waylon. Saluez Marjorie pour moi.

— Promis.

Adeline prit congé en lui promettant de revenir bientôt, puis prit la direction du restaurant dans lequel elle devait retrouver Colter.

Le Longhorn Grill n'était qu'à deux minutes de marche. Quand Adeline arriva devant le restaurant moderne et chic, une hôtesse vint rapidement l'accueillir et la mena à sa table.

Peu après, Colter entra et s'adressa à l'hôtesse. Adeline le contempla, sentant son cœur battre à coups redoublés.

Dans sa chemise noire et son jean bleu clair qui moulait ses cuisses puissantes, il était tout simplement renversant. Une vague de chaleur monta en elle quand il croisa son regard et esquissa un sourire. Colter débordait de testostérone et de charme.

Deux femmes l'avaient suivi jusque dans le restaurant, mais quand elles le virent se diriger vers Adeline, elles firent grise mine, avant de jeter leur dévolu sur deux cow-boys assis au bar.

Quand Colter eut rejoint Adeline et qu'il se pencha vers elle, elle sentit sa nervosité monter d'un cran. Il posa doucement les lèvres sur les siennes. C'était un baiser poli, destiné à être vu par les clients du restaurant. Ce qui n'empêcha pas Adeline de rester sur sa faim quand Colter recula.

Elle se redressa, tâchant de se comporter comme si Colter ne venait pas de mettre tous ses sens en émoi.

— Bonsoir, Colter, dit-elle calmement. Je vois que des femmes te suivent encore.

— Bonsoir.

Il s'assit face à elle, retira son chapeau et le posa sur une chaise.

— Mes admiratrices sont moins nombreuses, alors je dirais que notre arrangement fonctionne. Tu as passé une bonne journée ?

Lorsqu'il se passa la main dans les cheveux, elle remarqua son biceps saillant. Bon sang, ce qu'il était sexy…

— C'était plutôt calme. J'ai passé l'essentiel de mon temps à faire des recherches sur toi.

— Tu as trouvé quelque chose d'intéressant ?

— Pas vraiment.

— Bien. Je préfère de loin que tu prennes les informations à la source.

Moi aussi.

Une serveuse vint prendre leur commande et revint rapidement avec leurs boissons : une grande bière fraîche pour Colter et un verre de pinot gris pour Adeline.

— Bien, dit Adeline après avoir avalé une longue gorgée de vin. À propos de cette interview…

— Non, pas maintenant.

Elle fut déroutée.

— Pas maintenant ?

— Nous avons toute la soirée devant nous. Tu pourras m'interroger plus tard. D'abord, parle-moi de toi.

— Pourquoi ? s'étonna-t-elle.

— J'aimerais en savoir plus sur l'adolescente qui a quitté Devil's Bluffs – il promena un regard appréciateur sur elle – et sur la *femme* qui est revenue.

Elle avait très chaud, tout à coup.

— Ce n'est pas très intéressant, esquiva-t-elle. Je suis allée vivre à New York parce que ma mère a décidé qu'elle en avait assez de la vie dans une petite ville.

— Ton père n'a pas protesté quand vous êtes parties ?

Une boule d'émotion lui noua soudain la gorge. Elle prit une grande gorgée de vin pour la faire passer.

— Je n'ai jamais connu mon père, avoua-t-elle.

— Vraiment ?

— Oui. Après ma naissance, il a décidé de ne pas s'impliquer dans ma vie, et ma mère a respecté son choix.

— C'est une femme courageuse.

— Ma mère est la meilleure. Elle a comblé tous mes besoins, alors grandir sans père n'a pas été si difficile.

Du moins, c'était ce qu'elle continuerait de se dire jusqu'à ce qu'elle y croie.

— Je pense que ma mère ne m'a parlé de lui que parce que j'ai fini par la questionner.

— Tu n'as pas envie de le rencontrer ?

— Pas particulièrement, répondit-elle avec honnêteté.

Sentant manifestement qu'elle n'avait rien à ajouter, il changea de sujet.

— Tu aimes la vie citadine ?

— J'adore New York, dit-elle, jouant avec la tige de son verre et remarquant que ce geste captait l'attention de Colter. Je ne peux pas m'imaginer vivre ailleurs.

— Le bruit de la ville ne te gêne pas ?

— Au début, ça m'a gênée, répondit-elle avec un petit rire. Il m'a fallu beaucoup de temps pour me faire à la vie urbaine. Devil's Bluffs compte dix mille habitants, je crois ?

— Environ.

— Alors, oui, j'ai connu une période d'adaptation. Et maintenant, je me suis tellement habituée au bruit que c'est le calme qui me perturbe.

— Cela doit te faire drôle d'être de retour ici, dans ce cas.

Elle fixa le visage de celui qui avait été le héros de ses fantasmes d'adolescente.

— C'est une sacrée aventure, c'est sûr.

Il but un peu de bière avant de demander :

— Pourquoi cette promotion est-elle si importante pour toi ?

Les questions se rapprochaient du sujet qu'elle souhaitait éviter. Mais elle ne pouvait pas cacher la vérité. Étrangement, elle ne se sentait pas mal à l'aise à la perspective de confier des choses douloureuses à Colter.

— C'est important parce que mon travail est quasiment tout ce qui me reste.

Colter parut surpris.

— Il y a une semaine, poursuivit-elle, j'ai découvert que mon fiancé, avec lequel je vivais depuis cinq ans, me trompait avec sa secrétaire. Oui, ça m'a dévastée. Oui, je ne m'en suis pas encore remise. Et, oui, je ne sais pas du tout ce que je vais faire quand je rentrerai chez moi.

— C'est compréhensible, dit-il avec douceur.

— Tous mes rêves et tous mes projets se sont évanouis en une seconde. Maintenant, je n'ai plus que mon travail. Et plutôt que de m'apitoyer sur mon sort, j'ai décidé de me battre pour décrocher une promotion. Ainsi, quand je rentrerai chez moi, il y aura au moins une chose dont je pourrai me sentir fière.

Colter arborait maintenant un air neutre. Impossible de deviner ses pensées.

— Tu as un téléphone portable ? demanda-t-il brusquement.

— Oui. Pourquoi ?

— Prends-le et viens à côté de moi.

Elle hésita. Qu'avait-il en tête ?

— Pourquoi ? répéta-t-elle.

Il émit un petit rire.

— Fais ce que je te demande, tu veux bien ? Je ne vais pas te mordre.

Elle maudit la petite voix qui lui souffla cette réplique : *Même si je te le demande ?* Elle sortit son téléphone de son sac et alla s'asseoir à côté de Colter. La seconde suivante, elle se retrouva sur ses genoux. C'était agréable d'être sur lui. *Vraiment agréable... Beaucoup trop agréable...*

— Déverrouille ton téléphone, lui chuchota-t-il à l'oreille. Prends une photo de nous.

Elle eut un rire nerveux.

— Tu es sérieux ?

— Fais-moi plaisir.

Elle obtempéra.

Quand elle mit l'appareil-photo en mode selfie et plaça le téléphone devant eux, le regard brûlant de Colter l'hypnotisa. Mais c'étaient ses propres yeux – et le désir qui y brillait – qui l'étonnèrent le plus. Elle avait fait l'amour avec Brock. Il avait été son premier amant, et leur vie sexuelle avait été satisfaisante. Mais jamais elle n'avait connu un désir aussi torride et impérieux que celui que Colter suscitait en elle.

Il se passa la langue sur les lèvres avant de lui embrasser le lobe de l'oreille. Elle frissonna, fermant les yeux pour contenir la vague d'excitation qui montait en elle.

— Prends la photo, Adeline, murmura-t-il.

Elle parvint à rouvrir les yeux et fit ce qu'il lui demandait.

Il s'écarta en souriant.

— Bien, New York. Poste ça sur Instagram.

Rien de tout cela n'est réel. Elle se répéta ces mots en boucle tandis qu'elle retournait à sa place. Une fois assise, elle regarda le cliché. Elle ne se reconnaissait même pas. Ses pupilles étaient si dilatées que presque toute la couleur miel de ses iris avait disparu. Ses joues étaient rouges et ses lèvres étaient entrouvertes, comme si elles attendaient un baiser de Colter.

— Tu te rends compte de la pagaille que cela va créer pour moi ? demanda-t-elle.

Il afficha un sourire malicieux.

— Crois-moi, si quelque chose peut mettre en rage le mufle qui t'a fait du mal, c'est bien cette photo.

Au fond d'elle, Adeline voulait que Brock souffre. Beaucoup. Sans trop réfléchir, elle tapa une légende pour accompagner le cliché.

Rien ne vaut un dîner avec un cow-boy !

Et elle envoya la photo.

Elle reposa son téléphone sur la table.

— Ce doit être agréable de lui montrer ce qu'il manque, hein ?

— En effet, avoua-t-elle. Mais surtout, c'est agréable de sentir que j'ai assez de valeur pour qu'on me regrette.

Jusqu'à ce que les mots quittent ses lèvres, elle n'avait pas mesuré à quel point l'infidélité de Brock l'avait fragilisée. Elle avait eu le sentiment d'être une ratée. Mais elle n'avait pas l'impression d'être une ratée ce soir, avec Colter.

— S'il ne te regrette pas, alors c'est un idiot, affirma Colter en se penchant vers elle.

— La bavette d'aloyau ?

La voix de la serveuse brisa le charme que Colter avait tissé autour d'Adeline.

— C'est pour moi, répondit Colter d'une voix rauque.

En rougissant, Adeline tenta de se concentrer sur le risotto au potiron devant elle.

— Avez-vous besoin d'autre chose ? demanda la serveuse.

Colter se fendit d'un rire franc.

— Quelques verres d'eau fraîche, s'il vous plaît.

Adeline sourit et enchérit :

— Oui, *très* fraîche, s'il vous plaît.

Quand ils quittèrent le restaurant et marchèrent tranquillement dans la rue bien éclairée, Colter se sentait rassasié et satisfait. À la vérité, il ne s'était pas senti aussi bien depuis très longtemps. À tel point que quand Adeline lui prit la main, il ne tressaillit même pas. Lorsqu'il vit des femmes assises sur un banc, en train de le dévorer des yeux, il comprit pourquoi elle avait fait ce geste. Toutefois, il commençait à apprécier Adeline pour elle-même, indépendamment de l'accord qu'ils avaient conclu. Elle s'était confiée facilement sur sa vie, sans occulter les moments douloureux. Il n'avait pas cette capacité. Et pourtant, il avait envie qu'Adeline le connaisse.

C'était une jeune femme drôle, belle et fascinante. Elle n'avait plus grand-chose à voir avec l'adolescente gauche et timide d'autrefois. Il lui lança un regard, en se demandant si ce n'étaient pas les circonstances qui la rendaient plus attirante. Elle allait partir dans deux semaines. Elle venait de rompre ses fiançailles. S'il voulait vivre une aventure sans lendemain avec quelqu'un, Adeline serait la partenaire idéale. Et à la façon dont elle l'avait regardé ce soir, il était prêt à parier que son attirance pour elle était réciproque.

Elle émit un petit rire qui brisa le fil de ses pensées.

— Je n'ai jamais reçu autant de regards féminins malveillants de toute ma vie, dit-elle.

— Je trouve ça difficile à croire.

— Pourquoi ?

Il prit son temps pour contempler son visage et ne se priva pas de jeter un coup d'œil sur son généreux décolleté.

— Tu es superbe, Adeline. Les femmes t'envient ta beauté.

Elle rougit et regarda droit devant elle.

— Je n'étais pas... Je n'ai pas toujours été comme ça, comme tu le sais. Et pour être franche, sans l'aide de ma meilleure amie Nora, je porterais encore des salopettes.

Une image d'elle, nue sous une salopette, jaillit dans son esprit.

— Je n'ai rien contre les salopettes, dit-il. Elles peuvent être sexy quand elles sont bien portées.

Adeline lâcha sa main pour lui donner un coup de coude.

— Nora t'étriperait si elle t'entendait dire ça. Elle est fière de m'avoir aidée à trouver mon style.

— C'est une bonne amie ?

— C'est ma meilleure amie. Ma vie est plus belle parce qu'elle en fait partie.

Devant eux, un berger allemand accompagné de son propriétaire se mit à aboyer sur un border collie se trouvant de l'autre côté de la rue. Adeline attendit que les chiens se calment avant de reprendre la parole :

— Bien. Assez parlé de moi. Tu m'as promis une interview, je te rappelle.

— C'est vrai.

Ils empruntèrent un chemin pavé menant au parc de la ville.

— Vas-y, pose-moi des questions.

— D'après ce que j'ai appris, tu as vécu à Seattle pendant quelque temps. Tu confirmes ?

Il hocha la tête, glissant les mains dans les poches de son jean.

— Julia et moi sommes allés vivre là-bas après notre mariage. Tu connais Julia ?

Adeline se pointa du doigt et sourit.

— Couettes et salopette, tu te souviens ? Nous n'évoluions pas vraiment dans les mêmes cercles.

— C'est juste. Tu ne la reconnaîtrais sans doute pas, de toute façon. Elle a beaucoup changé.

Adeline l'interrogea du regard. Il se rendit compte qu'il en avait trop dit, mais tant pis. Il n'avait pas envie de cacher des choses à Adeline.

— Tu ne mentionneras pas ce que je vais te dire dans ton article ?

— Tu as ma parole, assura-t-elle.

Il attendit qu'ils dépassent un couple en train de pique-niquer puis reprit :

— Après notre mariage, Julia a été engagée par une grande société d'événementiel à Seattle. Je venais de décrocher ma licence de pilote.

— J'ai vu le prix que tu as obtenu.

Il sourit, se souvenant de la fierté qu'il avait éprouvée le jour où il avait reçu cette récompense.

— J'aimais mon travail. Je transportais surtout des politiciens et des célébrités.

— Impressionnant. Tu étais heureux à Seattle ?

— Non. Je détestais la vie urbaine, mais nous n'avions pas prévu de rester là-bas pour toujours. Julia comptait acquérir quelques années d'expérience, ensuite, nous étions supposés revenir à Devil's Bluffs.

— Et toi, qu'avais-tu prévu ?

— Continuer à voler pour une société privée, ici au Texas, ou effectuer des vols sanitaires.

— Tu n'avais pas envie de fonder ta propre société ?

— Je voulais voler, pas diriger une entreprise.

— Je comprends. Qu'est-ce qui a changé ?

— Julia a changé, avoua-t-il, ses bottes résonnant sur les pavés du chemin. La fille de la campagne dont j'étais tombé amoureux avait disparu, remplacée par une femme qui évoluait dans la haute société et menait une vie de luxe. Nous n'avions plus rien en commun.

Adeline hocha la tête d'un air compréhensif.

— C'est pour cela que vous n'êtes plus ensemble ?

— En partie.

Il désigna un banc sous un grand arbre, sur lequel ils prirent place.

— C'est l'accumulation de plusieurs choses qui nous a menés au divorce.

— Tu veux bien m'en dire plus ?

Il voulait s'arrêter là. Mais le regard doux d'Adeline le poussait à faire d'autres confidences.

— Je voulais des enfants. Julia aussi, jusqu'à ce qu'elle me dise un jour qu'elle ne souhaitait pas être mère.

— Ça a provoqué la fin de votre mariage ?

Colter contempla les arbres ornés de guirlandes lumineuses qui bordaient le chemin.

— Un soir, j'ai reçu un appel de ma mère, pour m'annoncer que le Parkinson de mon père avait empiré et qu'elle ne pouvait plus s'occuper de lui. Elle m'a supplié de revenir à la maison. Mon père ne pouvait plus diriger le ranch, et elle avait besoin de moi.

Un goût amer lui emplit la bouche quand il ajouta :

— Quand j'ai demandé à Julia de venir avec moi, elle m'a répondu qu'elle voulait rester à Seattle. Avant même que je ne quitte la ville, elle a demandé le divorce.

— Eh bien, c'est rude, commenta Adeline.

— Je préférerais que tu ne mentionnes pas cette information dans ton article. Mais tu peux dire que je suis revenu vivre ici après mon divorce, et que j'ai repris le rôle de P-DG du ranch de Devil's Bluffs.

Adeline sortit son téléphone de son sac.

— Ça t'ennuie si je prends des notes ? demanda-t-elle.

— Non, pas du tout.

Il posa un bras sur le dossier du banc, réprimant l'envie de caresser l'épaule d'Adeline.

— Ce doit être dur pour ton père de ne plus pouvoir travailler. Je me souviens qu'il faisait énormément de choses.

— J'imagine que tout ce qu'il traverse est difficile.

Elle acquiesça d'un signe de tête et tapa quelques notes sur son téléphone.

— Tu es heureux d'être ici, et de lui succéder ?

— Oui.

Ils échangèrent un regard. Évidemment, Adeline vit clair en lui.

— Menteur.

— Ça se voit tant que ça ? demanda-t-il avec un petit rire.

— Oui, assez.

Il prit une grande inspiration.

— Je suis heureux de diriger le ranch et de perpétuer l'héritage des Ward. Mais cela fait quelques années que je n'ai rien décidé dans mon existence. La vie choisit pour moi, et je n'aime pas ça.

Lorsqu'il vit de la tendresse passer sur son visage, il sut qu'il en avait trop dit.

— Bien sûr, c'est confidentiel, précisa-t-il.

Elle lui offrit un sourire plein de douceur.

— Je te propose que tout ce qui est du domaine émotionnel reste confidentiel. Ça te va ?

— Ça me va.

Elle regarda un couple de personnes âgées passer puis replongea les yeux dans ceux de Colter.

— En ce qui concerne ton rôle de P-DG du ranch, que veux-tu que les gens sachent ?

— Que je m'occuperai bien du domaine, et que je ferai honneur au travail accompli par mon père.

Elle sonda son regard.

— Si tu veux mon avis, Julia a commis une énorme erreur en te laissant partir.

Il entrouvrit les lèvres pour répondre, mais fut incapable de prononcer le moindre mot. Son corps criait : *Embrasse-la.* Sa raison lui soufflait : *Ne répète pas tes erreurs. C'est une citadine, et tu as déjà eu le cœur brisé par une femme qui préférait les gratte-ciel aux bottes de cow-boy.*

Mais leur attirance était bien réelle. Et Colter avait bien envie d'y céder...

Le téléphone d'Adeline lui glissa des mains.

— Zut, fit-elle.

— Je vais le ramasser.

Colter se mit sur un genou et prit l'appareil sur le sol.

Quand il le tendit à Adeline, il effleura sa main. Ce contact fortuit lui donna envie d'aller plus loin. Et le regard doux d'Adeline montrait qu'elle aussi voulait qu'il la touche. Alors, il leva la main et lui caressa la joue.

Et, en une seconde, son corps remporta la bataille contre sa raison.

Il approcha le visage du sien. Adeline entrouvrit les lèvres, laissant échapper un souffle juste avant qu'il ne les embrasse. Et lorsqu'il glissa la langue dans sa bouche, elle le laissa volontiers faire.

Il l'embrassa longtemps. Jusqu'à ce qu'il entende des femmes rire et discuter derrière eux. Il recula et vit qu'Adeline souriait.

— Tu embrasses toujours aussi bien, ou seulement quand tu as un public ? demanda-t-elle.

Elle pensait qu'il l'avait embrassée à cause de ces deux jeunes femmes, mais elle se trompait.

Il passa le pouce sur sa lèvre inférieure pulpeuse, enflée par son baiser.

— Je tenais à leur offrir un beau spectacle, plaisanta-t-il.

Il se leva et la prit par la main.

— Viens, je te raccompagne à ton hôtel.

Cela valait mieux. Sinon, il pourrait bien lui faire des choses qui n'étaient pas autorisées en public.

4

Le lendemain matin, Adeline se réveilla dans le lit trop moelleux de l'hôtel. Le soleil matinal brillait à travers la vitre, éclairant une pièce dont la décoration style campagne française était bien trop marquée à son goût. Depuis la toile de Jouy sur les murs jusqu'aux rideaux à volants, en passant par l'édredon en patchwork, tout dans cet espace semblait trop… joyeux.

Se rappelant soudain la photo qu'elle avait postée la veille, elle s'empressa de consulter son compte Instagram. Le cliché avait récolté quelques centaines de cœurs. Pas assez pour que sa patronne le remarque, heureusement. Sa rédactrice en chef pourrait ne pas approuver qu'Adeline se rapproche à ce point du sujet de son article.

La photo débordait de sensualité. Adeline espérait que Brock l'avait vue et qu'il en avait fait une syncope.

De très bonne humeur à présent, elle ferma l'application et constata qu'elle avait dix appels manqués. Deux de Nora. Les autres de sa mère, qui lui avait aussi laissé une dizaine de messages pour lui demander de la rappeler dès que possible.

Adeline se leva d'un bond et commença par appeler sa mère. Lorraine répondit à la première sonnerie.

— Maman, tout va bien ? s'exclama Adeline.

— Adeline Marie, y a-t-il quelque chose que tu veuilles me dire ?

Sa mère avait sans doute vu la photo…

Adeline alla se camper devant la fenêtre. Elle trouvait formidable que sa mère ait repris ses études pour devenir psychothérapeute, mais parfois, quand les connaissances en psychologie de Lorraine se mêlaient à son intuition maternelle, ses intrusions dans la vie privée d'Adeline étaient un peu difficiles à supporter.

— Ce n'est pas ce que tu crois. Colter cherchait seulement à narguer Brock quand il m'a conseillé de poster cette photo sur Instagram.

— Quelle photo sur Instagram ? Je n'ai pas vu de photo sur ton compte Instagram. Le cliché auquel je pense est celui qui montre Colter en train de te demander en mariage.

— Quoi ? s'écria Adeline avant de se ressaisir. Attends... *qu'est-ce que tu as dit ?* demanda-t-elle d'une voix plus calme.

— Va sur Facebook, ma chère. Quelqu'un t'a taguée, dit sa mère d'un ton placide.

Adeline prit son ordinateur et se précipita sur le lit. Elle ouvrit son compte Facebook, remarqua qu'elle avait des centaines de notifications, puis vit la photo en question.

Elle observa la photo de profil de la personne qui l'avait postée. C'était l'une des jeunes femmes qui avaient ri la veille, après que Colter avait embrassé Adeline. L'angle de la photo empêchait de voir que Colter tendait à Adeline son téléphone, et...

— Oh ! mon Dieu... On dirait qu'il me demande en mariage !

— Oui, certainement, dit Lorraine. Cette image est sur tous les réseaux sociaux. Des tas d'étrangers parlent de toi et te félicitent, par-dessus le marché.

Adeline aurait voulu rentrer sous terre.

— Maman, pour commencer, je ne suis pas fiancée à Colter.

— J'espère bien que non.

— Ensuite, ce n'est pas ce que tu crois. Il venait de ramasser mon téléphone, c'est tout.

— Ah, je vois. C'est parfaitement logique. Il est tout à fait normal d'embrasser quelqu'un après lui avoir donné son téléphone.

Adeline grimaça.

— D'accord, je l'ai embrassé une ou deux fois, avoua-t-elle.

Le silence à l'autre bout de la ligne était assourdissant.

— Chérie, sois honnête avec moi. Tu vas bien ? Si tu as besoin d'une relation passagère, je peux le comprendre.

— Maman, tu es une très bonne psychothérapeute, mais je ne veux pas parler de ça avec toi.

Ignorant sa réponse, sa mère poursuivit :

— Mais si tu es sur le point de commettre une énorme erreur que tu vas regretter, reviens à la maison.

— Ce n'est rien de tout cela, maman.

Elle expliqua le marché qu'elle avait conclu avec Colter.

Lorsqu'elle eut fini, Lorraine garda le silence un long moment.

— L'embrasser, ça fait partie de votre arrangement ? finit-elle par demander.

— Ça rend notre fausse relation plus crédible aux yeux des femmes qui traquent Colter.

Consciente que sa mère n'était pas dupe, elle ajouta :

— Il se peut que je ne déteste pas cette partie de notre petite comédie, cela dit.

Un autre silence s'ensuivit. Adeline retint son souffle pendant que les secondes s'égrenaient. Jusqu'à ce que la voix réconfortante de sa mère parvienne à son oreille.

— Ma chérie, ce n'est pas facile pour toi d'être de retour à Devil's Bluffs. Tes émotions sont sûrement exacerbées. De plus, Brock vient de te briser le cœur, et tu ne t'en es pas encore remise. Pense d'abord à ton bien-être, tu veux bien ?

Et si embrasser un cow-boy beau à se damner était bon pour mon bien-être ? Adeline secoua la tête. *Ça ne fait pas partie du marché.*

— Message reçu, répondit-elle. Mais je t'assure que je vais bien. Je pense que ce séjour à Devil's Bluffs est une bonne chose. J'ai l'impression d'être de retour chez moi, contre toute attente. Cela peut paraître bizarre mais je crois que j'avais besoin de me souvenir de qui j'étais avant Brock.

— Ce n'est pas bizarre, et tu as tout mon soutien.

— Merci, maman. Je t'aime.

— Je t'aime aussi, chérie.

Adeline promit à sa mère de la tenir au courant puis raccrocha. Presque aussitôt, son téléphone se remit à sonner.

Nora. Adeline accepta l'appel vidéo et déclara sans préambule :

— Je peux tout t'expliquer.

Nora était bouche bée et avait les yeux écarquillés. Elle semblait incapable de prononcer le moindre mot.

— Ce n'est pas ce que tu crois, affirma Adeline.

Pour toute réponse, Nora cligna des yeux.

Adeline soupira.

— Hier soir, Colter et moi sommes allés dîner...

Elle raconta toute sa soirée à son amie, en terminant par le moment où Colter s'était agenouillé pour ramasser le téléphone d'Adeline.

— Manifestement, je ne suis pas fiancée, conclut-elle.

Nora gloussa.

— D'accord, tant mieux. Je croyais que tu avais perdu la tête.

Adeline s'adossa aux oreillers.

— Toute cette situation est insensée.

— C'est fou comme ça a l'air réel, remarqua Nora. Et les photos sont sexy. Vraiment *sexy*. Surtout celle que tu as postée sur Instagram.

— Je sais, murmura Adeline.

Nora l'observa puis sourit.

— Peut-être qu'il y a du bon dans toute cette histoire ?

— Mais ça met mon monde sens dessus dessous, fit valoir Adeline. Et mon image est écornée. Il y a une semaine, j'étais fiancée à Brock. Tout mon entourage sait qu'il m'a trompée.

Elle avait envoyé un mail à tous les invités pour annoncer que le mariage était annulé, et que Brock avait une maîtresse.

— Même ma mère s'inquiète pour ma santé mentale.

— On se fiche de l'opinion des gens, rétorqua Nora. Pense à toi, Adeline, et fais ce qui te rend heureuse.

Si seulement la vie était aussi simple...

Quelqu'un frappa à la porte. Pensant qu'on lui apportait son petit déjeuner comme la veille, Adeline alla ouvrir. Elle se retrouva face à Colter. Le regard appréciateur qu'il promena sur elle lui rappela qu'elle ne portait qu'une nuisette. Colter, quant à lui, portait un T-shirt gris, un jean délavé et un chapeau beige. Et il était d'une beauté renversante.

— Nora, il faut que je te laisse, dit-elle.

— Fais attention. Sinon, tu pourrais bien te retrouver enceinte, railla son amie.

Colter émit un petit rire.

Nora ouvrit de grands yeux.

— Oh ! tu es avec *lui* ? s'exclama-t-elle.

Adeline retourna le téléphone vers Colter.

— Nora, je te présente Colter. Colter, voici Nora.

— Bonjour, Nora, dit Colter, lui offrant un sourire charmant.

— Enchantée, Colter, fit Nora d'un ton joyeux

Adeline retourna l'écran vers elle. Nora dit à mi-voix : « Il est vraiment très sexy. »

Adeline réprima un rire et hocha la tête.

— Bien, ma belle, dit-elle. Il faut que je te laisse et que je mette de l'ordre dans toute cette pagaille.

— Bonne chance, répondit Nora. Préviens-moi si je dois me trouver une autre robe de demoiselle d'honneur.

— Ce n'est vraiment pas drôle, protesta Adeline.

Elle mit fin à l'appel pendant que Nora riait.

Colter s'appuya contre le cadre de la porte et croisa les bras.

— Bonjour, ma petite épouse.

— Ce n'est pas drôle non plus, riposta Adeline.

Elle lança son téléphone sur son lit. Puis elle alla se changer dans la salle de bains.

Quand elle revint dans la chambre, vêtue d'un jean et d'un T-shirt noir, elle trouva Colter assis au bord du lit.

— Allons, Adeline. Je trouve la situation assez amusante.

Elle accrocha sa nuisette sur un cintre.

— Je ne pense pas qu'elle soit amusante pour mon ex-fiancé et ses parents, qui sont des gens charmants bien que leur fils soit une ordure.

— Je suis désolé pour ses parents. Mais je paierais cher pour voir la tête de ce crétin en ce moment.

— En fait, moi aussi, confia-t-elle.

Elle croisa les bras.

— Alors, fit-elle.

— Alors, répéta-t-il, l'air calme et détendu.

Elle leva les bras.

— Je ne sais pas comment tu peux être aussi calme à propos de tout ça ! Nous avons mis une sacrée pagaille.

Son téléphone sonna à nouveau. Elle alla chercher l'appareil sur le lit. Après un regard sur l'écran, elle sentit son ventre se nouer.

— Oh ! bon sang...

Elle décrocha sans tarder.

— Claire, commença-t-elle, laissez-moi vous expliquer.

— Vous êtes brillante, Adeline, tout à fait brillante ! s'exclama sa rédactrice en chef. Vous n'avez pas besoin de m'expliquer quoi que ce soit. Vous n'imaginez pas le buzz que vous avez généré. Continuez de poster des photos – faites durer cette histoire autant que vous le pouvez. Votre article n'en aura que plus de succès.

Adeline haleta.

— Non, attendez...

Ignorant sa réponse, Claire ajouta :

— Continuez comme ça, Adeline !

Sur quoi, la rédactrice en chef raccrocha.

Adeline se laissa glisser sur le sol et mit la tête entre ses mains.

— Bon sang, qu'ai-je fait pour mériter ça ? se lamenta-t-elle. Ma rédactrice en chef est ravie. *Ravie !*

— Voyons, Adeline, fit Colter d'un ton traînant. Ce n'est pas si terrible d'être ma fiancée, non ?

Elle releva la tête.

— Franchement, Colter, comment fais-tu pour être aussi détendu ?

Il se leva et lui tendit la main.

— Je sais qu'il y a des choses plus graves, dit-il. Cette situation n'est pas grave, alors autant en rire.

Elle glissa la main dans la sienne. Colter l'aida à se relever.

— Et pour ma part, je n'en retire que du positif, ajouta-t-il. Puisque les femmes me croient fiancé, je serai encore plus tranquille. Et quand tu retourneras à New York, tout ça va se tasser. Je dirai aux gens que nous avons rompu, et tu pourras expliquer à tout le monde qu'il s'agissait d'un malentendu.

Elle poussa un grand soupir.

— J'imagine que tu as raison. À quoi bon s'en faire ?

— Tu vois, je dis même des choses sensées. En tant que fiancé, je ne m'en sors pas trop mal, non ?

Elle rit, heureuse de se détendre enfin.

— Tu es un bien meilleur fiancé que celui que j'avais jusqu'à récemment.

Il relâcha sa main avec une lenteur délibérée. En réaction, Adeline sentit ses tétons se tendre d'excitation.

— D'accord, New York, range tes affaires, lui enjoignit-il. Allons dans ta nouvelle maison.

Une vague glacée déferla sur elle.

— Je te demande pardon ?

Il haussa un sourcil.

— Tu comptes respecter ta part du marché, non ?

— Eh bien, oui, mais où m'emmènes-tu ?

Il croisa les bras.

— Adeline, personne en ville ne croira que nous sommes fiancés si tu ne vis pas avec moi.

Une seconde s'écoula… puis une autre… Et une autre.

— Oh ! bon sang, murmura-t-elle.

5

Vingt minutes plus tard, tandis qu'il s'engageait dans l'allée menant à sa maison, Colter marmonna un juron. Sa mère et son frère se dirigeaient vers le pick-up de Beau, garé devant l'entrée.

— La cavalerie est arrivée, ironisa-t-il.

— Je t'en prie, dis-moi que tu leur as déjà parlé, marmonna Adeline.

Il garda le silence.

— Pourquoi ne dis-tu rien ? demanda-t-elle.

— Parce que, dans ce cas, le silence me vaudra moins d'ennuis.

Elle émit un petit rire, auquel il répondit par un sourire.

Il se gara derrière le pick-up de son frère et coupa le moteur. Quand il sortit du véhicule, Adeline se dirigeait déjà vers Beverly et Beau.

— Je ne l'aurais jamais cru si je ne l'avais pas vu de mes propres yeux ! s'exclama la mère de Colter, tendant les bras à Adeline. Ma chère, comment vas-tu ?

Adeline donna l'accolade à Beverly.

— Je vais bien, répondit-elle. Et avant que vous ne posiez la question, non, je ne suis pas fiancée à votre fils. Je suis vraiment désolée pour tout cela, Beverly.

— Ne sois pas désolée, trésor, dit-elle en lui souriant affectueusement.

Colter se souvenait que sa mère avait toujours adoré Adeline et qu'elle avait réprimandé Beau chaque fois qu'il avait donné du fil à retordre à sa baby-sitter.

— Et si tu nous expliquais simplement ce qui se passe ? suggéra Beverly.

Pendant qu'Adeline lui racontait toute l'histoire, Colter glissa les mains dans ses poches, récoltant un sourire narquois de Beau.

— Est-ce que cette situation est folle ? Oui, conclut Adeline. Mais Colter et moi y trouvons chacun notre compte.

Beverly secoua lentement la tête.

— Eh bien, dit-elle enfin, si vous ne faites de mal à personne et que vous retirez tous les deux quelque chose de positif de cette histoire, j'imagine que c'est une bonne chose.

— Les fiançailles ne faisaient pas partie du plan, intervint Colter. Maman, je suis désolé si ça crée des ennuis avec tes amis.

— Il n'y aura pas d'ennuis, assura sa mère avec un sourire chaleureux et réconfortant. Je dirai la vérité à ceux qui comptent. Quant à ceux qui ne comptent pas… Eh bien, ils ne comptent pas.

— Merci, Beverly, dit Adeline. Votre soutien me touche beaucoup.

Beverly prit la main d'Adeline.

— Aucun problème, trésor. Nous ferons tout ce qu'il faut pour t'aider à obtenir ta promotion.

Quand Adeline finit par reporter son attention sur Beau, ce dernier reluqua ostensiblement Adeline, de manière tout à fait inconvenante. Colter donna un coup de coude à son frère, qui gloussa et reporta son regard sur le visage d'Adeline.

— Adeline, c'est un plaisir de te revoir, dit-il.

Il la serra dans ses bras, un peu plus longtemps que nécessaire.

— Tout le plaisir est pour moi, répondit-elle. Tu es bien plus grand que la dernière fois que je t'ai vu.

Beau sourit.

— Et toi, tu es bien plus…

Cette fois, Colter lui donna un coup de poing dans le bras. Beau éclata de rire.

Sa mère adressa à Adeline un regard entendu.

— Comme tu peux le constater, les choses n'ont pas beaucoup changé ici, commenta-t-elle.

— C'est une bonne chose, répondit Adeline en souriant.

Puis son sourire s'évanouit et elle ajouta :

— Mais j'ai appris que Grant était malade. Je suis vraiment navrée.

— Merci, ma chère, dit Beverly d'une voix émue. C'est difficile pour nous tous.

Adeline posa une main réconfortante sur son épaule.

— Si vous êtes d'accord, j'aimerais passer vous rendre visite à Grant et à vous pendant mon séjour à Devil's Bluffs.

— Bien sûr ! s'enthousiasma Beverly. Tu peux passer à la maison quand tu veux.

— Parfait, conclut Adeline.

Beau s'éclaircit la voix et mit un bras autour du cou de Colter.

— Puisque tous les deux, vous n'êtes pas fiancés, les félicitations ne sont pas de mise.

Il sourit à Adeline.

— Ce qui veut dire que tu peux passer chez moi aussi, quand tu veux.

Colter lui donna un autre coup de coude.

— Tu ne devrais pas retourner au travail ? lança-t-il.

— Beau, cesse de les embêter, intervint leur mère d'une voix ferme.

Beau adressa un hochement de tête à Adeline en guise d'excuses.

— Plaisanteries mises à part, je suis sincèrement heureux de te revoir, Adeline. Tu es superbe.

Elle sourit.

— Merci. Toi aussi.

Après quelques instants, Beverly et Beau montèrent dans le pick-up. Avant de démarrer, Beau adressa un sourire à Colter. S'assurant que leur mère ne pouvait pas le voir, Colter lui répondit par un geste impoli. Son frère rit et mit le véhicule en marche, laissant une traînée de poussière dans son sillage.

— À ce que je vois, ça n'a pas changé entre vous, commenta Adeline.

— Non, Beau est aussi pénible qu'autrefois.

— Votre relation est touchante.

— Touchante ? Je ne dirais pas ça, rétorqua Colter. Beau sera toujours mon petit frère agaçant, mais il est un bon père pour son fils, Austin.

Elle lança un regard vers le pick-up qui s'éloignait.

— J'aurais aimé que ma mère et moi assistions aux funérailles de sa femme. Envoyer des fleurs me paraissait insuffisant, mais je n'ai pas pu convaincre ma mère de revenir à Devil's Bluffs.

— Il ne faut pas t'en vouloir. Je suis sûr que Beau était touché que vous ayez pensé à lui.

Il alla prendre les bagages d'Adeline à l'arrière de son véhicule.

— Viens, allons t'installer.

Elle le suivit à l'intérieur de la maison. Colter se dirigea vers les deux chambres d'amis. Il entra dans la plus grande des deux, qui offrait une vue imprenable sur le lever du soleil.

Tandis qu'Adeline approchait du lit couleur crème, orné de coussins colorés choisis par une décoratrice, Colter posa les bagages sur le sol.

Il resta près de la porte, incapable de détourner les yeux d'Adeline. Il se sentait étrangement à l'aise à l'idée qu'elle soit là, dans son espace. Peut-être se sentait-il plus seul qu'il ne l'avait cru...

— Ça te va ? demanda-t-il.

— C'est très bien.

Elle se retourna vers lui et lui offrit un sourire chaleureux.

— Tu as une maison superbe. Quand l'as-tu construite ?

— Un an avant mon mariage avec Julia.

Il s'appuya contre le cadre de la porte et croisa les bras.

— Mon père a toujours dit que quand Beau et moi aurions économisé suffisamment d'argent pour contracter un prêt immobilier, nous pourrions choisir un terrain et y construire une maison.

— Cela lui ressemble. Il vous a aidés et, en même temps, il vous a fait travailler dur afin que vous méritiez ce que vous possédez.

— Oui, ça le résume assez bien.

Il observa la pièce dans laquelle il venait rarement désormais.

— J'ai bâti cette demeure en pensant que j'y fonderais une famille.

Il avait imaginé que cette pièce deviendrait un jour une chambre d'enfant.

— Évidemment, elle est bien trop grande pour moi à présent. Mais si j'ai appris quelque chose de mon divorce, c'est qu'il faut toujours s'attendre à l'inattendu. La vie se déroule rarement comme prévu.

— Je suis bien de ton avis.

Pour la première fois depuis longtemps, il se fendit d'un sourire sincère.

— Veux-tu que je te fasse visiter le reste de la maison ? proposa-t-il.

— Oui, volontiers.

Il lui montra l'autre chambre d'amis, la chambre principale, aux meubles noirs modernes, et la salle de bains réservée aux invités.

Ils continuèrent la visite et terminèrent par la cuisine ouverte, qui donnait sur une salle à manger rustique et sur un grand salon, où un canapé de cuir noir faisait face à une grande cheminée de pierre.

— Tu sais, vivre chez toi est peut-être une excellente chose, lança-t-elle.

Colter n'en était pas si sûr. Comment allait-il respecter les règles et ne pas s'aventurer sur un terrain plus intime si le parfum sucré d'Adeline exacerbait constamment ses sens ?

Quoi qu'il en soit, Adeline et lui étaient dans le même bateau. Et ce matin, quand Colter était arrivé en ville, aucune femme ne l'avait abordé. Leur plan fonctionnait.

— Comment ça ? questionna-t-il.

Le sourire impertinent qu'elle lui offrit provoqua une décharge de désir dans son aine.

— Ce n'est pas souvent que je peux vivre chez la personne à laquelle je consacre un article.

— Il vaut mieux que je me tienne à carreau, alors.

Il jeta un coup d'œil à l'horloge au-dessus de la cuisinière.

— Je dois retourner travailler, mais je peux t'appeler plus tard si tu souhaites discuter des repas pour la semaine.

— Ne t'inquiète pas pour ça. J'adore cuisiner, alors je me charge des dîners.

— Ça me convient. Puisque je me lèverai sans doute avant toi, je m'occupe des petits déjeuners.

— À quelle heure te lèves-tu ?

— 5 heures.

— Du matin ? s'exclama-t-elle.

— Oui, parfois plus tôt.

— Tu as raison, tu seras le premier debout ! Je te laisse le petit déjeuner. J'irai faire quelques courses tout à l'heure. Tu n'auras qu'à m'envoyer un message pour me dire ce dont tu as besoin.

— Parfait.

Il se dirigea vers un tiroir et en sortit un trousseau de clés.

— Voici les doubles des clés de la maison et du pick-up. N'hésite pas à te servir du véhicule. Le ranch paie l'essence.

Il sortit un billet de cinquante dollars de son portefeuille et le posa sur le plan de travail.

— Voilà ma part pour les repas. La semaine prochaine, nous pourrons peut-être aller à l'épicerie ensemble ?

— Bien sûr, avec plaisir.

Il s'apprêta à partir mais se ravisa. Il venait d'avoir une idée.

— Tu as des choses urgentes à faire ? demanda-t-il.

— Non, juste des mails ennuyeux à lire. Pourquoi ?

— Chaque jour, je fais un tour du ranch en hélicoptère pour surveiller le bétail et les chevaux. Avant que tu ne t'occupes de tes mails, ça te dirait de...

— Oui ! s'exclama-t-elle.

Il rit quand il la vit presque sautiller pour le suivre jusqu'à l'héliport, situé à côté du hangar. Lorsqu'il fut devant l'appareil, un élégant Airbus de six places, il vérifia la météo pour s'assurer que le ciel serait dégagé. Puis il procéda aux vérifications habituelles, en terminant par le bouchon du réservoir. Après quoi, il aida Adeline à monter sur son siège et à boucler sa ceinture, appréciant en secret de pouvoir l'effleurer de ses doigts.

Lorsqu'elle fut installée, il lui tendit un casque de vol.

— Pour que nous puissions communiquer, expliqua-t-il.

Elle posa le casque sur sa tête.

— Prête ! s'exclama-t-elle joyeusement.

Il gloussa. Jamais quelqu'un n'avait été si enthousiaste à la perspective de voler avec lui. Il s'installa à côté d'elle, boucla sa ceinture et mit son casque, plaçant le micro devant sa bouche.

— Toujours prête ? demanda-t-il.

— Oh ! oui !

Ses yeux brillants firent naître une douce chaleur dans sa poitrine.

Se concentrant sur sa mission – assurer leur sécurité à tous les deux –, il vérifia que les commandes de vol étaient sur la bonne position avant de mettre l'appareil en marche et de décoller. Au fil des secondes, ils s'élevèrent dans les airs. Le cri d'excitation qu'Adeline poussa provoqua un afflux d'adrénaline en lui.

— Je comprends pourquoi tu adores voler, commenta-t-elle en regardant par la vitre.

— J'ai toujours adoré ça. Il y a une liberté dans le pilotage que je ne retrouve dans aucune autre activité. Et puis, les vues sont splendides. À Seattle, le panorama est magnifique.

— Mais pas autant qu'ici, glissa-t-elle d'une voix émerveillée. J'avais oublié à quel point les paysages étaient superbes.

Il observa les terres de sa famille. Les collines et les prairies verdoyantes qui s'étendaient à perte de vue. Le lac à l'ouest et le bétail qui paissait près des rives. Colter survola les bêtes de loin pour ne pas les perturber.

— Qu'est-ce que tu cherches exactement ? demanda-t-elle.

— Des veaux blessés, des vaches malades. Tout ce qui nécessite une intervention à cheval.

Elle lui lança un regard. Elle était la créature la plus sexy qu'il ait jamais transportée.

— En cas de problème, tu enverrais des employés dans cette zone ? questionna-t-elle.

— Exactement. Dans les ranchs plus petits, la surveillance se fait uniquement à cheval. Heureusement pour moi, j'ai une excuse pour voler chaque matin, quand le temps le permet.

Il observa une dernière fois le bétail. Ne repérant aucun problème, il prit la direction de l'est.

— Nous allons voir les chevaux maintenant.

— Beau est-il impliqué dans cette partie de vos activités ?

— Oui. Il était sur le point de devenir dresseur de chevaux professionnel et d'entrer dans l'équipe nationale de reining quand Annie est décédée.

— Et que fait-il maintenant ?

— Il gère les ventes et entraîne les chevaux avant qu'ils ne commencent les compétitions. Ce n'est pas vraiment ce dont il avait rêvé, mais je sais qu'il apprécie son travail.

Elle regarda par la vitre et se mordilla la lèvre, l'air songeur.

— Et toi ? demanda-t-elle après un instant. Tu aimes ton travail ?

— Je peux piloter mon hélicoptère chaque jour. Je me sens chanceux.

Elle se fendit d'un petit rire.

— Tu viens d'éviter ma question.

— Je n'ai pas esquivé ta question, j'ai dit la vérité. Je ne fais peut-être pas ce que j'adore tout le temps, mais ma famille a besoin de moi. Rien ne passe avant elle.

— C'est pourquoi toutes ces femmes qui essayaient de te séduire étaient une distraction malvenue ?

— Tu as tout compris, New York.

Elle l'étudia un instant puis lui offrit le sourire le plus doux qu'il ait jamais vu.

— Tu sais, c'est très facile d'écrire un article sur toi.

— Ah ? Pourquoi ?

Elle tourna la tête vers la vitre et répondit :

— Parce que tu es un homme incroyable.

Assise sur une banquette du *coffee shop*, Adeline poursuivait la rédaction de son article sur Colter. Quand elle commença à taper sur son clavier, les arômes délicieux d'un expresso flottèrent dans l'air.

La famille Ward étant à la tête d'une grande fortune, la simplicité de Colter Ward surprend. Les œuvres d'art qui ornent les murs de sa maison n'ont pas été créées par des artistes célèbres mais par des artistes de la région, qui ont peint la beauté de Devil's Bluffs, une ville qu'il adore.

— C'est elle ?

La voix aiguë se détachait dans le brouhaha des conversations. Prenant une grande gorgée de son *latte* au caramel, Adeline tendit l'oreille pour entendre la discussion de deux clientes assises à la table voisine.

— Oui, c'est elle, répondit l'autre femme. Je ne vois pas ce qu'elle a de si spécial.

L'ancienne Adeline aurait fait mine de fixer son ordinateur portable et de n'avoir rien entendu. Mais la nouvelle Adeline n'était plus cette adolescente trop timide pour se défendre. Elle se tourna vers les femmes malveillantes et s'éclaircit la voix. Lorsqu'elles croisèrent son regard, elle lâcha :

— Ce qui est spécial chez moi, c'est que je suis extrêmement douée au lit. Extraordinaire, même.

Adeline aurait pu rire en voyant leurs yeux écarquillés si elle n'était pas si contrariée.

Elle décocha un regard dédaigneux aux deux femmes et sourit quand elles se levèrent et quittèrent rapidement les lieux. Elle commençait à comprendre pourquoi Colter avait tant insisté pour qu'elle soit sa fausse petite amie. Elle n'avait jamais reçu autant de regards mauvais ni entendu autant de commentaires désobligeants. Les femmes qui traquaient Colter étaient de vrais requins.

Poussant un soupir, elle regarda à travers une grande fenêtre les véhicules passer. Elle s'apprêtait à se remettre au travail quand son téléphone émit un bip.

Quand elle consulta l'écran, elle se rembrunit. Brock venait de lui envoyer un message.

Adeline, s'il te plaît, appelle-moi. S'il te plaît.

Pendant plus d'une semaine, elle avait ignoré les appels de Brock, et cela avait fonctionné. Toutefois, elle décida de lui téléphoner. Pas pour Brock, mais pour ses parents, qu'elle appréciait beaucoup. Ils avaient sans doute vu la photo de Colter et elle. Elle savait que sa rupture avec Brock affectait aussi ceux qui aimaient Brock et qui désapprouvaient son infidélité.

Son ex-fiancé décrocha au bout d'une seule sonnerie.

— Adeline ?

— Bonjour, Brock, dit-elle, s'appuyant contre la banquette de cuir.

— Merci d'accepter de me parler, Adeline.

Entendre sa voix était comme verser du sel sur une plaie ouverte. Adeline souffrait encore. Profondément.

— J'en déduis que tu as vu l'article.

— Oui. C'est vrai ? Tu es fiancée ?

Elle laissa échapper un rire sec.

— Non, bien sûr que non. C'était un malentendu.

— Ce baiser ne ressemblait pas à un malentendu.

— Ma vie ne te concerne plus, Brock, asséna-t-elle. Je t'ai téléphoné pour que tu puisses expliquer à tes parents ce qui se passe. Je suis sûre que tout cela les perturbe beaucoup.

Brock garda le silence.

— Tu leur manques, finit-il par dire.

Adeline ferma les yeux un instant, émue.

— Ils me manquent aussi. Dis à ta mère que je compte lui téléphoner quand je serai de retour à New York.

Quelques secondes passèrent.

Puis Brock reprit la parole :

— Adeline, je t'en prie, parlons de tout ça. Je m'en veux de la façon dont tu as appris les choses. Je m'en veux de t'avoir fait souffrir.

— Je ne t'ai pas appelé pour parler de notre rupture.

Une part d'elle avait eu désespérément envie de répondre : *Réglons nos problèmes*. La part qui aimait toujours Brock, et qui croyait encore qu'ils passeraient leur vie ensemble.

— Je t'en prie, transmets à ta mère ce que je t'ai dit.

Elle raccrocha sans lui laisser le temps d'ajouter le moindre mot.

Consciente qu'elle n'arriverait plus à écrire pour l'instant, elle rangea son ordinateur portable et fit ce qu'elle faisait toujours quand elle se sentait mal : elle alla faire des courses. Elle acheta les ingrédients nécessaires pour préparer des biscuits, des spaghettis et des boulettes de viande, évitant tout contact visuel avec les femmes qui la fusillaient du regard pour avoir conquis Colter Ward, le plus beau parti de la ville.

Une fois au volant du pick-up de Colter, elle baissa la tête, espérant que personne ne la reconnaîtrait pendant qu'elle essayait tant bien que mal de sortir du parking. À New York, elle prenait les transports publics ou marchait pour se déplacer. Par conséquent, elle n'avait pas conduit depuis très longtemps, encore moins un pick-up aussi large que la route.

Lorsqu'elle arriva chez Colter, elle constata qu'il n'était pas encore rentré. Parfait. Une fois dans la cuisine, elle prit son téléphone et lança la liste de lecture de ses chansons préférées. Quand la voix de Lady Gaga résonna dans la pièce, Adeline oublia ses problèmes et s'adonna à des activités qui lui avaient toujours remonté le moral : la cuisine et la pâtisserie.

Plus tard, tandis que les boulettes de viande mijotaient dans la sauce tomate, elle entendit quelqu'un s'éclaircir la voix et se rendit compte qu'elle n'était plus seule.

Elle se retourna vivement, brandissant la cuillère en bois dans sa main comme si c'était un couteau.

Appuyé contre une poutre qui séparait la cuisine du salon, Colter soutint son regard et croisa les bras.

— Désolé d'interrompre ta séance de danse.

Rougissant jusqu'aux oreilles, elle s'empressa d'arrêter la chanson de Michael Jackson sur son téléphone.

— Depuis combien de temps es-tu là ? demanda-t-elle.

— Un petit moment, fit-il, un sourire malicieux aux lèvres. J'ai beaucoup aimé le spectacle.

Remarquant la poussière sur le visage et sur les mains de Colter, et s'avisant qu'ils étaient *seuls*, elle rougit à nouveau, d'excitation cette fois.

— Tu as cuisiné pour un régiment ? ironisa-t-il.

Il désigna d'un geste les biscuits au sucre en train de refroidir sur le plan de travail, ainsi que les casseroles et les poêles dans l'évier.

— J'ai parlé à Brock aujourd'hui, répondit-elle. Quand je suis perturbée, je cuisine.

Il l'étudia un instant, puis sourit.

— Laisse-moi le temps de me doucher, ensuite je t'aiderai à faire la vaisselle.

Colter. Nu sous la douche.

— D'accord, parfait. Les spaghettis seront prêts dans une demi-heure.

— Génial.

Il disparut dans le couloir. Au lieu d'imaginer à quoi ressemblait Colter nu, des perles d'eau glissant sur ses abdominaux fermes, Adeline commença à ranger la cuisine.

Quand Colter revint, habillé d'un bas de survêtement gris et d'un T-shirt noir sur lequel était imprimé le logo du ranch, elle avait lavé presque toute la vaisselle.

Colter saisit un torchon et commença à essuyer les plats.

— J'ai entendu dire que tu avais eu des problèmes avec le pick-up aujourd'hui, déclara-t-il avec un petit sourire.

— Bon sang ! s'exclama-t-elle, éclaboussant le plan de travail malgré elle.

— J'ai reçu des plaintes concernant une conductrice qui ralentissait la circulation, ajouta-t-il.

— Sérieusement ? rétorqua-t-elle, atterrée. Les gens n'ont rien de mieux à faire que de t'appeler pour se plaindre ?

— Je suppose qu'ils pensaient que tu travaillais pour moi.

— Rouler lentement n'est pas si grave.

— Sauf pour les gens qui ont besoin d'arriver à l'heure à leur destination.

En guise de réponse, elle l'éclaboussa. Colter rit de bon cœur. Manifestement, il appréciait sa compagnie. Ce qui la poussait à s'interroger...

— Je peux te poser une question personnelle ? demanda-t-elle.

Il saisit une poêle et l'essuya.

— Bien sûr.

— Tu es divorcé depuis un an. Tu es sans attaches, libre de faire tout ce que tu veux, alors pourquoi, quand je t'ai vu dans ce bar, cela te contrariait-il tant que des femmes te courtisent ? À ta place, la plupart des hommes profiteraient pleinement de la situation.

— La plupart des hommes n'ont pas repris un ranch valant plusieurs millions de dollars.

Elle frotta une tache incrustée sur une poêle.

— Donc, tu ne fréquentes pas de femmes parce que tu es trop occupé ?

Il l'observa durant plusieurs secondes.

— Est-ce la journaliste ou la femme qui pose la question ?

— La femme.

— Je ne suis pas contre l'idée de refaire ma vie. La famille a toujours beaucoup compté pour moi, et ça n'a pas changé.

— Je sens qu'il y a un *mais*.

Un long silence s'ensuivit.

— Mais je ne suis pas doué pour l'amour, finit-il par ajouter.

— Je ne suis pas très douée non plus.

Il ouvrit un grand tiroir et y rangea la poêle.

— Je n'en suis pas si sûr, répliqua-t-il. Dans ton cas, tu as été trahie par un mufle qui a malmené ton cœur.

— Et dans ton cas, il semble que tu aies donné ton cœur tout entier à une femme, et que cela ne lui ait même pas suffi.

Il sourit et posa le torchon sur son épaule.

— Je suppose qu'on peut voir les choses ainsi, mais je suis sûr que j'ai aussi mes torts.

— Et je suis sûre que j'ai commis des erreurs, moi aussi.

Il s'appuya contre le plan de travail et croisa les bras.

— Comment pourrais-tu être en tort alors que ton fiancé t'a trompée ?

— Je n'ai pas encore trouvé la réponse à cette question. À dire vrai, je n'ai rien compris à ce qui m'est arrivé. J'ai juste fait mes bagages pour venir ici, en laissant le chaos derrière moi.

Elle lui tendit une autre poêle qu'elle venait de rincer. Il la saisit et commença à l'essuyer.

— Tu as eu des soupçons sur l'infidélité de Brock ?

— Non, et je pense que c'est ce qui m'a fait le plus de mal. Je préparais notre mariage, sans me douter de rien.

— Comment as-tu su ?

— Sa secrétaire, avec qui il me trompait, m'a téléphoné.

C'était le coup de fil le plus douloureux qu'elle ait reçu de sa vie. Elle commençait à peine à s'en remettre.

— Il lui a probablement dit qu'il allait me quitter, et quand elle a vu les faire-part, elle a compris qu'il lui avait menti, à elle aussi.

— Il vous a perdues toutes les deux, alors ?

— On dirait. Aujourd'hui, au téléphone, il s'est confondu en excuses, mais il a sans doute fait la même chose avec l'autre femme. On ne peut pas effacer une infidélité.

— Quand la confiance est partie, c'est définitif, enchérit-il.

— Oui.

Elle prit la plaque de cuisson utilisée pour les biscuits et commença à gratter les miettes brûlées.

— Tu te doutais que quelque chose n'allait pas avec Julia ? questionna-t-elle.

— Oui et non. Je savais qu'elle avait changé. L'argent et les apparences l'intéressaient davantage que les bons moments ensemble. La vie à la campagne ne lui disait plus rien. Je ne reconnaissais plus la femme que j'avais épousée.

— Qu'est-ce qui a fait basculer les choses ?

Il marqua un temps avant de répondre :

— La réaction de Julia quand nous avons perdu un bébé.

— Je suis vraiment désolée pour votre bébé. Ça a dû être très douloureux.

— Oui. Et je n'oublierai jamais l'expression de Julia quand nous avons fait l'échographie qui a confirmé la fausse couche.

— Comment ça ?

— Elle avait l'air soulagée.

Les mains d'Adeline se figèrent sur la plaque de cuisson.

— Si elle était soulagée, cela veut dire qu'elle a un sérieux problème, commenta-t-elle.

Il haussa les épaules.

— Ou alors, elle se sentait piégée et elle a pris conscience qu'elle avait une porte de sortie, avança-t-il.

Mue par un élan de compassion, elle posa une main humide sur son bras. Elle sentit son biceps se contracter sous ses doigts.

— Je suis vraiment navrée, Colter. Je ne peux imaginer à quel point ça a dû être difficile pour toi.

— C'était le pire moment de ma vie. Mais la vie continue. Après cela, je suis revenu ici. Et Julia est restée à Seattle.

— Tu n'as pas eu de nouvelles d'elle depuis ?

— Non. Pour être franc, nous n'avons plus grand-chose à nous dire.

— Était-ce compliqué de revenir sans elle ?

— Au début, oui. Ensuite, je me suis concentré sur ma famille et sur le ranch, comme j'aurais dû le faire depuis le début.

Elle relâcha son bras à regret.

— Tu te sens coupable d'être allé vivre à Seattle ?

— Coupable ? Non. J'ai fait un choix, et je l'assume. Mais je suis conscient d'avoir abandonné ma famille.

Il s'interrompit un instant puis reprit d'une voix brusque :

— J'ai abandonné mon père en ne reprenant pas les rênes du ranch. Et je ne peux pas m'empêcher de...

— De quoi ?

— Je ne peux pas m'empêcher de me demander si mon père serait en meilleure santé qu'il ne l'est aujourd'hui, si j'étais resté et qu'il avait pu prendre sa retraite plus tôt.

Elle saisit son bras à nouveau.

— Tu ne peux pas t'en vouloir pour son Parkinson. Ce n'est pas ta faute, et le Grant Ward que je connais ne se serait jamais mis en retraite à moins d'y être forcé.

— Peut-être.

Il l'observa... intensément. Une tension brûlante satura l'air. Adeline se tourna rapidement vers l'évier. Mais Colter glissa un doigt sous son menton, l'obligeant à reporter son attention sur son regard chargé d'émotions.

— Moi aussi, je suis désolé de ce qui t'est arrivé, Adeline.

— Merci, murmura-t-elle en contemplant ses lèvres si tentantes.

L'atmosphère était maintenant torride. Adeline sentait son cœur battre à coups redoublés. Quand le minuteur sonna, indiquant que le dîner était prêt, elle fit un pas en arrière, s'écartant de l'objet de son désir.

Colter. Nu. Maintenant.

Le sexe ne fait pas partie de votre arrangement !

En poussant un grand soupir, elle alla éteindre la cuisinière. Puis elle risqua un regard vers Colter. Il la dévorait des yeux.

— Sers-toi tant que c'est chaud, suggéra-t-elle, bien décidée à ce que leur relation reste dans la catégorie « non intime ».

Il posa le torchon sur le plan de travail et sourit.

— C'est une invitation ? demanda-t-il.

Elle rougit violemment.

Le rire de Colter résonna dans la cuisine tandis qu'il prenait une assiette et se servait des spaghettis.

Mais tandis qu'elle se servait à son tour, Adeline ne put s'empêcher de s'interroger... *Et si c'était bien une invitation ?*

6

Six jours plus tard, aux commandes de son hélicoptère, Colter suivait le bétail qui avançait dans un nuage de poussière. Les cow-boys du ranch emmenaient les bêtes vers une autre prairie afin d'éviter le surpâturage. Un sentiment de plénitude envahit Colter tandis qu'il contemplait le ciel ensoleillé. Il appréciait particulièrement les migrations des bovins et des chevaux vers d'autres pâtures, car elles lui permettaient de rester plus longtemps dans les airs.

Soudain, un veau fila vers la gauche, s'éloignant du troupeau. Colter le suivit du regard. À travers son micro, il s'adressa à Shane, employé de longue date du ranch.

— Veau perdu à 10 heures.

Shane galopa vers le veau et le ramena vers sa mère qui le cherchait frénétiquement.

Colter revint en arrière et surveilla le reste du bétail. Dix des meilleurs cow-boys du ranch et quatre chiens de berger conduisaient les bêtes vers un autre lac, où l'herbe était plus haute.

Colter savourait chaque instant passé hors de son bureau. Assister à de longues réunions et étudier les rapports fiscaux l'ennuyait. Mais il adorait parcourir les terres à bord de son hélicoptère et s'occuper du bétail. Il gardait de merveilleux souvenirs des étés passés à travailler avec les cow-boys du ranch. Cette période où tout était plus simple lui manquait.

Quand le troupeau arriva enfin à la nouvelle pâture et s'installa près du lac, Shane regarda vers l'hélicoptère et leva les pouces.

Colter fit le même geste puis dirigea l'appareil vers la gauche pour rentrer chez lui. Une tonne de paperasse et quelques réunions l'attendaient cet après-midi. Son cœur sembla rétrécir quand il repéra sa maison au loin. Au même moment, son téléphone sonna à travers l'interface de son casque. Il appuya sur une touche pour accepter l'appel.

— Colter à l'appareil.

La douce voix de sa mère résonna dans les écouteurs.

— Bonjour, mon chéri, c'est ta mère, qui se demande ce que tu aimerais pour le déjeuner.

Les invitations à déjeuner de sa mère signifiaient toujours : *Il faut qu'on parle.* Mais Colter ne refusait jamais un repas préparé par ses soins.

— Je serai là dans une heure.

— Le repas sera prêt, dit-elle.

Colter rentra chez lui. Quarante minutes plus tard, après avoir répondu à des mails importants, il était sur la route. Et un quart d'heure plus tard, il arrivait devant la maison de son enfance.

La vieille bâtisse de pierre était située à côté de la plus grande étable du ranch, où les bêtes malades étaient soignées, et du dortoir réservé aux employés qui souhaitaient être logés et nourris sur place.

Colter entra dans la maison et fut accueilli par d'alléchantes odeurs d'épices. Il laissa ses bottes près de la porte et accrocha son chapeau à une patère avant d'aller retrouver sa mère dans la cuisine, récemment rénovée.

— Ça sent délicieusement bon, se réjouit-il.

Beverly était aux fourneaux, en train de remuer sa soupe maison. Colter alla l'embrasser sur la joue.

— Bonjour, mon garçon. Tu viens de manquer Adeline.

Comme il l'avait fait des milliers de fois, il s'assit à table et attendit que sa mère lui serve un repas chaud.

— Elle était ici ? s'étonna-t-il.

— Oui, elle passe souvent depuis quelques jours.

— Pour parler de moi ?

Sa mère lui adressa un regard sévère et pointa sa cuillère en bois sur lui.

— Colter James Ward, ce n'est pas comme ça que nous t'avons éduqué. Je te trouve très imbu de ta personne.

— Ce n'est pas de la vanité, c'est de la confusion, rectifia-t-il. Adeline écrit un article sur moi. Si elle ne vient pas pour cette raison, pourquoi vient-elle ?

— Elle m'aide à m'occuper de ton père, confia-t-elle d'une voix chaleureuse.

Il s'appuya contre le plan de travail en quartz.

— C'est gentil de sa part, nota-t-il.

— C'est une fille fantastique. Depuis toujours.

Il avait su qu'Adeline était différente à la seconde où il avait posé les yeux sur elle au Black Horse. Elle avait un cœur en or. Et cette douceur en elle était en train de le changer, il le sentait.

Leur relation de façade commençait à devenir bien trop réelle... Colter savait qu'il ne retournerait jamais vivre dans une grande ville, mais il ne pouvait pas lutter contre les sentiments qu'Adeline faisait naître en lui.

Ces derniers jours, il avait beaucoup ri avec elle, bien plus qu'en un an. Et les moments passés en sa compagnie allégeaient le fardeau de ses responsabilités.

— Si je t'ai demandé de venir, c'est pour une bonne raison, déclara sa mère, brisant le fil de ses pensées.

Elle lui servit un bol de soupe et le posa devant lui avant d'ajouter :

— J'ai reçu un appel aujourd'hui, à propos de la soirée de bienfaisance annuelle d'Elenora Davis, à Dallas. Comme tu le sais, j'y ai toujours assisté. Elle a lieu ce soir.

Elenora était une bonne amie de sa mère. Les bénéfices de la soirée seraient reversés à un hôpital pour enfants.

— J'avais... oublié..., commença-t-elle.

— Tu traverses une période difficile, maman. Il ne faut pas t'en vouloir si tu n'honores pas certains engagements.

Elle afficha un faible sourire.

— Je sais que tu détestes ce genre de dîners, mais...

— D'accord, maman. J'irai à ta place.

Sa mère s'appuya contre l'îlot, l'air peiné.

— Je sais que tu sacrifies beaucoup de choses pour ton père et pour moi. Sache que nous apprécions tout ce que tu fais pour notre famille et pour le ranch.

— Je ne sacrifie rien du tout.

— Je suis ta mère. Tu as oublié que je sais détecter tes mensonges ?

— Quand bien même je l'oublierais, tu ne manquerais pas de me le rappeler, railla-t-il.

— C'est vrai.

Elle alla se servir un bol de soupe puis rejoignit Colter à table.

— Pourquoi ne demandes-tu pas à Adeline de t'accompagner à ce gala ? suggéra-t-elle.

— Ce n'est pas une mauvaise idée, répondit-il, avalant une cuillérée de soupe au bœuf. Comme ça, elle pourra avoir un aperçu de nos engagements caritatifs. Ce serait une bonne chose si elle les évoquait dans son article.

Un silence s'ensuivit. Puis Beverly afficha un sourire en coin.

— C'est pour cela que tu vas l'inviter, vraiment ?

— Maman, ne sois pas indiscrète.

— Je ne suis pas indiscrète. Juste curieuse. Depuis ton divorce, tu n'as pas eu de relation sérieuse et, Adeline et toi, vous semblez vous rapprocher.

— Une proximité forcée, fit-il valoir.

Elle balaya son argument du revers de la main.

— Ce n'est pas parce que deux personnes sont obligées de vivre ensemble que les sentiments peuvent être forcés.

Secouant la tête, il prit une autre cuillérée de soupe.

— Tu vois, tu ne peux pas t'empêcher d'être indiscrète !

— Évidemment. Je suis ta mère.

Tout en mangeant son repas, il se demanda s'il devait ou non se confier à sa mère. Après un instant, il décida qu'il avait bien besoin de ses conseils.

— C'est une situation compliquée, admit-il. Elle a rompu ses fiançailles il y a deux semaines.

— Vraiment ? s'exclama sa mère.

— Son fiancé l'a trompée.

Beverly plaqua la main contre son cœur.

— Pauvre petite ! C'est terrible. Qui ferait une chose pareille ?

— Un sombre crétin.

— En effet. Mais je comprends mieux tes réticences. Ce n'est pas le bon moment pour elle.

— Non. De toute façon, elle retourne à New York dans un peu plus d'une semaine. Même s'il y avait quelque chose entre nous – et je ne dis pas que c'est le cas –, commencer une relation semble… vain.

— Le bonheur, même si l'expérience est courte, n'est jamais vain.

Elle posa une main réconfortante sur son bras.

— Tu as subi un coup dur avec Julia. Cela fait un an que je ne t'avais pas vu sourire comme tu le fais avec Adeline. Chaque fois que tu souris comme ça, ça ne peut pas être vain.

Il fixa son bol de soupe tout en réfléchissant aux paroles de sa mère.

— Ce que tu es en train de dire, c'est que je devrais savourer cette expérience ? demanda-t-il.

— Exactement. La vie est faite de mille expériences. Certaines sont brèves, d'autres plus longues. Mais dans cette chose immense et chaotique que nous appelons l'existence, il faut toujours rechercher les moments heureux, les personnes de cœur, et s'y accrocher de toutes ses forces.

Sa mère était bien placée pour le savoir. Elle traversait une période difficile depuis que le père de Colter était malade. Mais elle avait plus de quarante ans de bonheur sur lesquels se retourner.

— Se lancer dans une nouvelle histoire, c'est…

— Terrifiant ? suggéra sa mère.

— Oui. Encore plus quand il y a des obstacles évidents sur le chemin.

Elle sourit et lui tapota la joue.

— Colter, avoir une chance de connaître le bonheur et ne pas la saisir est pire que de ne rien avoir du tout.

Il mit un bras autour de ses épaules.

— Tu es une femme drôlement intelligente.

— Oui, mon fils, je le sais, conclut-elle en souriant.

Assis derrière son bureau, Waylon demanda :

— Que puis-je faire pour te convaincre de revenir travailler pour moi ?

Adeline leva les yeux de son ordinateur. Elle venait d'ajouter mille mots à son article. Elle écrivait toujours de longs textes, qu'elle raccourcissait ensuite. Et cet article serait particulièrement long car les mots lui venaient aisément. Ce qui avait commencé comme un texte superficiel sur un charmant cow-boy devenait bien plus profond. Adeline savait pourquoi : elle voyait Colter différemment. Il n'était plus l'adolescent dont elle s'était entichée autrefois, mais un *homme*.

Se rendant compte qu'elle n'avait toujours pas répondu à son ancien mentor, elle déclara :

— C'est vrai que cela me manque de travailler ici.

Elle se cala sur sa chaise de bois.

— La simplicité et le calme de la vie dans une petite ville me manquent. Et, oui, *vous* me manquez.

— Tant mieux, fit-il en riant.

Adeline jeta un regard circulaire. Le bureau de Waylon était aussi vaste que le bureau d'angle de sa rédactrice en chef à New York. Des articles étaient punaisés sur les quatre murs, ainsi que des photos anciennes de Devil's Bluffs.

— Je garde de très bons souvenirs de mon stage ici, dit-elle.

— Tu vois ! Raison de plus pour t'installer ici.

— Si seulement c'était aussi facile de changer de vie… J'ai pris un grand plaisir à écrire des articles pour ce journal. Cette époque aussi me manque.

Une étincelle s'alluma dans le regard de Waylon. Il ouvrit un tiroir et en sortit un dossier.

— Tu parles de ces articles-là ?

— Vous ne les avez pas gardés, tout de même ? s'exclama-t-elle.

Elle se leva et marcha rapidement vers lui.

Waylon sourit et lui donna les documents.

— Vérifie par toi-même.

Retournant s'asseoir à son bureau, elle ouvrit le dossier, le cœur battant.

— Oh ! bonté divine ! Je n'arrive pas à croire que vous les avez gardés !

— Bien sûr que je les ai conservés. Tu étais si fière de tous tes travaux. Je n'ai pas eu le courage de les jeter.

Elle passa la main sur les feuilles jaunies. Ses toutes premières publications. La chorale de Noël à l'école primaire, l'adoption d'animaux âgés au refuge de la ville, le concours de sculpture de citrouilles durant le festival d'automne... Adeline avait couvert tous les événements de Devil's Bluffs, en mettant en lumière des gens passionnés par leur ville.

— C'est incroyable, commenta-t-elle.

Elle eut le souffle coupé lorsqu'elle lut l'un des titres.

Le bal père-fille récolte 20 000 dollars pour la Fondation contre les cancers pédiatriques.

Émue, Adeline lut les mots qu'elle avait écrits des années plus tôt. C'était le texte le plus douloureux qu'elle ait jamais rédigé. Car il avait réveillé une douleur sombre au fond de son cœur. *Ton père ne voulait pas de toi.*

— Je me souviens que cet article était difficile à écrire pour toi, glissa Waylon.

Elle sursauta, ne s'étant pas rendu compte qu'il était venu à côté d'elle.

Étouffant son émotion, elle parvint à répondre :

— Oui, c'était très difficile.

La fête des Pères, les matchs sportifs au fil des ans – tous ces événements où elle avait eu besoin d'un père avaient été pénibles à vivre. Mais le bal père-fille était le pire de tous. Durant des heures, Adeline avait été obligée de regarder des filles heureuses et des pères fiers danser ensemble.

— Heureusement pour moi, j'avais un père de substitution génial qui a fait de cette soirée un moment inoubliable.

— Cela reste une des meilleures soirées de ma vie, assura Waylon. Je t'ai même fait faire un tour sur la piste de danse.

— Et puis, vous m'aviez offert un magnifique bracelet de fleurs.

— Tu étais la plus jolie fille de la soirée.

Elle l'observa, émue. Cet homme lui avait beaucoup donné, sans jamais rien demander en retour.

— C'est étrange, je pensais que revenir à Devil's Bluffs serait bien plus compliqué, confia-t-elle. Surtout après ce que Brock m'a fait.

Le matin même, elle avait raconté à Waylon sa récente rupture, autour d'un café et de croissants chauds.

— Ce n'est pas le cas ?

— Non, au contraire. C'est comme emprunter un sentier fait de merveilleux souvenirs. J'avais oublié à quel point tout le monde était adorable ici.

— Revisiter le passé peut être une bonne chose, enchérit Waylon en souriant.

Il retourna s'asseoir à son bureau.

— Sous une nouvelle perspective, tout peut paraître différent, même les événements douloureux.

— C'est très vrai.

Elle reprenait la lecture de ses vieux articles quand son téléphone émit un bip. Lorsqu'elle vit le message de Colter sur l'écran, son cœur tressauta.

Des projets pour ce soir ?

Elle se ressaisit, puis répondit :

Pas que je sache. Pourquoi ?

Il y a un gala de charité à Dallas auquel je dois assister. Ça te dit de m'accompagner ?

Elle resta bouche bée et relut le message plusieurs fois. Était-ce un vrai rendez-vous galant ou un rendez-vous factice ? Si c'était un vrai rendez-vous, les choses allaient un peu trop vite.

— Arrête de réfléchir, l'interrompit Waylon.

Adeline émit un petit rire et secoua la tête. La plupart du temps, elle détestait avoir un visage si expressif. Mais pas cette fois. Elle décida de suivre le conseil de Waylon et répondit :

Avec plaisir.

Qui plus est, elle écrivait un article sur Colter. Il était normal qu'elle en sache plus sur ses engagements caritatifs.

Elle tapa un nouveau message.

Il me faudra une robe. À quelle heure partons-nous ?

Nous prendrons mon hélicoptère. Départ à 17 heures. Si tu es d'accord, je prendrai une chambre à l'hôtel Rosewood, et nous pourrons rentrer demain matin.

Je suis partante.

Elle se sentait soudain partante pour tout. Ce qui était très perturbant.

Elle attendit la réponse de Colter, qui vint quelques secondes plus tard.

Bien. Le ranch réglera la facture de ta robe.

Elle était en train d'écrire qu'elle préférerait payer sa robe elle-même quand un nouveau message de Colter surgit.

Le ranch paie aussi mes costumes. Ne sois pas gênée et ne te sens pas obligée de payer ta robe.

Eh bien, si, elle s'y sentait obligée. Le fait que des hommes lui offrent des choses la dérangeait. Selon sa psychothérapeute, cela s'expliquait par le fait qu'elle ne voulait pas dépendre d'un homme, puisque son père l'avait abandonnée. Mais Adeline ne tenait pas non plus à compliquer les choses.

D'accord, dans ce cas, je ne la paierai pas. Puis-je faire don de la robe après la soirée ? À une association qui fournit des vêtements pour les bals du lycée ?

C'est une excellente idée. Nous ferons don d'un de mes costumes aussi.

Génial. Je te retrouve devant l'hélicoptère à 17 heures.

Il me tarde.

— Laisse-moi deviner, fit Waylon. Tu as suivi mon conseil et c'est pour ça que tu souris ?

Elle rit.

— Bien sûr que j'ai suivi votre excellent conseil ! C'était Colter. Il m'invite à assister à une soirée caritative à Dallas ce soir.

Waylon haussa les sourcils.

— Ah ?

— Ne me regardez pas comme ça. Nous y allons en tant qu'amis.

— D'après mon expérience, une femme ne sourit pas comme ça après avoir parlé à un simple ami.

Elle se leva pour éviter que Waylon la voie rougir.

— Je souris parce que j'ai une bonne raison d'acheter une nouvelle robe.

Elle rassembla ses affaires.

— Ça vous ennuie si je reviens dans quelques jours pour travailler ici ?

— Adeline, tu es toujours la bienvenue. Tu peux même travailler pour le journal et reprendre mon poste quand je prendrai ma retraite.

Elle se figea net.

— Vous prenez votre retraite ?

Il se cala dans son fauteuil.

— Eh bien, il est temps. Je vais sur mes soixante-cinq ans.

— Qu'allez-vous faire si vous ne travaillez plus ?

— Marjorie veut voyager. Nous envisageons de vendre la maison et de trouver un logement plus petit. Ensuite, nous irons visiter le monde.

— Vous le méritez, dit-elle avec sincérité. Je suis ravie pour Marjorie et vous. Avez-vous déjà trouvé votre remplaçant ?

— Non, mais je trouverai quelqu'un qui fera l'affaire. C'est pourquoi je t'ai demandé si tu comptais rester à Devil's Bluffs. J'aimerais que ce soit toi qui reprennes mon journal adoré.

Elle approcha et le serra brièvement dans ses bras.

— Je suis flattée, mais c'est à New York que je me sens chez moi, à présent.

— Alors je suis heureux pour toi, dit-il avec douceur.

Maintenant, file. Vis ta vie de femme libre et rebelle. Prends de mauvaises décisions.

Elle hissa la sangle de sa sacoche sur son épaule.

— Vous ne m'auriez jamais dit ça avant.

— C'est vrai, je n'aurais pas dit ça à une jeune fille de seize ans. Mais tu n'es plus une jeune fille, non ?

— Non, en effet.

7

Même après un vol de quarante minutes jusqu'à Dallas, Colter ne pouvait toujours pas détacher son regard d'Adeline. Lorsqu'elle était sortie de la chambre d'amis, il était resté sans voix. Le maquillage sombre autour de ses yeux faisait ressortir la couleur miel de ses iris. Sa longue robe noire sensuelle flattait ses courbes. Ses lèvres peintes en rouge vif suscitaient en lui... du *désir*. Un désir puissant, qu'il avait de plus en plus de mal à ignorer.

Lorsqu'ils arrivèrent devant l'hôtel Crescent Court, Adeline descendit de la Cadillac. Colter éprouva l'envie de poser la main au creux de son dos nu et de caresser sa peau douce. Ses cheveux relevés dévoilaient la courbe de son cou, sur laquelle il avait envie de poser les lèvres. Mais bien que le désir mette ses sens en alerte, Colter savait que ce qui se passait entre Adeline et lui n'était pas seulement physique. Et il ne savait qu'en penser.

— Voulez-vous que j'apporte vos bagages à l'hôtel Rosewood, monsieur ? demanda le chauffeur à Colter.

— Oui. Merci. Je vous appellerai quand nous souhaiterons repartir.

— Parfait. Je vous souhaite une bonne soirée.

Après le départ du chauffeur, Colter reporta son attention sur sa splendide cavalière, qui admirait l'architecture du grand hôtel.

— Eh bien ! s'exclama Adeline. Cet endroit pourrait rivaliser avec les plus beaux palaces de New York.

— Oui, il est superbe, mais pas autant que toi dans cette robe.

— Merci.

Elle le fixa telle une lionne étudiant sa proie avant de fondre dessus.

— Vous n'êtes pas mal non plus, cow-boy.

— Je suis content que ça te plaise.

Il était très tenté de rappeler le chauffeur pour lui demander de les emmener à leur hôtel. Mais il avait un devoir à remplir ce soir.

— Avant que nous n'entrions, je me suis dit que ce serait logique que tu portes ceci.

Il sortit de sa poche un solitaire en diamant.

Elle ouvrit de grands yeux, puis parut déroutée.

— Tu es sûr que ce n'est pas un peu précoce ?

Il se fendit d'un petit rire.

— Si, sûrement, mais la vie est plus drôle quand on prend quelques risques.

— Tu marques un point.

Elle tendit la main, l'air amusé.

— Il est logique que je porte une bague si nous sommes censés être fiancés, admit-elle.

Il glissa le bijou sur son annulaire.

— Cette bague appartenait à ma grand-mère. Notre arrangement l'aurait beaucoup amusée. Elle avait un grand sens de l'humour.

— J'aurais aimé la connaître mieux, dit Adeline avec douceur. Sa bague est splendide.

— Et elle te va presque parfaitement.

Il lui offrit son bras.

— Bien. La future madame Ward est-elle prête à aller s'amuser ?

Elle glissa le bras autour du sien.

— Tu es conscient que tout cela est incroyablement étrange, n'est-ce pas ?

— Étrange, c'est bien le mot.

Ils entrèrent dans l'hôtel, passant devant le portier qui leur tenait la porte.

— Mais pour moi, étrange ne veut pas dire mauvais, ajouta-t-il.

Elle marqua un temps avant de lui offrir un sourire éblouissant qui fit tressauter son cœur.

— Tu as raison, approuva-t-elle.

Il croisa des gens qu'il avait vus lors d'autres événements caritatifs. Les Texans fortunés étaient réunis ce soir pour soutenir une bonne cause.

— Colter, dit un banquier que Colter avait déjà rencontré. Je ne m'attendais pas à vous voir ici ce soir.

Colter serra la main de l'autre homme.

— Je ne voulais pas manquer ça. Permettez-moi de vous présenter Adeline Harlow, une journaliste qui nous vient de New York.

L'homme porta un regard appréciateur sur Adeline.

— Ravi de faire votre connaissance, mademoiselle Harlow.

— Enchantée.

Colter et Adeline parlèrent à une dizaine d'autres personnes avant d'arriver dans la salle de bal, au plafond voûté et au parquet brillant. Des serveurs circulaient entre les invités pour proposer des canapés et des flûtes de champagne. Ayant bien besoin d'un alcool fort, Colter emmena Adeline au bar. Elle commanda un verre de vin blanc, et lui un scotch avec des glaçons.

Lorsqu'ils furent servis, Adeline lança :

— Ces soirées, ce n'est pas ton style, n'est-ce pas ?

— Non. Je n'ai jamais été un beau parleur.

— Difficile à croire, objecta-t-elle en riant. Tu étais un tel charmeur au lycée ! Je me souviens que certains enseignants te mangeaient dans la main.

— Elle n'a pas tort.

Colter se raidit dès qu'il entendit la voix familière. Parce qu'il s'y sentait obligé, il se retourna, s'attendant à voir son ex-femme. Au lieu de quoi, il fut face à une inconnue. Julia avait énormément changé depuis leur dernière rencontre. Ses cheveux blonds étaient encore plus clairs. Ses sourcils, plus foncés et plus épais. Les cils qui ourlaient ses yeux bruns n'étaient pas les siens. Ses pommettes, ses lèvres, la forme de son visage – même la poitrine généreuse sous sa robe rouge – n'étaient pas celles de la femme qu'il avait épousée.

— Bonsoir, Julia, dit-il poliment.

— Bonsoir, Colter.

Elle posa un regard froid sur Adeline.

— Votre visage me dit quelque chose. Nous sommes-nous déjà rencontrées ? demanda-t-elle.

— Oui. Je suis Adeline Harlow. Nous étions dans le même lycée.

— Adeline, dit Julia, l'air songeur. Votre prénom ne m'évoque rien.

— Ce n'est pas très étonnant, répliqua Adeline calmement. Nous ne fréquentions pas les mêmes cercles.

— Ah, ceci explique cela, rétorqua Julia avant de s'adresser à Colter : Où sont tes parents ? Je croyais qu'ils assistaient toujours à cet événement.

— Mon père n'est plus assez valide pour ces choses-là.

— Je suis désolée de l'apprendre, dit-elle, l'air sincère.

Colter inclina la tête en guise de remerciement.

— Comment se fait-il que tu sois présente ? questionna-t-il.

— Mon petit ami siège au conseil de l'organisme de bienfaisance, expliqua Julia, posant ostensiblement la main sur son collier de diamants.

— L'hôpital fait de merveilleuses choses pour les enfants malades et leurs familles, souligna Adeline. C'est formidable que votre ami soutienne cette cause.

— En effet, approuva Julia. Bronson consacre beaucoup temps à de nombreuses œuvres de charité.

Colter eut envie de lever les yeux au ciel.

— Bronson ! appela Julia, faisant signe à un homme brun au costume bien coupé de les rejoindre.

Colter se rendit compte qu'il le connaissait. C'était un milliardaire qu'une amie de Julia leur avait présenté.

— Bonsoir, Bronson, dit-il. Content de vous revoir.

Il lui tendit la main en signe de paix.

Étrangement, il n'éprouvait aucune jalousie ni aucune colère à l'idée que cet homme soit le nouveau compagnon de Julia. Mais

Bronson savait-il que les revenus de Julia ne provenaient pas de sa société en déclin mais de la poche de Colter ?

— Moi aussi, Colter, répondit Bronson en lui serrant la main.

Puis il s'adressa à Adeline :

— Bronson Bailey.

— Adeline Harlow, répondit-elle.

Elle lui serra la main puis se pressa contre Colter, provoquant un afflux de chaleur en lui.

— Je suis la fiancée de Colter.

— Sa fiancée ? s'exclama Julia avant de masquer sa surprise et d'afficher un sourire. Eh bien, c'est formidable. Je n'étais pas au courant.

Colter resserra son étreinte autour d'Adeline.

— Nous n'avons pas encore annoncé la nouvelle officiellement, dit-il.

— Nous tenons à préserver notre jardin secret, enchérit Adeline.

Elle posa la main contre le torse de Colter.

— N'est-ce pas, chéri ? fit-elle.

Il adorait qu'elle l'appelle « chéri ». Un peu trop, même.

— Oui, en effet.

Il posa les lèvres sur les siennes. Et ce ne fut que lorsqu'il la sentit s'abandonner contre lui qu'il sut qu'il l'embrassait non pas pour donner le change, mais pour lui-même.

Il était en train de briser la règle qu'Adeline et lui avaient fixée, mais il s'en moquait.

Quand il mit fin au baiser et observa Adeline, il remarqua qu'elle avait les pupilles dilatées et les joues rosies.

Une cloche sonna, indiquant que le dîner allait être servi.

— Nous devrions aller à notre table, suggéra Adeline. Nous vous souhaitons une bonne soirée, dit-elle à Julia et à Bronson.

— Merci, à vous aussi, répondit Bronson.

Colter entraînait Adeline vers leur table quand Julia s'exclama :

— La bague de ta grand-mère !

Il vit de la colère dans le regard de Julia, ce qui lui rappela qu'elle avait souhaité porter ce bijou lorsqu'il l'avait demandée en mariage.

— Il s'avère que ma mère a pu se séparer de cette bague, finalement, glissa-t-il.

Tandis que Julia rougissait, Colter s'adressa à Bronson :

— Bonne soirée.

Colter guida Adeline entre les tables rondes tout en s'interrogeant. Sa mère s'était-elle doutée que Julia serait présente ? Était-ce la raison pour laquelle elle lui avait prêté la bague dont elle avait dit ne jamais pouvoir se séparer ?

Peut-être bien, songea-t-il en souriant.

Se sentant légèrement enivrée par les deux verres de vin qu'elle avait bus pendant le dîner, Adeline suivit volontiers Colter sur la piste de danse. Il lui fit faire un tour sur elle-même avant de l'attirer contre lui. Elle remarqua qu'il avait retiré sa veste et retroussé ses manches. Elle le trouvait encore plus séduisant à présent.

Les musiciens jouaient la chanson *At Last* d'Etta James, et Colter faisait aisément danser Adeline sur la piste, comme s'il avait fait cela des milliers de fois.

— Quand et comment un cow-boy d'une petite ville a-t-il appris à danser si bien ? questionna-t-elle.

— Julia m'a fait prendre des cours avant notre mariage.

— Cela a payé, manifestement.

Le sourire qu'il afficha débordait de sensualité.

— Je suis heureux que tu me trouves bon danseur.

La caresse de sa main sur son dos l'enivrait. Colter était si séduisant... Et son parfum boisé si délicieux... Une onde de chaleur comme elle n'en avait jamais connu tourbillonna en elle. *Pourquoi est-ce que je ne veux pas aller plus loin, déjà ?*

Voulant désespérément retrouver la raison, elle se concentra sur la musique et expira lentement. Discuter l'aiderait sûrement à reprendre ses esprits.

— Cela a dû te faire un choc de voir Julia, lança-t-elle.

— En fait – il l'attira plus près, posant la main juste au-dessus de son postérieur – ça ne m'a pas du tout déstabilisé.

— Mais c'était inattendu, j'imagine.

— Inattendu, oui, mais agréable. Cela m'a permis de constater que mes plaies avaient cicatrisé.

— Tu devrais en être fier. J'aimerais ne serait-ce que commencer la partie cicatrisation.

Son regard chercha le sien, et il augmenta la pression de sa main sur son dos. Adeline éprouva un étrange sentiment de sécurité.

— Cela fait un an que Julia et moi avons rompu. Tu ne peux pas comparer nos relations respectives.

— Tu as raison, je suppose. Au moins, tu peux affronter Julia. Moi je n'ai pas encore revu Brock. Je ne lui ai parlé qu'une fois au téléphone, et uniquement pour m'assurer que ses parents ne seraient pas trop affectés par la nouvelle de nos fausses fiançailles.

— Tu le reverras quand tu seras prête, dit-il, lui caressant le dos avec son pouce. Cela dit, à mon avis, tu ne dois absolument rien à cet homme.

— Merci, Colter.

Essayant désespérément d'ignorer le désir qui montait en elle, elle demanda :

— Pourquoi Julia était-elle si contrariée que je porte la bague de ta grand-mère ?

— Parce qu'elle rêvait de la porter autrefois. Après le décès de ma grand-mère, alors que je préparais ma demande en mariage, j'ai demandé à ma mère si je pouvais offrir ce bijou à Julia. Elle a refusé.

— Pour quelle raison ?

Il haussa les épaules.

— Mes grands-parents ont été mariés soixante-douze ans. Je crois que pour ma mère, cette bague est le symbole de notre famille. Ce doit être difficile pour elle de s'en séparer.

— Je vois. Moi aussi, j'accorde une grande valeur sentimentale à certains objets. Mais je comprends mieux la réaction de Julia. J'aurais dû montrer la bague de manière plus ostensible, comme elle l'a fait avec son collier.

— Tu l'as remarqué, toi aussi ? demanda-t-il en riant.

— Évidemment ! Et j'ai aussi noté à quel point elle avait changé. Elle ne ressemble plus du tout à la Julia d'autrefois.

— C'est vrai. Cependant, ce n'est pas elle que je regarde ce soir.

Il se colla à elle, ne laissant aucun espace entre eux.

— C'est toi que je regarde, ajouta-t-il d'une voix grave.

C'est une relation factice, ne l'oublie pas.

Une douce chaleur se propagea dans son ventre quand elle sentit le sexe en érection de Colter contre elle. Les autres couples semblèrent disparaître et la musique s'évanouir lorsque Colter approcha les lèvres des siennes.

— Comment as-tu fait pour avoir la bague ce soir ? questionna-t-elle.

— J'ai demandé à ma mère de me la prêter.

Il sonda son regard avant de s'attarder sur sa bouche.

— Peut-être est-ce moins difficile de donner un bijou de famille quand les fiançailles ne sont pas réelles, fit-il valoir.

Tu vois ? C'est une fausse relation.

— Oui, sûrement, approuva-t-elle.

Il lui offrit un sourire qui faillit la faire fondre.

— Cette conversation t'intéresse vraiment ou tu essaies de te distraire ? demanda-t-il.

À son grand désarroi, elle se sentit rougir.

Reprends le contrôle, Adeline ! Elle réfléchit à ce qu'elle pourrait confier ou ne pas confier. Puis elle se décida. Puisque Colter lui avait révélé beaucoup de choses sur lui, elle avait envie d'en faire autant.

— En vérité, être ici avec toi et danser dans tes bras rendrait l'adolescente que j'étais folle de bonheur.

— Qu'est-ce que tu veux dire ?

— J'avais un gros faible pour toi pendant toutes mes années lycée.

— C'est vrai ? s'étonna-t-il.

— Oui. Je t'admirais de loin, en espérant qu'un jour tu me remarques. C'est d'un cliché !

— Je ne me suis jamais douté de rien, admit-il, lui caressant le dos à nouveau.

— C'est mieux ainsi, Colter, crois-moi. L'absence de mon père me perturbait beaucoup, et cela se serait certainement mal fini si un garçon m'avait remarquée à l'époque.

— Tu as réglé ces problèmes ?

— Oui. J'ai suivi une thérapie pendant des années. Et puis, j'ai mûri. J'ai compris que la vie n'est pas parfaite, et que les gens ne sont pas parfaits. Quoi qu'il se soit passé avec mon père, c'est lui le fautif, pas moi.

— C'est une prise de conscience salutaire.

Elle ondula les hanches, laissant Colter la guider sur la piste.

— Oui, mais il n'empêche que je me pose des questions à son sujet.

— C'est naturel. Je pense qu'il ne te mérite pas, lui non plus.

Elle sourit.

— Tu vois, tu es totalement irrésistible.

— Ça veut dire que tu as toujours un faible pour moi ? demanda-t-il d'une voix rauque.

— Toutes les femmes n'ont-elles pas un faible pour Colter Ward en ce moment ? le taquina-t-elle, lui arrachant un petit rire.

Sous sa robe, ses tétons se dressèrent. Chaque caresse de Colter sur sa peau nue renforçait son excitation.

— Mais c'est différent maintenant. Autrefois, tu étais ce garçon superbe que je n'arrêtais pas de regarder et que j'idéalisais. Aujourd'hui, tu es devenu un homme exceptionnel. Et cela te rend encore plus séduisant.

Il cessa de danser et la fixa intensément.

— J'aurais aimé te voir à l'époque comme je te vois aujourd'hui. Je suis désolé de ne pas t'avoir remarquée.

Son regard était plein de promesses.

Des promesses enfiévrées, et merveilleuses, mais qui arrivaient au plus mauvais moment.

Songeant que leur fausse relation devenait soudain trop réelle, Adeline se sentit étouffer. Brusquement, elle se précipita vers les portes-fenêtres encadrées d'épais rideaux de velours.

Une fois sur le balcon, elle se retrouva entourée de plantes et de fleurs colorées. Des lanternes projetaient une douce lumière dans la nuit. Elle marcha jusqu'au garde-fou en fer forgé et, le corps en feu, inspira à pleins poumons.

— J'ai dit quelque chose qui t'a perturbée ?

La voix de Colter était chargée de regrets. Elle se retourna vers lui, gardant les mains sur la rambarde.

— Non, tu ne m'as pas perturbée.

Elle l'observa et vit le moment où il comprit la raison de sa fuite. Son regard se fit plus... *pénétrant.*

Il fit un pas vers elle.

Elle leva la main pour l'arrêter.

— Il me faut un peu de temps, dit-elle.

— Vraiment ? N'as-tu pas besoin de quelque chose d'autre ?

Plus Colter approchait, plus elle se sentait chanceler.

Il avança encore. Et encore.

Jusqu'à ce qu'il soit face à elle.

Elle respira à fond pour ralentir les battements affolés de son cœur.

— À quoi jouons-nous, Colter ?

Il posa les mains à côté des siennes sur la rambarde, et elle se sentit enveloppée par la force de son corps.

— Ça me semble assez clair.

— Colter, nous sommes supposés avoir une fausse relation, tu te souviens ? Nous avons fixé des règles que nous sommes en train d'enfreindre. C'est une très mauvaise idée.

— Je ne suis pas de cet avis.

Il posa ses lèvres chaudes sur les siennes, et quand il glissa la langue dans sa bouche, elle sentit toutes ses hésitations s'évaporer.

Elle se mentait à elle-même, depuis le début, comprit-elle. Elle avait voulu que Colter l'embrasse à la seconde où elle l'avait vu dans ce bar. Et bien que son cœur meurtri refuse de prendre des risques, elle pouvait faire ce que Waylon avait suggéré : « Vis ta vie de femme libre et rebelle. Prends de mauvaises décisions. »

Et elle commencerait ce soir.

Quand Colter prit son visage en coupe et approfondit le baiser, elle sentit ses dernières défenses s'écrouler. Elle avait envie de ne plus réfléchir, pour simplement... *se laisser aller.*

— Tu as un passé, dit-il, déposant une série de baisers au creux de son cou. J'ai un passé. Mais rien de tout cela ne compte pour l'instant.

Il posa la main sur ses fesses et la plaqua contre lui.

— Ça, c'est tout ce qui compte maintenant. J'ai envie de toi, Adeline.

Il lui mordilla la joue avant de sonder son regard.

— Tu as envie de moi ? demanda-t-il.

Rassurant. Réconfortant. Fort. Colter était tout cela. Mais il était aussi *tentant*. Si tentant qu'elle n'eut plus aucun mal à se décider.

— Oui, j'ai envie de toi.

Elle agrippa sa chemise et murmura :

— Et je te veux maintenant.

8

Colter lui donna des baisers ardents et passionnés. Sur le balcon de la salle de bal. Devant l'hôtel Crescent Court, pendant qu'ils attendaient le chauffeur. À l'arrière de la voiture pendant le trajet jusqu'à l'hôtel Rosewood. Dans l'ascenseur qui les emmenait jusqu'à leur chambre. Colter avait failli réserver une suite au-dessus de la salle de bal, mais s'était ravisé.

Il ne voulait pas qu'Adeline ait des regrets.

Par conséquent, il avait choisi de lui laisser du temps.

Du temps pour changer d'avis.

Dès qu'il ferma la porte de la somptueuse chambre d'hôtel, meublée de pièces anciennes et d'un grand lit à baldaquin, il se rendit compte que son inquiétude était infondée. Adeline le regardait avec avidité, manifestement consumée par le même désir que lui. Un désir qu'il ne pouvait ignorer plus longtemps.

Le souffle court, il s'adossa à la porte tandis qu'Adeline baissait lentement la bretelle de sa robe. Le tissu glissa, dévoilant un sein nu au téton rose et ferme. Colter sentit son sexe se raidir immédiatement.

— Adeline, murmura-t-il.

— Tu veux en voir plus ? demanda-t-elle d'une voix sensuelle.

— Oui, absolument, gronda-t-il.

Elle rougit et, se mordillant la lèvre, baissa l'autre bretelle de sa robe. Le vêtement descendit lentement le long de son corps avant de finir sur le sol.

Colter contempla Adeline, fasciné. Tout son corps était parfait.

Elle ne portait plus qu'une culotte de dentelle noire à présent. Il avait déjà vu des femmes nues. Il avait admiré des créatures splendides sur des tableaux. Des stars de cinéma sur grand écran. Aucune n'arrivait à la cheville d'Adeline.

— Tu es tellement belle...

Elle glissa les pouces sous la taille de sa culotte.

— Non, protesta-t-il. C'est à moi de l'enlever.

— Ah ? fit-elle d'un ton joueur. Pourquoi ne viens-tu pas ici pour me l'ôter, alors ?

Il ferma la porte à clé puis approcha, se laissant le temps de la regarder ton son soûl. Elle haleta quand il fut devant elle et lui saisit le menton.

— J'étais peut-être ton coup de cœur autrefois, Adeline, mais crois-moi, maintenant, tu es le mien.

Il vit l'effet de ses mots sur elle. Son regard s'adoucit, et elle saisit sa chemise. Il l'aida à la déboutonner.

Il l'embrassa tandis qu'elle faisait glisser le vêtement sur ses épaules. Quand elle entreprit de lui retirer son pantalon, il déboucla sa ceinture pour lui faciliter la tâche. Lorsqu'il fut entièrement nu, elle saisit son sexe durci et se mit à le caresser doucement. Il gémit et déposa des baisers sur son visage, son cou, ses seins, mais cela ne suffit pas à le rassasier.

Quand elle remonta les mains jusqu'à ses biceps, il interrompit sa série de baisers et mit un genou à terre devant elle. Elle rougit et ouvrit de grands yeux quand il commença à lui retirer doucement sa culotte. Pendant qu'il faisait glisser la pièce de dentelle le long de ses jambes, il contempla la toison bouclée entre ses cuisses.

— Bon sang, New York, regarde-toi.

Il déposa un baiser sur son ventre... puis sur l'intérieur de sa cuisse... approchant de plus en plus du centre de son plaisir.

Elle agrippa ses cheveux.

— S'il te plaît, Colter, murmura-t-elle.

Sa supplique provoqua une nouvelle vague de désir en lui. Mais avant de prendre possession de son corps, il voulait goûter sa *saveur*. Il passa la langue sur son sexe moite, lui arrachant un doux gémissement.

Et il continua son exploration sensuelle, pour l'amener jusqu'aux cimes du plaisir. Lentement. Délibérément.

Bien vite, elle se mit à respirer de manière saccadée et à trembler. Mais ce n'était pas assez pour Colter. C'était loin d'être assez. Il inséra un doigt en elle. Et un autre. Après quelques va-et-vient, elle frissonna contre sa bouche.

Lorsque les spasmes de son orgasme se dissipèrent, il s'écarta. Elle relâcha ses cheveux, et il déposa un dernier baiser sur sa cuisse avant de se relever. Elle soutint son regard lorsqu'il la porta pour l'allonger sur le lit. Ses jambes ouvertes, ses seins et son visage délicieusement empourprés étaient une invitation qu'il ne pouvait pas refuser.

Hâtivement, il sortit son portefeuille de son pantalon. Tandis qu'il prenait un préservatif, elle enroula les doigts autour de son sexe durci.

— Tu n'es pas le seul à avoir envie de jouer, susurra-t-elle.

Il gémit lorsqu'elle se mit à le caresser, rejetant la tête en arrière avant de s'obliger à la regarder s'amuser. Son air malicieux fit monter un grondement rauque dans sa gorge. Adeline était une femme audacieuse, courageuse, douce et timide à la fois. Un mélange d'une perfection dévastatrice.

Il sentit ses jambes trembler et son cœur cogner dans sa poitrine tandis que le plaisir se déversait dans ses veines. Quand la tension fut trop forte, il se dégagea de son étreinte.

— Je ne veux pas que ça se termine ainsi. Je veux être en toi, gronda-t-il.

— Alors viens, dit-elle, reculant sur le lit.

Impatient de se glisser en elle, il déroula un préservatif sur lui puis la rejoignit. Il s'étendit sur elle, scella leurs lèvres et se plaça contre son sexe chaud.

Il avança, entrant à moitié en elle.

Elle haleta et murmura contre sa bouche :

— Colter.

— Oui, New York, je vais aller plus loin.

Il reprit possession de ses lèvres et avança encore, savourant la chaleur et la moiteur de son sexe.

— J'ai eu envie de te faire l'amour dès que je t'ai vue.

— Moi aussi.

Elle gémit quand il alla plus loin. Et encore plus loin. Jusqu'à ce qu'il soit enfoncé jusqu'à la garde.

Elle s'agita sous lui, pantelante. Il se mit à onduler lentement en elle.

Les gémissements d'Adeline se répandirent comme un feu de forêt sur sa peau tandis qu'il la couvrait de baisers. Elle arqua le dos quand il taquina un téton. Il mordilla la pointe dure, ses petits cris sensuels devenant de plus en plus rauques.

Lorsqu'elle plaqua les mains sur ses fesses et croisa les chevilles autour de ses cuisses, il cessa de se refréner. Leur donnant à tous les deux ce qu'ils désiraient, il la chevaucha avec force, chaque coup de reins intensifiant leur plaisir.

La friction de leurs deux corps moites s'accéléra. Le parfum du sexe flotta dans l'air. L'apothéose était proche.

Il se redressa pour voir Adeline exploser de plaisir dans ses bras. Un tourbillon d'émotions vrilla dans sa poitrine quand il sonda son regard. Elle avait baissé la garde, et son âme était à nu.

Le peu de contrôle qui lui restait s'évapora. Ses mouvements de va-et-vient devinrent aussi frénétiques que les cris qu'elle poussait.

Il admira le spectacle de son orgasme jusqu'à la dernière seconde. Ensuite, seulement, il ferma les yeux et laissa le plaisir l'emporter à son tour.

En ligne avec Nora, Adeline s'assit sur la cuvette des toilettes. Elle s'était enfermée dans la salle de bains de marbre pour pouvoir discuter avec son amie sans que Colter l'entende.

— Ce n'est pas une immense erreur ? demanda-t-elle.

Nora ricana.

— Non, Adeline. Coucher avec un cow-boy terriblement sexy

est la meilleure décision que tu aies jamais prise. Pourquoi la remets-tu en question ?

— Parce que j'ai l'impression que notre fausse relation est devenue très réelle.

— Ce serait si terrible si c'était le cas ?

— Je ne sais pas, répondit Adeline avec honnêteté. Je nage en pleine confusion. Qui romprait ses fiançailles et commencerait une aventure avec quelqu'un d'autre à peine une semaine plus tard ?

— Des tas de gens. Et puis, Brock t'a trompée. Ce qui te donne une bonne raison d'aller de l'avant. Tu as un faible pour Colter depuis une éternité. Tu mérites de t'amuser un peu.

— C'est bien là le problème, Nora. Colter n'est pas seulement un beau cow-boy avec lequel j'ai envie de m'amuser. C'est un homme exceptionnel. Il est merveilleux avec sa famille, avec les habitants de la ville. Et même avec moi.

Nora garda le silence durant de longues secondes.

— Tu commences à avoir des sentiments pour lui ? finit-elle par demander.

— Si je commence à avoir des sentiments pour lui ? rétorqua Adeline en riant. J'ai un faible pour lui depuis le lycée ! Nora, c'est l'homme idéal. Et l'amant idéal.

— Alors je ne vois pas où est le problème.

Adeline se leva et alla observer son reflet dans le miroir. Son maquillage avait coulé sous ses yeux, ses cheveux étaient en bataille, et elle avait le regard brillant d'une femme sexuellement satisfaite.

— Je suis perdue, Nora, car rien de tout cela n'était censé arriver. Je suis venue au Texas pour écrire un article. À présent, tout s'emmêle, et je me demande ce que je fais ici.

— Comment ça, *tout* ?

Adeline s'assit au bord de la vaste baignoire.

— Mon père... cette ville... je me sens dépassée.

— Tu as revu ton père ?

— Non, éluda-t-elle – elle n'avait pas envie de révéler à sa meilleure amie qu'elle l'avait vu dans la rue. Mais depuis que je passe du temps avec la famille de Colter, j'ai l'impression qu'il manque quelque chose dans ma vie. Pourtant, jusqu'à récemment, ma mère et toi m'avez toujours suffi.

— Tu oublies que ton père n'est pas comme les parents de Colter. Il n'a jamais été présent pour toi.

— Je n'oublie pas. Comme je l'ai dit, tout est juste... confus.

— Quoi qu'il en soit, concernant ton père, sois prudente. Il pourrait te faire souffrir, alors protège-toi.

— Tu as raison.

— Deux hommes dans ta vie t'ont totalement déçue. C'est ainsi. La seule chose que tu puisses faire, c'est contrôler la manière dont tu réagis avec eux. Et concernant Colter, voilà ce que j'ai à te dire : tu viens de rencontrer un homme qui a toutes les qualités que tu recherches et plus encore. Alors tu serais folle de ne pas céder à ton désir.

— Même s'il vit dans une petite ville dans laquelle je ne reviendrai jamais m'installer ?

— Oui. C'est peut-être ta chance de connaître un amour véritable et durable. Si c'est ce genre d'amour, ça marchera. Ça marche toujours.

— Donc, tu me conseilles de poursuivre cette relation ?

— Oui. Vois où cela vous mène. Soit votre histoire durera, soit tu reviendras à New York après deux semaines de liaison torride avec le garçon de tes rêves.

Se sentant soulagée d'un grand poids, Adeline sourit.

— C'est très bien résumé.

— Maintenant, retourne dans la chambre et profite de ton cow-boy !

— Je t'adore, Nora. Merci de m'avoir écoutée.

— Tu en ferais autant pour moi. Je t'adore aussi, trésor. À bientôt.

Adeline posa son téléphone sur le plan de toilette. Elle entendit quelqu'un frapper à la porte de la chambre. C'était sans doute le room service, pensa-t-elle. Elle patienta quelques instants puis sortit de la salle de bains. Vêtu d'un peignoir blanc semblable à celui qu'elle portait, Colter tenait un plateau dans les mains.

— Une collation, dit-il, soulevant la cloche argentée et révélant des fruits et du beurre d'amande.

— Parfait.

Elle alla sur le lit recouvert d'une couette blanche et s'assit en tailleur. Colter posa le plateau devant elle avant de prendre place.

— Tu te rends compte que nous avons brisé nos règles ? nota-t-elle.

— Oui, et je m'en moque, répondit Colter, lançant un morceau de pomme dans sa bouche.

— Pour l'instant, rétorqua-t-elle en plongeant un morceau de pomme dans le beurre d'amande.

Il arqua un sourcil.

— Explique-toi.

— Eh bien, n'est-ce pas exactement ce que tu voulais éviter ? Nous faisons semblant d'être fiancés pour que tu n'aies pas de femme dans les pattes. Mais tu m'as, moi.

— C'est différent.

— En quoi est-ce différent ?

Il lui fit un clin d'œil.

— Parce que tu me plais.

Elle se sentit fondre. Elle n'eut pas l'occasion de répondre car Colter porta une tranche de pomme à ses lèvres.

Elle mordit dans le morceau de fruit.

— J'ai su qu'il y avait quelque chose de spécial chez toi dès que je t'ai vue dans ce bar.

— Ah ? Comment ça ?

— J'ai aimé la façon dont tu m'as regardé. Pour toi, je n'étais pas un trophée mais un homme.

Il croqua le reste de la tranche de pomme.

— Et surtout, tu ne me regardais pas comme si j'étais brisé.

— Les gens te croient brisé ? Tu es l'homme le plus équilibré que je connaisse !

Elle prit une autre tranche de pomme et la glissa dans sa bouche.

— Si tu m'avais vu il y a six mois, tu ne dirais pas ça.

— À cause de ton divorce ? avança-t-elle.

— Oui. J'avais l'impression d'avoir raté mon mariage et d'avoir abandonné ma famille. Dans chaque aspect de ma vie, j'avais un sentiment d'échec.

— Tu avais le cœur brisé, dit-elle avec douceur.

— Oui, c'était terrible. Je buvais, je ne voulais parler à personne, et je travaillais beaucoup trop. J'étais de très mauvaise compagnie.

— Qu'est-ce qui t'a fait changer ?

Il déglutit. Sa peine se lisait dans ses yeux.

— Mon père est passé chez moi un soir, dit-il d'une voix émue. Il n'était pas encore en fauteuil roulant mais il savait que son corps déclinait. Il m'a offert la possibilité de quitter le ranch. Il m'a dit que je pouvais reprendre mon travail de pilote parce qu'il avait engagé un P-DG pour le remplacer.

Elle lui prit la main, espérant que cela atténuerait la douleur que ce souvenir avait manifestement réveillée.

— Il traversait les jours les plus difficiles de sa vie. Et pourtant, il pensait à moi et à mon bonheur.

— Alors, tu as pensé à lui et tu t'es senti mieux ?

Il caressa du pouce le revers de sa main.

— Exactement.

— J'ai compris que ce que je vivais n'était rien en comparaison de ce qu'il subissait. Ce jour-là, je lui ai promis de me ressaisir.

— Et c'est ce que tu as fait ?

Il hocha fièrement la tête.

— Oui.

Elle lui enviait cette capacité à changer si aisément.

Il passa l'index sur le contour de son visage.

— Pourquoi cet air triste ?

— J'aimerais être capable de changer comme tu l'as fait, avoua-t-elle. Je me demande encore comment j'ai failli épouser quelqu'un qui me trompait.

— Les gens cruels sont de très bons acteurs.

— Sans doute. En tout cas, je ne sais pas comment aller de l'avant comme tu l'as fait. Je sais que, bientôt, je devrai rentrer chez moi et affronter Brock et sa famille. Et j'ignore si j'en serai capable.

— Je ne me suis pas remis de ma rupture en un jour. Il m'a fallu six mois d'autoflagellation avant de m'en sortir.

— Génial. C'est à cela que je dois m'attendre ?

Soudain, il écarta le plateau et attira Adeline vers lui.

— Tu ne vivras pas le même enfer que moi. Ton cœur est bien trop tendre et joyeux pour cela.

Il tira sur la ceinture de son peignoir, laissant les pans s'ouvrir et dévoiler sa poitrine nue. Il déposa une pluie de baisers sur son cou, ses seins, son ventre.

Elle plongea les mains dans ses cheveux tandis qu'il s'aventurait plus bas, attisant son excitation.

— Je croyais que tu avais faim, objecta-t-elle.

— J'ai faim, répondit-il, déposant un baiser sur l'intérieur de sa cuisse avant d'approcher du cœur de son intimité. Mais c'est une autre sorte de faim.

— Ah, oui ? C'est-à-dire ? demanda-t-elle d'un ton taquin.

— J'ai faim de toi.

Il passa la langue sur sa chair brûlante.

Tandis qu'elle se cambrait sous l'effet du plaisir, elle comprit que Nora avait raison. Avoir une liaison avec Colter était la meilleure décision qu'elle ait jamais prise.

9

Quatre jours plus tard, Adeline était sur un petit nuage. Chaque journée passée avec Colter semblait meilleure que la précédente. Elle passait ses matinées à le suivre au travail, et ses après-midi à écrire son article en compagnie de Waylon.

Elle avait achevé son texte deux jours plus tôt, mais il était le cadet de ses soucis en ce moment. Tout d'abord, parce qu'elle n'avait plus envie d'écrire sur Colter – elle avait envie de le connaître en vrai. Ensuite, parce que dans deux petits jours, elle quitterait Colter et Devil's Bluffs.

Cette perspective lui semblait presque impossible. Adeline n'avait jamais éprouvé un tel désir pour un homme. Peu importait le nombre de fois où Colter et elle avaient connu le plaisir dans les bras l'un de l'autre – le matin, l'après-midi, la nuit, chaque fois qu'ils le pouvaient –, elle en voulait toujours plus.

Son plus grand problème ? Elle commençait à rêver d'une relation durable avec Colter, ce qui compliquait tout. Si Colter vivait à New York, elle continuerait de le voir sans hésiter, bien qu'elle sorte à peine d'une rupture difficile. Son aventure avec Colter était agréable… *trop agréable*.

Elle s'efforça de chasser cette pensée tout en enfilant les bottes de cow-boy qu'elle avait empruntées à la mère de Colter.

Le bruit des sabots de cheval attira son attention. Relevant la tête, elle vit Colter approcher avec deux chevaux, sellés et prêts à être montés. Elle déglutit, nerveuse.

— Tu regrettes d'avoir dit oui à une balade à cheval ? demanda Colter avec un sourire en coin.

— Un peu, avoua-t-elle.

— Sérieusement, tu n'es jamais montée à cheval ? enchérit Beverly tout en se balançant sur son rocking-chair, sous la véranda de la maison.

— Jamais.

— Tu es une Texane, pourtant, fit valoir Colter, secouant la tête d'un air désapprobateur.

Adeline mit un chapeau emprunté à Beverly sur sa tête et se leva.

— Une Texane qui vivait près de la ville et qui ne mettait les pieds dans un ranch que quand elle gardait Beau, riposta-t-elle.

— Nous aurions dû demander aux garçons de t'emmener faire des balades, déclara Beverly. N'est-ce pas, Grant ?

Elle tapota la main de son mari.

Installé dans un rocking-chair, Grant avait les yeux vitreux aujourd'hui. Il regardait en direction de l'écurie, marmonnant des mots inintelligibles.

Adeline éprouvait de la compassion pour la famille Ward. Pour Grant, d'abord. Ces derniers jours n'avaient pas été faciles pour lui. En peu de temps, il était devenu très frêle. Mais elle était aussi triste pour Beverly, Colter et Beau, qui souffraient aussi. Jusqu'à récemment, elle ignorait que la maladie de Parkinson pouvait s'accompagner de démence, comme dans le cas de Grant.

— C'est très bien que Colter rectifie cette erreur de notre part, dit Beverly.

— Espérons-le, marmotta Adeline, descendant les marches du perron.

En un éclair, Colter l'aida à monter sur la jument. Il ajusta ses étriers puis monta sur son cheval noir aussi aisément que s'il montait les marches d'un escalier.

— Amusez-vous bien, dit Beverly tandis qu'ils s'éloignaient.

— Merci, répondit Adeline.

Remarquant que Colter tenait ses rênes d'une seule main, elle l'imita.

— Que dois-je savoir ? demanda-t-elle.

— Serre les jambes pour aller plus vite. Tire légèrement sur les rênes pour t'arrêter. Il n'y a pas grand-chose de plus à savoir.

Il désigna la jument blanche.

— Pearl prendra bien soin de toi. Détends-toi et profite de la balade.

— D'accord.

Pearl était massive et puissante, mais elle semblait douce.

Ils dépassèrent l'écurie et franchirent une petite colline avant d'arriver dans une plaine. La jument semblait savoir ce qu'elle faisait, songea Adeline, rassurée.

Tandis qu'ils avançaient dans la prairie verdoyante, Adeline étudia le cow-boy qui l'accompagnait. Il avait l'air détendu, comme quand il pilotait son hélicoptère.

Elle aussi commençait à se détendre.

Les jours qui venaient de s'écouler avaient été merveilleux. Et ses ébats avec Colter, sensationnels. Il fallait bien l'admettre, elle était heureuse. Sans doute plus heureuse que depuis bien longtemps. Elle n'avait aucune envie que son histoire avec Colter s'achève. Avec lui, tout était simple, et facile. Était-ce à cela que ressemblait une relation saine ?

— Mon père avait l'air perdu aujourd'hui, n'est-ce pas ? lança Colter, brisant le silence.

Elle remarqua la tension dans son expression.

— Un peu, oui. C'est triste.

Il hocha lentement la tête.

— Ma mère m'a dit ce matin que les médecins recommandaient qu'il ne vienne plus au ranch. Les trajets le fatiguent trop.

— Je suis navrée, Colter. Je ne peux imaginer à quel point ce doit être dur pour vous tous.

— Je suis surtout désolé pour ma mère.

Adeline aussi avait beaucoup de peine pour Beverly.

Pearl s'arrêta pour mâcher une touffe d'herbe puis rattrapa le cheval de Colter.

— C'est pour ça que tu as quitté un travail que tu adorais et que tu es revenu ici ? demanda Adeline. Pour ta mère ?

Il lui lança un regard de côté.

— La famille passe avant tout. Mes proches avaient besoin de moi. Je ne pouvais pas faire autrement que de revenir.

— Même si cela impliquait d'abandonner le métier de tes rêves ?

— Bien sûr.

— Tu es un homme remarquable, Colter. Tout le monde n'est pas capable d'abandonner ses rêves et ses souhaits pour le bien de sa famille.

Il soupira.

— Depuis que mon père est malade, j'ai compris certaines choses. Lorsque l'on arrive à la fin de sa vie, ce qui reste, ce n'est pas l'argent ou le métier de rêve que l'on a exercé. Ce sont les souvenirs créés avec ceux qui nous sont chers.

— J'envie la relation que tu as avec ta famille, avoua-t-elle. Et le fait que vous soyez là les uns pour les autres. J'imagine que vos Noëls étaient magiques ?

— Assez, oui, concéda-t-il avec un petit rire. Pas les tiens ?

— Oh ! si. Ma mère est extraordinaire, et elle a toujours fait ce qu'elle pouvait pour rendre chaque jour magique. Mais… il n'y avait qu'elle et moi.

— L'autre jour, tu disais ne pas vouloir connaître ton père. Est-ce vraiment le cas ?

— Ma mère ne m'a dit son nom que quand j'ai eu seize ans, et je crois qu'elle ne me l'a révélé que parce qu'elle pensait que je ne reviendrais jamais ici.

— Elle te protégeait ?

— Je crois. Mon père n'a jamais voulu d'enfants. Quand ma mère lui a annoncé qu'elle était enceinte, il n'a pas changé d'avis. Selon elle, c'était un gros buveur. Elle a décidé qu'il valait mieux pour moi que je ne le connaisse pas, et il a pensé la même chose.

— Quel est ton avis, aujourd'hui ? questionna-t-il.

— Est-ce que je pense que c'était honorable de sa part de rester loin de moi, sachant qu'il serait un mauvais père ?

Colter acquiesça d'un signe de tête.

Elle détourna le regard et caressa la crinière de Pearl.

— Il m'a fallu du temps pour m'en rendre compte mais, oui,

je pense que c'est tout à son honneur d'être resté à distance. Mais je trouve cela triste, aussi.

— Pourquoi ?

— Je me demande ce qui lui est arrivé pour qu'il refuse d'avoir plus d'amour dans sa vie.

Un doux sourire passa sur le visage de Colter tandis qu'un aigle passait au-dessus d'eux.

— Tu as un grand cœur, Adeline.

— C'est peut-être une mauvaise chose.

— Comment cela pourrait-il être une mauvaise chose ?

Le vent agita les herbes hautes que Pearl broutait à nouveau.

— Parce que je finis souvent par être blessée.

Colter garda le silence durant de longues secondes.

— Ton père vit-il encore en ville ? demanda-t-il enfin.

— Oui, je l'ai vu à mon arrivée. Tu te souviens, quand tu m'as trouvée par terre, l'autre jour ?

— Quand tu es tombée, c'est ça ? dit-il en souriant.

— En fait, je m'étais cachée dans un buisson pour éviter que mon père me voie.

— Ah, c'est plus logique. Tu penses qu'il t'a remarquée ?

Elle haussa les épaules.

— Honnêtement, je doute qu'il m'ait reconnue. Je suis une parfaite étrangère pour lui.

— Je ne comprends pas comment un homme peut rejeter sa fille, fit Colter d'un ton bourru.

D'une voix plus douce, il demanda :

— Puis-je te demander qui est ton père ?

Elle hésita un instant. Puis elle se rendit compte qu'elle voulait que Colter connaisse la vérité.

— C'est Eric Lowe.

— Le propriétaire du garage Lowe's Mechanics ?

— Lui-même.

— Ça alors ! fit Colter. Il travaille sur tous nos véhicules.

— Quoi qu'il se passe, s'il te plaît, continue à faire appel à lui. Je ne veux pas qu'il pâtisse de cette situation.

Remarquant la veine saillante sur le front de Colter, elle s'empressa d'ajouter :

— J'insiste, Colter. Je ne t'ai pas révélé son nom pour que tu lui fasses des histoires. Je voulais juste être honnête.

— D'accord, finit-il par concéder. Je ne ferai pas de scandale. Tu comptes aller le voir ?

— Le voir ? Non, je n'ai rien à lui dire.

— Peut-être, mais tu pourrais lui montrer à quel point tu es épatante. Et lui prouver que son absence ne t'a pas brisée.

Ses paroles la touchaient.

— Merci, Colter. C'est gentil.

— Je ne dis que la vérité.

Il se frotta le menton.

— Je n'aurais jamais imaginé qu'il buvait, avança-t-il.

— Peut-être qu'il est doué pour le cacher.

— Peut-être.

Un silence agréable s'instaura entre eux, et Adeline ne ressentit pas le besoin de le rompre.

Soudain, Colter arrêta son cheval. La jument d'Adeline s'arrêta aussi.

— Il y a trois choses que je sais avec certitude, déclara-t-il. Premièrement, ton père a commis une très grande erreur en t'excluant de sa vie. Deuxièmement, si tu changes d'avis et que tu as envie de le rencontrer, je serai là, à tes côtés.

Son cœur s'affola à l'idée de rencontrer Eric Lowe. Elle n'avait jamais envisagé cette éventualité. Mais maintenant qu'elle avait passé du temps avec la famille Ward, elle se demandait si elle ne manquait pas quelque chose en refusant de voir son père.

— Et troisièmement ? demanda-t-elle.

Il sourit jusqu'aux oreilles.

— J'ai un excellent crochet du droit.

Elle rit.

— Merci, Colter. C'est bon à savoir.

Plus tard ce soir-là, dans la cuisine ouverte de Beau, Colter retira prudemment une pièce de bois de la Tour Infernale. L'édifice se mit à trembler puis toutes les pièces s'effondrèrent sur la table.

Assis face à lui, Austin poussa un cri et bondit de joie. Il tapa dans la main d'Adeline.

— On l'a battu ! s'exclama le petit garçon.

— C'est sûr ! approuva Adeline en riant.

— On peut faire une autre partie ? demanda l'enfant.

— Désolé, Austin, c'est l'heure de se coucher, intervint Colter. Tu as déjà dépassé l'heure habituelle.

— Mais... mais...

— Ton père me passera un savon s'il te trouve encore debout à son retour, rappela Colter à son neveu.

Il ne savait pas à quelle heure Beau rentrerait. Son frère passait la soirée au Black Horse, avec une femme que Riggs lui avait présentée. Par conséquent, Colter préférait ne pas prendre de risques.

Les épaules d'Austin s'affaissèrent, puis il se rappela ses bonnes manières.

— Merci de m'avoir gardé, Adeline, dit-il.

— Je me suis beaucoup amusée. La prochaine fois, nous mettrons une raclée à oncle Colter au Monopoly.

Colter serra les dents. Il n'y aurait pas de prochaine fois. Car, bientôt, Adeline retournerait à New York.

— Oui, une bonne raclée ! approuva Austin en souriant.

Puis l'enfant fila vers le couloir.

Colter le suivit jusqu'à sa chambre.

— Pyjama et brossage de dents, mon bonhomme, dit-il.

— J'y vais, répondit Austin.

Il prit un pyjama dans le tiroir de sa commode puis courut vers la salle de bains.

Pendant ce temps, Colter alluma la veilleuse et éteignit la lumière principale de la chambre. Quelques minutes plus tard, Austin vint se coucher.

— Tu es prêt à dormir ? demanda Colter en le bordant.

— Oui.

Austin enfonça la tête dans l'oreiller.

Colter lui aurait volontiers lu une histoire, mais Austin avait décrété qu'il se trouvait trop grand pour cela.

— Dors bien, Austin, dit Colter en lui caressant les cheveux.

— Adeline peut venir demain pour jouer au Monopoly ?

— Désolé, bonhomme, je crois qu'elle est occupée.

Austin fit la moue.

— Quand pourra-t-elle revenir, alors ?

Colter s'assit sur une chaise à côté du lit.

— Je ne pense pas qu'elle puisse revenir, dit-il avec douceur. Elle va retourner à New York bientôt, car c'est là-bas qu'elle vit.

— Elle ne peut pas s'installer ici ?

Une question innocente, posée par un enfant innocent.

— Parfois, déménager est une chose difficile.

— Ça n'a pas l'air difficile, marmonna Austin. Tu n'as qu'à mettre ses affaires dans des cartons et les apporter ici.

Si seulement, songea Colter. Plus les jours passaient, plus sa relation avec Adeline était incroyable. Avec elle, tout était facile. Qui plus est, leurs ébats étaient époustouflants.

— Crois-moi, si je pouvais la convaincre de vivre ici, je le ferais.

— Alors demande-le-lui.

Austin était plus intelligent que lui, songea Colter. Il se leva et approcha de la porte.

— Je vais y penser. Il est temps de dormir. Bonne nuit, bonhomme.

— Bonne nuit, oncle Colter.

Colter sortit de la chambre, laissant la porte ouverte comme Austin le souhaitait.

Lorsqu'il revint dans la cuisine, il trouva Beau accoudé au bar, en train de discuter avec Adeline.

— Tu rentres tôt, observa-t-il.

Beau consulta sa montre.

— C'est un peu tard pour le coucher d'Austin, tu ne crois pas ?

Colter haussa les épaules.

— Mieux vaut tard que jamais.

Beau gloussa et croisa les bras.

— Si je suis rentré si tôt, c'est parce que j'avais atteint mes limites. La femme avec laquelle j'avais rendez-vous a passé une heure à m'expliquer tout ce qu'elle reprochait à son ex-mari.

— C'était si bien que ça ? railla Colter.

— Pire que tout ce que tu peux imaginer, grommela son frère. Adeline, tu pourrais faire une photo de moi et faire en sorte qu'elle devienne virale ? Un peu d'aide pour trouver une femme serait bienvenue.

— Désolée, je ne suis pas assez douée pour ça. Austin et moi avons battu Colter à la Tour Infernale, alors au moins, la soirée n'a pas été un fiasco pour tout le monde.

— C'est déjà ça, répondit Beau avec un clin d'œil.

Colter alla prendre son stetson accroché dans l'entrée.

— Je ferais mieux de rentrer avant qu'Adeline et toi vous liguiez contre moi et que ma soirée soit encore pire.

— Dégonflé ! lança Beau.

Adeline rejoignit Colter en riant.

— Tu trouves ça drôle, hein ? fit-il, la prenant dans ses bras.

Elle se colla à lui.

— Oui, très drôle.

Il déposa un baiser sur son front.

— Vous êtes des traîtres, tous les deux, conclut-il.

Il ouvrit la porte d'entrée pendant qu'Adeline et Beau riaient de bon cœur.

— Désolé pour ton rendez-vous raté, dit-il à son frère.

— Une soirée en ville, c'est déjà bien. Merci d'avoir gardé Austin.

— C'est un enfant adorable, commenta Adeline avant de sortir de la maison.

Quand elle fut hors de portée de voix, Beau murmura à son frère :

— Tu as tiré le gros lot.

Colter acquiesça d'un signe de tête puis rejoignit Adeline à l'extérieur.

Quelques minutes plus tard, ils quittèrent la propriété de Beau. Les rayons des phares éclairaient la route sombre et sinueuse tandis que Colter prenait la direction opposée à sa maison. Adeline ne remarqua le changement de trajet que lorsqu'il approcha du lycée.

— Que faisons-nous ici ? demanda-t-elle.

Colter gara son pick-up devant l'établissement.

— Nous sommes là pour assouvir un fantasme.

— Quel fantasme ? demanda-t-elle en riant.

Ils descendirent du véhicule, puis Colter la prit par la main et la conduisit vers le terrain de football. Les souvenirs l'assaillirent. Des souvenirs d'une autre époque, quand la vie était plus facile et que Colter pensait encore que le bonheur était un droit accordé à chacun. À présent, bien sûr, il savait que le bonheur était le résultat d'un dur labeur.

Lorsqu'ils furent sur le terrain de football, Colter vérifia qu'ils étaient seuls. Puis il entraîna Adeline jusqu'au sommet des gradins.

Elle avança vers lui, affichant un sourire sensuel.

— Tu n'es pas sérieux ?

— Oh ! si, je suis très sérieux, fit-il en l'attirant contre lui. Dis-moi à quoi tu pensais quand tu me voyais au lycée et que tu avais un gros faible pour moi.

Il posa la main sur ses fesses et la plaqua contre lui.

— Tu m'imaginais en train de te faire ce genre de choses ?

— Oui, avoua-t-elle d'une voix râpeuse.

— Tu pensais à mes lèvres ?

— Oui.

Il lui donna un baiser avide.

— Comme ça ? demanda-t-il. C'est ce que tu voulais ?

— Oui. Je voulais t'embrasser... Mais il y a une autre chose que j'ai toujours voulu faire.

— Laquelle ?

Son sourire sensuel provoqua une décharge de désir dans son aine. Et lorsqu'elle s'agenouilla devant lui et défit la ceinture de son jean, son sexe devint dur comme l'acier.

Il haussa un sourcil.

— C'est *ça* que tu pensais à me faire ? questionna-t-il.

Elle hocha la tête en se mordillant la lèvre.

— Te caresser. Te goûter. Oui, je ne pensais qu'à ça.

Elle ouvrit la fermeture Eclair de son pantalon.

— Et je ne pense qu'à ça maintenant.

Il laissa échapper un rire brusque.

— Toi et moi, nous nous serions très bien entendus à l'époque, New York.

Les yeux brillants, elle baissa son pantalon et son caleçon pour libérer son sexe.

— C'est vrai ? murmura-t-elle. Tu aurais aimé ça ?

Elle passa la langue sur son sexe raide.

Il rejeta la tête en arrière tandis qu'elle posait les lèvres sur lui et le caressait de ses mains.

— Bon sang, oui !

Il n'arrivait pas à réfléchir ni à se concentrer sur quoi que ce soit hormis sur sa langue douce, sur ses lèvres humides, sur ses mains expertes qui lui procuraient un plaisir extrême.

Bientôt, il fut secoué de tremblements, et une onde de chaleur monta le long de son dos. Lorsqu'il posa le regard sur elle, il faillit basculer.

Il s'écarta et l'aida à se relever. Puis, la faisant pivoter pour qu'elle soit dos à lui, il sortit un préservatif de son portefeuille et le mit rapidement en place.

Se plaçant derrière elle, il fit glisser son jean et sa culotte de dentelle jusqu'au dessous de ses fesses. Un désir irrépressible le submergea. Glissant la main entre ses cuisses, il constata qu'elle était déjà moite de désir. Et lorsqu'il pressa son sexe contre sa chair humide, il fut grisé par ses gémissements sensuels. Dans un grondement rauque, il la saisit par les hanches et entra en elle d'un coup de reins puissant.

Le cri strident qu'elle poussa était une caresse sur ses sens. Il n'en fallut pas davantage pour qu'il déchaîne sa passion.

La plaquant contre les gradins, il la chevaucha avec frénésie. Leurs gémissements et leurs souffles se mêlèrent.

Et quand il la sentit se contracter autour de lui et qu'il l'entendit crier son nom, il rugit et fut balayé à son tour par une déferlante de plaisir.

10

— Comment se passe ta vie de fiancé ? demanda Riggs.

Assis face à lui sur une banquette du Black Horse, Colter répondit par-dessus le bord de sa bouteille de bière :

— À merveille.

Il avait eu une matinée chargée au ranch, s'étant notamment occupé de deux vaches malades. Mais il avait tenu à prendre du temps pour déjeuner avec Riggs. Il avala un peu de bière, le goût du houblon et des épices persistant sur sa langue, puis reposa la bouteille sur la table. Un peu trop fermement, à en juger par l'air étonné de Riggs.

— C'est si bien que ça ?

— En fait, c'est très agréable, avoua Colter. Si agréable que j'en oublierais presque que tout a commencé par une relation de façade.

Riggs secoua lentement la tête.

— Quelle pagaille.

Colter opina.

— Ces derniers jours ont été… *intéressants*.

La présence réconfortante de son ami faisait tomber ses défenses. Riggs l'avait soutenu quand il était revenu de Seattle, divorcé et brisé. Chaque fois que Colter avait eu besoin de se confier, il avait pu compter sur Riggs.

— Je suis désolé de m'être fait rare ces derniers jours.

— Ah, ne t'en fais pas, rétorqua Riggs. Cette fille te rend

heureux. C'est tout ce qui compte. Combien de temps va-t-elle rester ?

— Elle est censée rentrer à New York demain matin.

— Déjà ?

— Oui. C'est trop tôt.

Deux semaines, c'était tout ce que Colter aurait eu avec elle.

Riggs sirota son single malt.

— Tu as lu l'article qu'elle a écrit sur toi ?

— Pas encore, répondit Colter. Je ne suis pas sûr de vouloir le lire. S'il est fini, ça confirmera qu'elle repart à New York.

— Et ce n'est pas ce que tu veux.

— Adeline est la meilleure chose qui me soit arrivée. Est-ce fou de ma part d'espérer qu'elle renonce à cet article ? Qu'elle décide de rester avec moi au lieu de reprendre sa vie citadine ?

— Non, ce n'est pas fou, répondit Riggs après un moment de réflexion. Mais ce serait beaucoup de changements pour elle.

— En effet.

— Tu lui as demandé si elle ressentait la même chose que toi ?

Colter émit un petit rire.

— Je ne suis pas sûr de vouloir connaître sa réponse.

Adeline l'appréciait, il le savait. Elle était heureuse avec lui… et *satisfaite*, il le savait aussi. Il avait enfin trouvé une femme avec laquelle il imaginait un avenir. Mais des obstacles se dressaient entre eux, et Colter ne pouvait pas les supprimer. Adeline venait de vivre une rupture difficile. Et elle ne se sentait pas chez elle à Devil's Bluffs.

Il se passa la main dans les cheveux, envahi par un sentiment de frustration.

— Elle a rompu récemment avec son fiancé. Il lui a brisé le cœur, et je sais qu'elle ne s'en est pas encore remise.

— Peut-être qu'elle n'a pas besoin de s'en remettre, glissa Riggs. Tout le monde ne réagit pas de la même façon. Si tu veux mon avis, tu devrais prendre ton courage à deux mains et lui demander de rester. Tu mérites d'être heureux.

Des cris de joie provenant d'une autre table attirèrent l'attention de Colter. Sur le téléviseur accroché au mur, une compétition de rodéo était diffusée. Ce qui expliquait pourquoi le bar était plein à l'heure du déjeuner.

— Merci, Riggs. J'apprécie ton soutien. Comment vas-tu en ce moment ?

— Je n'ai pas à me plaindre. Les cauchemars se tiennent à distance – Colter savait que le sommeil de son ami était souvent perturbé par son syndrome de stress post-traumatique – et les femmes m'approchent en nombre.

— Littéralement ? demanda Colter.

Riggs éclata de rire.

— Oui, littéralement.

Riggs prit une autre gorgée d'alcool avant d'ajouter :

— Nous devrions faire un poker un de ces soirs.

Cela faisait des semaines qu'ils n'avaient pas joué aux cartes. D'habitude, ils se retrouvaient au moins une fois par semaine avec quelques autres joueurs.

— Je vais voir si des cow-boys du ranch veulent se joindre à nous, répondit Colter. Beau voudra sûrement venir, comme d'habitude.

Son téléphone bipa dans sa poche. Colter consulta l'écran et sourit. *Adeline.*

Peut-on se voir ?

Il répondit aussitôt :

Bien sûr, je suis au Black Horse. Viens m'y retrouver.

Un autre message d'Adeline arriva quelques secondes plus tard.

Je suis au *coffee shop*. J'arrive.

— Bonne nouvelle ? demanda Riggs.

— Adeline me rejoint dans quelques minutes, dit-il, rangeant son téléphone dans sa poche. Je suis content que nous ayons pu déjeuner ensemble.

— Moi aussi. Et c'est bon de voir qu'une femme peut te faire sourire avec un simple message. Elle est sûrement exceptionnelle.

— En effet, approuva Colter en souriant.

Comme promis, Adeline entra dans le bar quelques instants plus tard. Elle passa entre les clients, récoltant des regards admiratifs des hommes présents dans la salle. Colter s'adossa à la banquette et la contempla pendant qu'elle approchait.

Magnifique.

Son chemisier de soie soulignait ses courbes splendides. Colter s'imaginait déjà lui retirer son pantalon noir moulant et ses talons aiguilles. Mais il n'éprouvait pas seulement du désir charnel. Un sentiment de tendresse lui réchauffait le cœur.

Les yeux d'Adeline pétillaient, comme si elle pouvait lire dans ses pensées.

— Bonjour, dit-elle.

Elle tendit la main au propriétaire du bar.

— Riggs, c'est ça ?

Lui offrant un sourire charmeur, Riggs lui serra la main.

— Lui-même. Et vous devez être Adeline.

— Oui. Je suis très contente de vous rencontrer.

Elle jeta un coup d'œil à leurs assiettes.

— Désolée, je vous interromps ?

— Pas du tout, assura Riggs. Nous avions fini, et de toute façon, je dois retourner travailler.

Il se leva et débarrassa la table.

— Voulez-vous que je vous apporte quelque chose à boire ou à manger ? proposa-t-il à Adeline.

— Non, merci, c'est gentil, répondit-elle.

Colter désigna d'un geste le siège de Riggs. Adeline prit place.

— Je te tiens au courant pour la partie de poker, dit-il à son ami.

— Entendu, répondit Riggs. Adeline, c'était un plaisir.

— Pour moi aussi. J'espère que nous nous reverrons bientôt.

Colter serra les dents. Il commençait à détester cette phrase. Car Adeline ne reverrait pas Riggs. Elle partait demain matin. À moins qu'il ne puisse la convaincre de rester...

Il remarqua qu'Adeline serrait et desserrait nerveusement les mains. Cette agitation indiquait-elle qu'elle avait changé d'avis et qu'elle allait prolonger son séjour ? Il l'espérait.

— Tout va bien, Adeline ?

— En quelque sorte.

Il l'interrogea du regard, et elle émit un petit rire nerveux.

— C'est vrai, ma réponse n'a pas de sens. Ce matin, j'ai parlé avec Nora des derniers événements, de mon état d'esprit... et...

Colter retint son souffle. Peut-être Adeline allait-elle faire de lui un homme très heureux ?

Mais elle le surprit en déclarant :

— J'ai une grande faveur à te demander.

— Bien sûr. Tout ce que tu veux.

Elle se passa la main sur la nuque.

— Tu m'avais proposé de m'accompagner si j'allais voir mon père. J'aimerais accepter ton offre.

C'était la dernière chose à laquelle il s'attendait. Il saisit ses mains tremblantes entre les siennes.

— Tu es sûre que tu veux faire sa connaissance ?

Pour sa part, il n'était pas sûr de vouloir voir le salaud qui avait tourné le dos à son propre enfant.

Elle réfléchit un instant. Puis elle hocha fermement la tête.

— Pour être franche, je n'arrêtais pas de changer d'avis. Mais après en avoir parlé avec Nora et avec toi, je me dis que c'est mon unique chance de le rencontrer. D'entendre sa version de l'histoire. De comprendre ce qui n'allait pas chez lui pour qu'il exclue son enfant de sa vie.

Elle prit une grande inspiration.

— Je veux qu'il me voie. Qu'il sache que je m'en suis bien sortie. Et, pour être honnête, j'espère aussi apaiser un peu la culpabilité qu'il pourrait ressentir pour m'avoir abandonnée. Ça pourrait l'aider à guérir de son alcoolisme.

Bon sang, Adeline le stupéfiait. Il prit un instant pour réfléchir. Et il sentit l'espoir grandir en lui. Si elle essayait d'améliorer les choses ici, à Devil's Bluffs, peut-être était-ce parce qu'elle envisageait de rester. Si oui, leur relation avait une chance de durer.

— Si tu as besoin de réponses, allons les chercher, dit-il.

— Merci. J'ignore si je serais capable d'aller le voir seule.

— Tu en es tout à fait capable. Mais je suis content que tu m'aies demandé de t'accompagner.

Il songea au père d'Adeline. Pour ce qu'il en savait, c'était un homme respectable. Mais Colter ne connaissait pas le passé d'Eric.

— Et s'il te déçoit aujourd'hui ? demanda-t-il.

— Je l'ai envisagé. En toute franchise, j'ignore comment je réagirai si c'est le cas. Je sais seulement que je ne veux pas attendre encore. Il faut que je lui parle.

Elle hésita, puis ajouta d'une voix plus ferme :

— Je ne veux pas être cette fille qui se cache derrière les buissons pour éviter son père. Je veux l'affronter.

— Alors allons-y.

Elle inspira brusquement et se leva.

— Il vaut sans doute mieux que nous partions maintenant, avant que je ne change d'avis, prévint-elle.

— Tu *peux* changer d'avis, tu sais.

— Non. Je ne peux pas. J'ai besoin de ces réponses.

Le trajet jusqu'au garage Lowe's Mechanics avait duré quinze minutes, mais Adeline avait l'impression qu'il avait pris des heures. Assise à côté de Colter dans son pick-up, elle s'était sentie agitée pendant tout le chemin. Elle voulait voir son père. Elle avait *besoin* de le voir, pour pouvoir se regarder dans le miroir chaque jour. Néanmoins, cela ne l'empêchait pas d'être nerveuse.

Ils arrivèrent enfin devant un petit garage situé au bord d'une route. Adeline sentit son ventre se nouer. L'établissement d'Eric était en meilleur état qu'elle ne l'aurait cru. La peinture blanche était récente et le jardin charmant, avec ses grands hostas et ses fleurs sauvages colorées.

Colter se gara devant l'entrée. Il se tourna vers Adeline et posa une main réconfortante sur sa jambe.

— Tu n'es pas obligée de faire ça, tu sais. Si tu veux, nous pouvons repartir, et je ne te poserai aucune question.

Elle observa l'enseigne qui brillait la nuit. Eric ne gagnait peut-être pas des millions, mais ce garage était bien entretenu. Bien plus qu'elle ne l'aurait cru, étant donné l'alcoolisme du propriétaire. Cela attisait sa curiosité.

— En fait, j'ai besoin de rencontrer mon père. J'ai beaucoup réfléchi. Et je me dis qu'il est peut-être la raison pour laquelle mon fiancé m'a trompée. Peut-être que ce n'est pas avec Brock que je dois faire la paix, mais avec mon père.

Sans se laisser le temps de changer d'avis, elle ouvrit la portière et sortit du véhicule.

— Il est temps que je découvre ce qui s'est vraiment passé.

Colter descendit à son tour et la rejoignit devant le capot.

— Tu veux que je vienne avec toi ? demanda-t-il.

Il prit ses mains dans les siennes. Une douce chaleur monta en elle.

— Merci, mais je dois l'affronter seule.

— Compris.

Il l'attira vers lui et l'embrassa. Ce baiser lui donna l'assurance dont elle avait besoin.

— Tu vas y arriver, murmura-t-il contre ses lèvres. Je suis là si tu as besoin de moi.

Étrangement, elle le croyait. Bien qu'elle ait été trahie par Brock, elle avait entièrement confiance en Colter.

— Merci. J'apprécie ton soutien.

Elle serra ses mains avant de les relâcher. Puis, rassemblant ses forces, elle entra dans le garage de son père.

Des véhicules étaient élevés sur des ponts. De la musique s'échappait par la radio, à peine audible par-dessus le bruit d'une perceuse électrique.

— Excusez-moi, lança-t-elle à l'homme travaillant sous une voiture. Je cherche Eric Lowe. Est-ce qu'il est là ?

— Oui, un instant, répondit l'homme.

Après quelques secondes, il approcha, s'essuyant les mains sur sa combinaison tachée d'huile. Adeline sentit son cœur tressauter quand elle vit ses cheveux bruns striés d'argent.

— Je suis Eric Lowe, dit-il. Que puis-je faire pour vous ?

Prenant une grande inspiration, elle soutint le regard de son père.

— Je... je suis...

— Adeline, murmura Eric.

Il pâlit et fit un pas chancelant vers elle.

— Tu es ma fille, n'est-ce pas ?

Adeline eut l'impression que le sol se dérobait sous ses pieds.

— Comment le savez-vous ? parvint-elle à dire.

Eric scruta son visage.

— Tu es tout le portrait de ta mère, répondit-il d'une voix tremblante.

La douceur inattendue dans son regard la fit vaciller. Elle maudit les larmes qui lui montèrent aux yeux. Elle enfonça les ongles dans ses paumes, afin que la douleur l'aide à masquer ses émotions.

Elle étudia les traits de son visage. Ses rides. Ses yeux bruns.

— Je ne vous ressemble pas du tout.

— Non, c'est vrai, mais tes cheveux... Ils sont de la même teinte que ceux de ma mère.

Il jeta un coup d'œil vers la porte.

— Ta mère est avec toi ?

— Non, il n'y a que moi. Je suis de passage, et je me suis dit que je devrais venir vous voir.

— C'est très courageux de ta part. Je suis heureux que tu sois là. J'ai... des choses à te dire... des explications à te donner.

Elle observa ce parfait étranger, ne sachant ce qu'elle s'était attendue à trouver. Mais ce n'était certainement pas cet homme doux et manifestement travailleur.

— Je..., commença-t-elle.

— Papa ! s'exclama une voix enfantine.

Adeline se retourna vivement. Une fillette brune d'une dizaine d'années courait dans leur direction en brandissant une feuille de papier.

— J'ai fait un dessin !

Elle était suivie par une femme qui tenait par la main un garçon d'environ sept ans.

— Oh ! regardez-moi ça ! fit Eric, étudiant le dessin représentant un chat assis sur un champignon. C'est incroyable, Sissy. Tu es une vraie petite artiste.

— Je suis désolée pour cette interruption, dit la femme à Adeline. Notre fille a tendance à oublier que tout le monde n'apprécie pas autant ses œuvres que nous.

Adeline voulut parler. Mais elle n'y arriva pas. Un goût amer monta dans sa gorge quand elle vit la femme donner un tendre baiser à Eric, et Eric embrasser le petit garçon.

Pendant que les membres de cette famille discutaient, Adeline sentit ses veines se glacer.

Les enfants et leur mère allèrent dans un bureau, la laissant seule avec Eric.

— Vous avez une famille ? parvint-elle à dire.

— Oui, en effet, dit Eric, glissant les mains dans ses poches. Une femme aimante et deux enfants incroyables.

Une demi-sœur et un demi-frère… Adeline eut soudain du mal à respirer.

— Mais comment est-ce possible ? Vous êtes alcoolique. Vous n'êtes pas du genre à fonder une famille.

Les épaules d'Eric s'affaissèrent et il baissa la tête, comme pour fuir son regard.

— C'est vrai, avoua-t-il. J'ai été alcoolique très longtemps. J'étais quelqu'un d'horrible à l'époque.

Il releva la tête.

— Mais je me suis fait aider. Je vais mieux, et j'ai changé.

Non. Non. Non.

L'esprit d'Adeline luttait pour trouver une explication logique à cette situation. En vain.

— Si vous avez changé, pourquoi n'avez-vous pas essayé de me retrouver ?

Elle entendit vaguement un téléphone sonner dans l'atelier.

— Vous ne vouliez pas de moi, murmura-t-elle.

Il avança, l'air peiné.

— Ce n'est pas ce que tu crois.

Elle fit un pas en arrière. Elle avait imaginé des tas de raisons pour expliquer l'absence de son père, mais jamais elle n'aurait pu penser qu'il avait une autre famille. Une famille parfaite, dont elle avait rêvé toute sa vie. Une maman. Un papa. Une sœur et un frère.

Elle recula encore, tenaillée par la douleur.

— C'était une erreur, dit-elle. Je n'aurais pas dû venir.

— Non, attends, protesta Eric, tendant le bras vers elle. Adeline, s'il te plaît...

Elle fit volte-face et courut vers Colter, qui se dirigeait déjà vers elle.

— Attends ! s'exclama Eric.

Colter la prit dans ses bras et s'adressa à Eric.

— Non, ça suffit, gronda-t-il.

Elle entendit son père s'arrêter net.

Colter l'emmena vers son véhicule. Dès qu'il ouvrit la portière, elle se réfugia dans l'habitacle. Et le silence se fit. Le pouls qui battait dans ses oreilles ne fit plus de bruit. Et le sentiment de vide grandit en elle.

Jusqu'à ce qu'elle entende son père dire :

— Colter, s'il vous plaît. Attendez.

— J'ai dit, ça suffit, Eric, lâcha Colter entre ses dents.

Vaguement, elle se rendit compte que le pick-up avançait, mais elle ne se souvenait pas que Colter ait démarré. Tout ce qu'elle savait, c'est que la main puissante qu'il avait posée sur sa cuisse la réconfortait. Par la vitre, elle vit un faucon s'élever dans le ciel. Elle songea qu'elle aimerait être à sa place, pour pouvoir s'envoler très loin d'ici.

11

Plusieurs heures s'étaient écoulées depuis qu'ils étaient rentrés, pourtant Adeline n'était toujours pas sortie de sa chambre. Colter ne pouvait pas lui en vouloir. Lui-même retournerait volontiers voir Eric pour passer ses nerfs sur lui.

Après avoir répondu à quelques mails importants, il avait commencé à préparer le dîner. Le repas serait bientôt prêt.

Et toujours pas d'Adeline en vue.

Maudit sois-tu, Eric.

Colter n'aurait jamais dû laisser cette rencontre se produire. À présent, Adeline n'avait sans doute qu'une envie, prendre le premier avion pour fuir Devil's Bluffs.

Poussant un soupir pour évacuer un peu de tension, il baissa le feu, laissant le bœuf Stroganoff mijoter doucement.

Le temps semblait en suspens. Sa maison ne lui avait jamais paru aussi vide, aussi calme. Et ce silence devenait insupportable.

Enfin, n'y tenant plus, il marcha jusqu'à la chambre d'Adeline. Il tendit l'oreille, et ne distingua aucun son. Tout à l'heure, il avait entendu Adeline parler au téléphone – sans doute à sa mère ou à Nora.

Il frappa à la porte.

— J'ai préparé le dîner, Adeline. S'il te plaît, viens. Tu as sûrement faim.

Aucune réponse.

À nouveau, il frappa contre le battant.

— Adeline ?

— J'arrive dans quelques minutes, dit-elle d'une voix éraillée.

Elle avait sans doute beaucoup pleuré, songea-t-il en serrant les poings, frustré de ne pas pouvoir apaiser sa peine.

— Je t'attends dans la cuisine, lança-t-il avant de s'éloigner.

Quand il fut à nouveau devant la gazinière, son téléphone sonna sur le plan de travail. Colter consulta l'écran et lut le nom de son avocat.

— Daniel, dit-il après avoir décroché. Quoi de neuf ?

— Bonjour, Colter, désolé de vous appeler si tard. J'ai reçu un coup de fil de l'avocat de Julia il y a quelques minutes. Ils demandent une entrevue.

— Une entrevue ? Pour quel motif ?

— Il ne l'a pas précisé. C'est la raison pour laquelle je téléphone. Quelque chose s'est-il produit entre Julia et vous que je devrais savoir ?

Colter alla se camper devant la grande fenêtre du salon et regarda les arbres qui dansaient dans la brise.

— Rien qui nécessite une rencontre. J'ai croisé Julia récemment à un dîner caritatif à Dallas. Nous avons eu un échange cordial.

— D'accord. Il ne s'est rien passé qui la perturberait ?

— Rien qui explique qu'elle souhaite me voir.

Colter n'éprouva pas le besoin de parler de ses fausses fiançailles.

— D'ailleurs, que pourrait-elle vouloir encore ? demanda-t-il. A-t-elle droit à quelque chose de plus ?

— Non. Vous pouvez refuser le rendez-vous, mais je vous suggère de l'accepter. Discuter face à face est toujours mieux qu'au téléphone.

— D'accord. Envoyez-moi la date et l'heure du rendez-vous quand vous les aurez.

— Entendu. Bonne soirée.

Colter raccrocha. Marmonnant un juron, il jeta son téléphone sur le plan de travail.

— Ce n'était pas une bonne nouvelle.

Il se retourna vivement. Adeline était là, dans la cuisine.

— En effet, dit-il.

Il marcha vers elle et lui tendit les bras. Elle s'y réfugia aussitôt.

— Julia souhaite une entrevue, expliqua-t-il.

— Pour quelle raison ?

Colter déposa un baiser sur son front, songeant que son corps tout en courbes épousait parfaitement le sien.

— Aucune idée.

Elle se dégagea de son étreinte.

— Quand aura lieu ce rendez-vous ? demanda-t-elle.

— Je ne sais pas encore.

Parce qu'il n'avait pas envie de parler davantage de Julia et qu'il souhaitait se concentrer sur Adeline, il alla prendre deux assiettes dans le placard et lança :

— Bœuf Stroganoff, ça te va ?

— Oui, formidable, répondit-elle avec un petit sourire. Merci d'avoir préparé le repas.

Il déposa des pâtes aux œufs sur les assiettes.

— J'aimerais te demander si tu vas bien, mais je sais que c'est une question stupide.

Elle prit des fourchettes dans le tiroir à couverts.

— Ce n'est pas une question stupide. Et je vais bien.

— Tu veux en parler ? demanda-t-il, versant la sauce au bœuf sur les nouilles.

— Si tu me sers un grand verre de vin, oui.

— Pas de problème.

Il lui tendit l'une des deux assiettes puis alla chercher une bouteille de vin rouge dans le casier à bouteilles. Pendant qu'Adeline prenait place à table, il remplit deux verres.

— C'était un grand jour, aujourd'hui, commenta-t-il, posant un verre devant elle.

— Oui, certainement. Un jour mémorable.

Il s'assit face à elle.

— Je ne m'attendais vraiment pas à ce qu'il ait une famille, avoua-t-elle.

— Je suis désolé de ne pas t'avoir prévenue. Je croyais que tu étais au courant.

— Tu n'as pas à t'excuser. Comment pourrais-tu savoir ce que je sais et ce que je ne sais pas ?

Il saisit sa main, ému par sa peine.

— Je pensais découvrir un alcoolique, ajouta-t-elle. Une personne horrible. Mais aujourd'hui, j'ai vu un père de famille, aimé par ses enfants. Tu as remarqué la façon dont ils le regardaient ? Ils l'adorent.

— Oui. D'après ce que j'ai pu observer depuis mon retour à Devil's Bluffs, c'est un bon père. C'est pourquoi j'ai été surpris quand tu m'as dit qu'il buvait. Ça ne ressemble pas à l'homme que je connais.

— Alors, s'il est si génial, pourquoi n'a-t-il pas essayé de me retrouver ? murmura-t-elle.

Les larmes dans ses jolis yeux lui firent l'effet d'un coup de poignard dans le cœur. Il approcha la chaise d'Adeline de la sienne et prit son visage en coupe.

— Ce que ton père a fait ou n'a pas fait, c'est lui qui en est responsable. Tu es une femme superbe, brillante, forte. Je suis sûr qu'Eric l'a vu aujourd'hui, et qu'il regrette les terribles décisions qu'il a prises au fil des ans.

— Peut-être, dit-elle, une larme roulant sur sa joue. Peut-être pas. En tout cas, il aurait dû être présent dans ma vie. Pour tous les moments importants. Et même pour les moments anodins.

Il vit ses épaules s'affaisser.

— Je voulais qu'il soit auprès de moi, glissa-t-elle d'une petite voix.

Colter glissa l'index sous son menton et lui releva la tête avant d'essuyer les larmes sur ses joues.

— Je suis navré qu'il n'ait pas été présent pour toi. Il aurait dû l'être.

— Je... J'en ai plus qu'assez que les hommes me déçoivent. Je fais des tentatives. Je me dis que la prochaine fois, je ne serai pas déçue. Pourtant, immanquablement, je le suis.

— Si un homme te déçoit et qu'il ne rachète pas ses fautes, alors il n'est pas un homme.

Elle poussa un soupir qui sembla la soulager un peu.

— À quel moment devrais-je choisir l'indifférence, Colter ? À quel moment devrais-je dire « ça suffit » ?

— Dès que quelqu'un te blesse profondément, tu peux te dire que ça suffit. Ni Brock ni Eric ne te méritent. Ne l'oublie pas.

Elle s'appuya contre lui.

— Et si ce n'étaient pas eux qui étaient en tort ? Si c'était moi le problème ? demanda-t-elle d'une voix tremblante.

— Ce n'est pas toi, protesta-t-il fermement. Tout ce chaos, ils en sont entièrement responsables.

Une autre larme glissa sur sa joue.

— Comment le sais-tu, Colter ?

— Parce que je préférerais me planter un couteau dans le cœur que de te faire du mal, voilà comment je le sais. Brock est un idiot. Eric est un idiot. Ne laisse pas leurs erreurs te briser le cœur.

Elle le regarda avec tendresse.

— Quelqu'un t'a dit récemment à quel point tu étais merveilleux ? demanda-t-elle, partagée entre le rire et les larmes.

— Tu viens de le faire, et c'est tout ce qui compte.

— Merci d'être toi. D'être présent. Merci pour tout, vraiment.

Il fixa ses yeux couleur miel. Comment allait-il pouvoir la laisser partir ? Il avait des regrets dans la vie, et ne pas avoir remarqué Adeline au lycée figurait au sommet de sa liste.

Il fallait qu'il la convainque que rester ici, avec lui, était la meilleure chose pour elle. Le moment était venu de mettre son cœur en jeu.

Il se pencha vers elle, enveloppé par son parfum sucré, un désir ardent submergeant ses sens.

— Merci à *toi* d'être toi, Adeline. D'être ici. Merci pour tout, vraiment.

Il posa la bouche sur la sienne, et quand il la prit dans ses bras, qu'il repoussa leurs assiettes et qu'il l'allongea sur la table, leurs repas intacts étaient le cadet de ses soucis.

Une heure après qu'ils eurent réchauffé leur dîner et enfin mangé, Adeline retint son souffle et s'enfonça sous l'eau de son bain. Elle fut enveloppée dans un silence dont elle avait bien besoin. Elle avait conversé avec Nora tout à l'heure, tentant de trouver un sens à la situation. Et elle était parvenue à une conclusion : elle n'aurait jamais dû rendre visite à son père. Il l'avait déçue, et blessée, comme Brock. Adeline sentait que sa capacité à faire confiance, son bien-être étaient fragilisés, et qu'ils pourraient se briser en un battement de cœur.

Elle ressortit de l'eau et inspira profondément. Elle observa la salle de bains pour tenter de détendre son esprit. Le carrelage style métro, les rideaux noirs, la flamme de la bougie à la vanille posée sur le plan de toilette... Son téléphone portable sonna, interrompant son inspection. Jetant un coup d'œil vers l'écran, elle constata que l'appel venait de sa mère.

En soupirant, elle s'essuya rapidement les mains sur une serviette posée à côté de la baignoire sur pieds.

— Bonjour, maman, dit-elle.

— Bonjour, ma chérie, répondit Lorraine. J'ai eu ton message. Tout va bien ?

La voix douce et maternelle réconforta Adeline.

Sa mère était la première personne à laquelle elle avait téléphoné tout à l'heure. Elle ne se souvenait même pas de ce qu'elle avait dit, mais elle savait qu'elle avait sangloté.

— Désolée, je sais que mon message n'était pas très gai.

— Ton message était très bien, assura sa mère avec douceur. Tu as l'air d'aller mieux.

— J'ai dîné, et j'ai discuté avec Nora et Colter. J'accuse encore le coup mais, oui, je me sens un peu mieux.

Sa mère marqua une pause.

— Qu'est-ce qui t'a poussée à aller voir ton père ?

Apparemment, Adeline n'avait pas expliqué grand-chose dans son message.

— Je ne le sais même pas, avoua-t-elle, plongeant la main dans l'eau chaude. En fait, si. Je pense que mon retour à Devil's Bluffs a réveillé beaucoup de choses. Je me suis dit que si je rencontrais mon père, je me comprendrais mieux. Qu'en voyant qu'il était un horrible ivrogne, je pourrais enfin accepter l'idée qu'il est nocif. Et que je pourrais aller de l'avant, en sachant qu'il y a de mauvaises personnes dans le monde mais que je n'ai pas à changer à cause d'elles.

— Donc, tu croyais que cette rencontre avec ton père résoudrait tous tes problèmes ?

— Oui. Je sais que c'est stupide.

— Ce n'est pas stupide, Adeline. Mais la vie est rarement aussi simple. Tout n'est pas noir ou blanc.

Sa mère marqua une autre pause.

— Est-ce que cela a quoi que ce soit à voir avec Colter ? finit-elle par demander.

Évidemment, sa mère était très perspicace.

— Oui. Non. Peut-être.

— Tu es sûre de toi ? railla-t-elle.

— Je ne suis sûre de rien, en toute honnêteté. Je ne sais même pas ce que je fais. Pourquoi suis-je encore ici ? Pourquoi ai-je accepté de jouer les fausses fiancées ? Pourquoi suis-je allée voir mon père ?

La pensée qui l'avait taraudée tout à l'heure jaillit à nouveau dans son esprit.

— Maman, dis-moi franchement. Si j'étais l'une de tes patientes, penserais-tu que j'ai perdu la tête ?

— Absolument pas, répondit-elle sans hésiter.

— Alors que me dirais-tu ?

— Tu es ma fille et tu ne pourrais donc jamais être ma patiente, mais je peux te rappeler un fait. Quelqu'un t'a fait souffrir, et de manière cruelle. L'infidélité de Brock a attaqué ta capacité à faire confiance et à être heureuse. Tu dois accepter cela. Sans quoi, tu ne verras jamais les choses avec clarté. Ton cœur sera toujours blessé.

Chaque mot sonnait vrai.

— Je sens que tu apprécies Colter, et que ce qui a commencé comme une relation factice est devenu très réel, mais ce serait injuste de poursuivre votre relation en sachant que tu ne peux pas tout donner de toi pour l'instant. Tu ne peux pas oublier le passé, Adeline. Tu peux seulement te remettre du coup que tu viens de subir. Mais la douleur est la douleur, ma chérie. Si tu choisis de l'ignorer, elle finira par te rattraper.

— J'ai tout compliqué, n'est-ce pas ?

— Qu'en penses-tu ?

Adeline se redressa dans la baignoire.

— Je crois que j'ai juste envie que tu me dises quoi faire.

— Trésor, tu ne m'écouterais jamais !

Consciente que sa mère avait raison, et un peu apaisée, elle conclut leur conversation en promettant de rappeler le lendemain avant de prendre son avion.

Décidant qu'elle s'était suffisamment apitoyée sur son sort, elle sortit de la baignoire. Elle se sécha rapidement, enfila un pyjama de coton puis sortit de la pièce.

Une fois dans la chambre, elle s'arrêta net. Assis sur le lit, Colter avait les yeux rivés sur l'ordinateur portable d'Adeline. Elle avait travaillé sur son article après avoir discuté avec Nora, afin d'oublier ses émotions désordonnées. Colter était sans doute en train de le lire.

— Tu n'aimes pas ? demanda-t-elle.

Il leva les yeux vers elle.

— Au contraire, j'aime beaucoup. Ton texte est très bon.

— En temps normal, quand on aime quelque chose, on n'a pas l'air d'avoir avalé un citron.

En riant, il tapota le lit pour l'inviter à s'asseoir. Quand elle l'eut rejoint, il reprit :

— Je t'assure, j'aime beaucoup. Ton article est excellent. Tu as montré ma famille sous son meilleur jour, en évoquant les valeurs des Ward et en nous présentant comme des gens vrais et travailleurs. Ça change de cette image stupide de célibataire le plus sexy du Texas.

Elle se mordilla la lèvre, maudissant la nervosité qui l'avait envahie.

— Tu en es sûr ?

— Oui, j'en suis sûr, affirma-t-il, posant l'ordinateur à côté de lui. Vraiment.

Lorsqu'il se leva, elle sentit son souffle se bloquer.

— Mais cela me rappelle aussi que ton travail ici est terminé et que tu vas t'en aller demain matin.

Elle eut l'impression que son cœur rétrécissait. Elle n'était pas prête pour cette conversation.

— Tu l'avais oublié ? demanda-t-elle.

— Non, mais j'imagine que j'avais de l'espoir.

Elle monta à califourchon sur lui.

— Adeline, je crois que, quelque part dans ma tête, j'espérais que tu resterais auprès de moi, au lieu d'écrire un texte sur moi. Mais cet article est important pour toi. C'est ton travail. Ta chance de décrocher une promotion, dit-il d'un air grave.

— Exactement.

Elle s'écarta de lui et se leva, ayant soudain besoin de remettre de la distance entre eux.

— C'est... compliqué, murmura-t-elle.

— Je sais.

L'émotion lui serra la gorge. Elle joignit nerveusement les mains pour s'empêcher de le toucher.

— Et puis, ma vie est à New York. Nora y vit. Ma mère aussi. C'est là-bas qu'est mon chez-moi.

— Je le sais aussi.

— Colter, me demander de rester ici, c'est comme si je te demandais de venir à New York avec moi. Tu as ta vie à Devil's Bluffs. Avec ta famille. C'est une situation insoluble.

— J'en suis conscient.

Il sembla hésiter, puis ajouta :

— Mais je sais également que cette fausse relation est devenue très réelle pour moi. Je tiens beaucoup à toi. Et je sais que tu tiens à moi, toi aussi.

— Je tiens à toi, c'est vrai. Je te rappelle que j'avais un énorme faible pour toi au lycée, plaisanta-t-elle.

— Ça pourrait marcher entre nous. J'en ai envie. Pas toi ?

Elle n'eut pas l'occasion de répondre car le téléphone portable de Colter sonna. Il le sortit de sa poche et accepta l'appel.

— Beau, que se passe-t-il ?

Une longue pause s'ensuivit. Colter riva son regard à celui d'Adeline. Son visage devint blême.

— Quand est-ce arrivé… Quel est son état ? demanda-t-il.

Puis, une autre pause, plus terrible encore.

— D'accord, oui, je viens tout de suite, conclut-il.

Il rangea son téléphone dans sa poche.

— Mon père est à l'hôpital.

— Quoi ? s'exclama Adeline, se précipitant vers lui et l'agrippant par le bras. Que s'est-il passé ?

Colter était figé, l'air stupéfié.

— Je ne sais pas grand-chose, hormis qu'il a eu un AVC.

— Oh ! mon Dieu, est-ce qu'il va bien ?

Colter secoua lentement la tête et serra les mâchoires.

— Non, il ne va pas bien. Il ne respirait plus quand l'ambulance est arrivée à la maison de retraite. Les secouristes l'ont réanimé, mais il est inconscient. Il est sous respiration artificielle.

— Oh ! non, Colter… Que puis-je faire pour t'aider ?

— Viens avec moi, dit-il d'une voix désincarnée. J'ai besoin que tu viennes avec moi.

Elle prit sa main tremblante dans la sienne.

— Oui, bien sûr, je t'accompagne.

— Merci, murmura-t-il, la serrant dans ses bras.

Tandis qu'ils couraient vers le pick-up de Colter, Adeline songea que le fils aîné des Ward portait un poids très lourd sur ses épaules.

12

Tandis qu'ils traversaient le parking de l'hôpital, Colter eut l'impression que le monde tournait au ralenti. Quand ils franchirent les portes automatiques, Adeline lui prit la main et la serra.

Au bout du couloir, Colter vit Beau et sa mère en train de discuter avec un médecin d'une quarantaine d'années. En passant devant la salle d'attente, il aperçut Austin. Son neveu jouait à un jeu sur sa tablette numérique.

Colter hâta le pas, en proie à une appréhension grandissante. Plus il approchait de sa famille, plus la voix du médecin devenait distincte.

— Je vais vous laisser le temps d'en parler en famille, disait-il. Je reviens vous voir plus tard.

Puis le praticien s'éloigna.

— Maman, dit Colter.

Dès que sa mère le vit, elle éclata en sanglots et alla droit vers lui. Lâchant la main d'Adeline, Colter étreignit sa mère, qui s'effondra entre ses bras. Pendant qu'Adeline et Beau échangeaient une accolade, il se concentra sur sa mère. Il entendit chacun de ses pleurs. Ressentit chaque tremblement de son corps. Et il l'étreignit jusqu'à ce qu'elle cesse de pleurer et rassemble assez de force pour se ressaisir.

Elle recula d'un pas.

— Que s'est-il passé ? demanda-t-il avec douceur.

Beverly essuya ses larmes d'une main tremblante.

— Aujourd'hui, quand je suis allée voir ton père, il semblait bizarre. Il était très confus, encore plus que d'habitude. Rien de ce qu'il disait n'avait de sens. Les infirmières le surveillaient de près.

— La situation était difficile à évaluer, enchérit Beau, car certains symptômes pouvaient être attribués à la démence de papa. Mais c'étaient des signes d'alerte d'un AVC.

— Les infirmières ont mis du temps à le comprendre, dit Beverly.

— Et quand elles s'en sont rendu compte, elles l'ont envoyé ici ? questionna Adeline.

— Oui, répondit Beau d'une voix brisée. Mais il était trop tard. Il ne réagit plus.

— Comment ça ? fit Colter.

— Quand les secouristes sont arrivés, ils ont dû l'intuber, expliqua Beau. Papa ne respire plus tout seul.

Colter se sentit chanceler. Les murs pâles semblèrent se rapprocher et l'oppresser.

— Il y a sûrement des tests qu'ils peuvent faire…, commença-t-il.

— Son cerveau a été sévèrement endommagé à cause du manque d'oxygène, l'interrompit sa mère. Aucun test ne peut changer ça. C'est la machine…

— C'est la machine qui le maintient en vie, finit Beau.

— Oh ! Beverly…, murmura Adeline, les larmes aux yeux.

Elle avança vers elle, la serra dans ses bras et lui murmura des mots de réconfort.

Colter se sentait anesthésié. Il était ici, dans ce couloir froid et vide, mais il avait aussi l'impression que son corps partait à la dérive. Dire qu'il avait eu peur de perdre Adeline pendant que son père faisait un AVC… À cette pensée, il eut le ventre noué.

Beau posa la main sur son épaule.

— C'est grave, Colter.

Colter avait envie de repousser la main de son frère, mais il ne voulait pas perturber sa mère davantage. Il était le grand frère. L'aîné, le responsable de la famille. Pendant des semaines, il n'avait pensé qu'à lui-même. Il aurait dû être présent pour sa mère, afin de l'aider quand tout cela était arrivé. Il aurait dû passer plus de temps à la maison de retraite. Il aurait dû être avec son père hier, pour lui dire au revoir. Et puis, il n'aurait jamais dû aller vivre à Seattle, ni laisser son père travailler trop dur pour son âge. S'il avait agi autrement, la santé de son père n'aurait peut-être pas décliné aussi vite.

— Qu'a dit le médecin ? demanda-t-il.

— Que nous devions discuter en famille de ce que nous allons décider, répondit Beau.

Colter laissa les mots s'enregistrer dans son esprit.

— Veux-tu le voir ? demanda sa mère avec douceur.

— Oui, bien sûr, répondit-il machinalement.

Tandis qu'il suivait sa famille, accompagné d'Adeline, il se sentit incapable de penser.

Dès l'instant où il vit son père, deux certitudes s'imposèrent à lui.

La première : sa vie ne serait plus jamais la même désormais.

La seconde : il avait perdu son père.

L'homme allongé sur ce lit d'hôpital, couvert par un drap blanc, intubé et relié à des machines, ne ressemblait pas au cow-boy fort que Colter adorait. Un moniteur de fréquence cardiaque émettait des bips, brisant le silence pesant. Une infirmière reportait les constantes de Grant sur un formulaire. Colter voyait tout cela, pourtant il n'arrivait pas à croire que c'était la réalité. Il avait l'impression d'être dans un cauchemar.

Après avoir fini sa tâche, l'infirmière se tourna vers eux.

— Je vais vous laisser un moment en famille, dit-elle.

— Merci, répondit Beau.

Adeline alla vers le lit et posa la main sur le bras de Grant. Colter fut surpris quand il la vit murmurer des mots. Elle disait une prière silencieuse pour l'homme que tant de gens aimaient.

Son père...

Puis elle revint vers Colter et serra sa main glacée.

— Colter, dit Beau.

Colter reporta son attention sur son frère. Beau fronça les sourcils, lui intimant en silence d'agir. En effet, Colter devait faire... *quelque chose.*

Le trajet jusqu'à l'hôpital lui avait paru interminable, mais les quelques pas jusqu'au lit de Grant lui parurent dix fois plus longs. Il ne reconnaissait pas son père dans cet homme frêle, au teint cendreux. Et pourtant, quand il prit la main de Grant, il souhaita désespérément qu'il la serre.

Mais il n'y eut aucun mouvement.

Pas un seul signe de vie.

Colter mit un genou à terre et posa le front sur la main de son père. Il ferma les yeux et pria les anges qui pourraient l'entendre d'emmener l'esprit de son père là où il devait aller. *Je prendrai soin de maman*, murmura-t-il dans sa tête, espérant que son père l'entendrait. *Tu n'as pas à t'inquiéter pour elle ou pour le ranch. Je perpétuerai ton héritage.* Des larmes montèrent derrière ses yeux clos. *En tant qu'homme, tu as mis la barre haut, et si je fais moitié aussi bien que toi quand j'aurai une famille, je m'estimerai chanceux.* Il serra la main de Grant une dernière fois. *Tu vas me manquer. Je t'aime, papa.*

Il se releva, les jambes tremblantes.

— Il faut que nous discutions de la suite, déclara Beau. Le médecin va revenir pour connaître notre réponse.

— Qu'a-t-il besoin de savoir ? demanda Colter.

Sa mère s'essuya les yeux avec un mouchoir.

— Il a dit que nous pouvions garder votre père branché, pour voir s'il y a une amélioration.

— Une amélioration pour quel genre de vie, cependant ? répliqua Colter.

Il se tourna pour faire face à sa famille.

— Pour qui le gardons-nous en vie ? Pour lui ? Pour nous ? Même s'il se remet en partie, quelle vie aura-t-il ? Son Parkinson ne faisait qu'empirer. Ce serait de plus en plus dur pour lui.

Sa mère hocha la tête, des larmes roulant sur ses joues. Colter savait qu'elle ne pourrait pas prononcer les mots qui devaient être dits. Beau aussi garda le silence, incapable d'affronter une décision que personne ne voulait prendre.

Adeline pleura, sans retenue.

Colter avait envie d'aller vers elle, mais... il ne voulait pas lâcher la main de son père. Il aurait dû passer plus de temps avec Grant. Il aurait dû revenir chez lui plus tôt. Il aurait dû être là pour sa famille.

Sa mère regarda l'homme qui était son mari depuis quarante-cinq ans, puis soupira.

— Votre père et moi avons beaucoup parlé de ses souhaits quand son Parkinson a empiré, avant que la démence ne s'installe. Il était catégorique, il ne voulait pas vivre sous assistance respiratoire.

Une dernière fois, Colter pressa la main de son père.

— Alors nous respecterons ses souhaits, conclut-il.

Adeline avait les yeux embués quand elle suivit tristement Colter dans la maison, quelques heures plus tard. Il était minuit passé et la maison n'avait jamais semblé plus vide ; le silence, plus redoutable.

Grant Ward était décédé presque immédiatement après avoir été débranché. Adeline était restée aux côtés de Colter pendant que Beau et lui avaient soutenu leur mère et pleuré la mort d'un homme d'exception. Après quelques instants, Adeline était allée voir Austin dans la salle d'attente afin qu'il ne reste pas seul.

« Papa revient bientôt ? avait demandé Austin quand elle s'était assise à côté de lui.

— Oui, trésor », bientôt, avait-elle répondu.

L'enfant s'était remis à jouer sur sa tablette, sans savoir qu'il avait perdu son grand-père.

Les autres les avaient rejoints peu après. Beau était reparti avec Austin pour lui annoncer la terrible nouvelle. Adeline était restée dans la salle d'attente pendant que Colter et sa mère avaient contacté les pompes funèbres.

Après quoi, Colter et Adeline avaient déposé Beverly chez Beau afin qu'elle passe la nuit chez lui. Pendant tout le trajet, Colter n'avait pas dit un mot.

Ils venaient d'entrer dans la maison, et Colter était toujours muet. Pendant qu'il gagnait sa chambre, Adeline ferma la porte d'entrée et soupira. Elle ignorait ce qu'elle ferait si elle perdait sa mère. Elle serait sans doute perdue dans ce monde, tel un fantôme se demandant quoi faire et où aller.

Faisant la seule chose qui lui semblait juste à cet instant, elle prépara un verre de whisky pour Colter. Elle marcha jusqu'à la chambre et trouva Colter assis sur le lit, tête baissée.

Quand elle fit grincer le parquet sous ses pas, il leva les yeux, l'air hagard.

— Viens là, dit-il, tapotant sa jambe.

Elle combla la distance qui les séparait, s'assit sur ses genoux et lui donna le whisky.

— Merci, Adeline.

Il but l'alcool d'un trait et posa le verre sur le sol, avant de la prendre dans ses bras et de blottir le visage au creux de son cou.

— Dis-moi ce que je peux faire pour toi, Colter.

— Je ne sais pas si quiconque peut faire quelque chose. Mon père nous a quittés.

Parce qu'elle tenait à être forte pour lui, elle ravala ses larmes.

— Je suis vraiment désolée, Colter.

Il releva la tête et soupira.

— J'éprouve des sentiments complexes. En vérité, il y a une petite part de moi qui se réjouit de cet AVC. Parce que mon père ne souffre plus.

Il attrapa une mèche de ses cheveux et la lui plaça derrière l'oreille.

— Pendant des années, nous l'avons regardé mourir à petit feu. Nous l'avons vu dépérir, jusqu'à ce qu'il soit à peine reconnaissable. Ces dernières semaines semblaient encore plus difficiles. Plus cruelles.

— Parfois, la mort est une bénédiction, même si elle provoque une peine incommensurable.

— C'est bien vrai. Je me fais du souci pour ma mère. Elle a vécu avec lui si longtemps... Je crois qu'elle n'a jamais vécu seule. Elle est passée de la maison de ses parents au ranch de mon père. J'ignore comment elle va pouvoir vivre sans lui.

— Ta mère n'est pas seule. Elle vous a, Beau, Austin et toi. Elle pourra se reposer sur vous tous.

Il hocha lentement la tête. Jusqu'à maintenant, le silence entre eux avait toujours été confortable, détendu. Mais ce soir, il était instable, chargé d'inconnues.

Enfin, Colter replongea les yeux dans les siens.

— Je ne t'attendais pas dans ma vie, Adeline. Quand tu es entrée dans le bar de Riggs ce soir-là, tu as bouleversé mon monde.

Elle prit son visage en coupe. En ce moment de tristesse et de deuil, elle avait envie de lui ouvrir son cœur. De lui révéler certaines vérités.

— Moi non plus, je ne t'attendais pas. Tu étais mon coup de cœur d'adolescente. Mais tu es devenu bien plus que ça.

Il lui offrit un petit sourire qui la réchauffa.

— Adeline, je tiens à ce que tu le saches, tu m'as rendu heureux ces dernières semaines. Plus heureux que je ne l'avais jamais été.

Pourquoi ces paroles sonnaient-elles comme un au revoir ? Adeline quitta son giron et se cala entre ses jambes pour mieux le voir. Son expression était indéchiffrable, comme s'il avait cadenassé ses émotions.

— Colter...

Il posa un doigt contre ses lèvres pour l'interrompre.

— S'il te plaît, Adeline, laisse-moi finir.

Elle obtempéra.

— Quand nous discutions tout à l'heure, avant le coup de fil de Beau, je pensais que nous pourrions poursuivre notre relation. J'étais prêt à tout pour te convaincre de rester. Mais cette soirée m'a rappelé que nous jouons tous les deux un jeu auquel nous allons perdre.

Elle eut un mouvement de recul, comme pour échapper à une réalité qu'elle ne voulait pas affronter. Elle s'était convaincue que ses sentiments pour Colter étaient facilement contrôlables. Qu'elle pouvait le quitter aisément, et qu'elle allait le quitter. Mais à présent, plus rien ne semblait simple. Désormais, il lui paraissait impossible de ne plus jamais revoir Colter et sa famille.

— Ta famille a besoin de toi, dit-elle, lisant entre les lignes.

— Plus que jamais.

— Je le sais, murmura-t-elle.

Il posa une main sur sa nuque et l'autre sur sa joue.

— Je sais que tu tiens à moi, Adeline. Tu n'as pas besoin de me le dire, je le vois.

— Oui, je tiens à toi. Plus que je ne le croyais.

— Et j'en suis heureux. Mais tu as une vie à New York. Un travail pour lequel tu t'es démenée. Une promotion à décrocher. Tu mérites que tous tes rêves se réalisent.

— Toi aussi, tu le mérites.

— Mais il y a une vérité que je ne peux ignorer plus longtemps. Il n'y a que de la souffrance pour toi ici. Ce serait cruel et égoïste de ma part de te demander de t'installer ici. Or, je ne veux pas être ce genre d'homme.

— Et je ne peux pas te demander de quitter ta famille, dit-elle dans un souffle.

— Non, en effet. Et même si je le voulais, je ne pourrais jamais l'abandonner. Pas après que mon père...

Elle posa les mains sur ses cuisses musclées et les sentit se raidir sous ses doigts.

— Je ne suis pas prête à te dire au revoir.

— Je crains que tu ne doives t'y résoudre.

— Nous n'avons pas à nous quitter maintenant, insista-t-elle, la gorge nouée. Je vais annuler mon vol. Je vais rester pour vous aider ta famille et toi. Pour les funérailles.

La chaleur dans ses yeux fit soudain place à de la froideur.

— Ton avion décolle demain. Il faut que tu le prennes.

— Colter, je peux rester, dit-elle, s'asseyant sur ses talons. Je veux rester. Laisse-moi te soutenir.

Il secoua la tête avec véhémence et se leva.

— Si nous faisons traîner les choses, la séparation n'en sera que plus douloureuse. J'ai besoin d'être avec ma famille en ce moment. Je ne peux me consacrer à personne d'autre.

Bien entendu, elle le comprenait, mais...

— Je peux rester pour ta mère. Je peux tous vous aider.

— Tu as une vie à New York qui t'attend.

Il se dirigea vers le dressing. Quelques minutes plus tard, il en ressortit avec un sac de voyage plein.

— Tu peux passer la nuit ici. Demain matin, appelle un taxi pour t'emmener à l'aéroport, le ranch réglera la note.

— Colter, s'il te plaît, attends…

Elle se leva et fit un pas vers lui. Mais il continua d'avancer vers la porte.

— Je dois être auprès de ma famille. Pour l'instant, je ne pense qu'à une chose, aider ma mère à surmonter cette épreuve.

— Je peux t'accompagner. S'il te plaît, supplia-t-elle, les yeux mouillés de larmes. Ne me rejette pas. Laisse-moi te soutenir.

Il s'arrêta. Quand il se retourna vers elle, son regard était distant.

— Il n'y a rien ici pour toi. Nous le savons tous les deux. Rentre chez toi, Adeline.

Elle souhaitait retourner à New York, elle le lui avait dit tout à l'heure. Cela ne pourrait jamais marcher entre eux – il y avait trop d'obstacles sur leur chemin.

C'était un choix logique.

Mais quand elle entendit la porte d'entrée se refermer derrière lui, plus rien ne lui sembla logique.

La bague de la grand-mère de Colter était soudain très lourde sur son annulaire. Elle la retira et la posa sur la commode. Elle avait déjà ôté une bague de fiançailles, celle que Brock lui avait offerte. Mais retirer ce bijou était bien plus douloureux.

C'était comme si elle venait de s'enfoncer un poignard dans le cœur.

13

Trois jours s'étaient écoulés, d'une lenteur pénible. Trois jours à regretter à chaque minute le départ d'Adeline. Trois jours à regarder la bague de sa grand-mère, qu'Adeline avait laissée sur sa commode. Trois jours à se languir d'*Adeline*. Son rire, sa voix, son corps voluptueux lui manquaient.

Pourquoi lui avait-il ordonné de partir ?

Pourquoi l'avait-il repoussée ?

Assailli par une nouvelle vague de regrets, il tourna la tête vers les hautes fenêtres de la salle de réunion. Le temps était en phase avec son humeur : sombre et sinistre. Ces derniers jours lui avaient semblé particulièrement pesants. Son père avait été enterré dans le cimetière de Devil's Bluffs. Tous les habitants de la ville et de nombreuses autres personnes étaient venus lui rendre hommage. Cela montrait à quel point Grant était apprécié par ceux qui l'avaient connu.

— Colter.

Il reporta son attention sur son avocat, assis à côté de lui.

Face à eux se trouvaient Julia et son propre avocat. Si l'on faisait abstraction de son parfum capiteux, son ex-femme ressemblait à celle qu'il avait aimée autrefois. Elle était habillée simplement et peu maquillée.

— Puis-je avoir un moment seule avec Colter ? demanda-t-elle.

Vêtu d'un costume bien coupé, son avocat répondit :

— Je ne pense pas que…

— Je n'en aurai que pour un instant, l'interrompit-elle.

L'avocat finit par opiner et se leva.

Daniel interrogea du regard Colter, qui hocha la tête.

Julia saisit la carafe d'eau et se servit un verre pendant que les avocats quittaient la salle de réunion. C'était dans cette même pièce qu'elle avait autrefois refusé un accord équitable, exigeant bien plus que ce qui était prévu par la loi. Contre l'avis de Daniel, Colter avait cédé. Pour avoir la paix et éviter des années de procédure.

Julia but une gorgée d'eau avant de prendre la parole :

— J'ai appris le décès de ton père. Je suis vraiment navrée, Colter. Grant était un homme merveilleux.

Colter accepta ses condoléances d'un hochement de tête.

— C'est toi qui as voulu cette réunion, Julia. Pour quel motif ?

Il vit son visage s'empourprer.

— Je tenais à te dire que je suis désolée pour tout ce que je t'ai fait.

Il fut si stupéfié par ses excuses qu'il lui fallut un instant pour se rendre compte qu'elle avait bien prononcé ces mots. Toutefois, il restait méfiant.

— Pour quoi es-tu désolée, au juste ?

— Pour tout. Pour la façon dont j'ai réagi après la fausse couche. Pour t'avoir laissé partir sans que nous ayons une franche explication. Pour la façon dont j'ai géré notre divorce. Pour avoir réclamé plus d'argent que je n'aurais dû. Pour… tout.

Colter se pencha en avant et joignit les mains sur la table.

— Est-ce vraiment pour cela que tu m'as fait venir ? Pour me présenter des excuses ? Un coup de fil aurait suffi.

— Je voulais te parler face à face. Je savais que tu aurais refusé de me voir si je n'avais pas organisé un rendez-vous entre nos avocats. J'ai pensé à te téléphoner, mais je n'étais pas sûre que tu décrocherais.

— Je n'aurais pas décroché, dit-il avec honnêteté.

Elle grimaça.

— C'est de bonne guerre, admit-elle.

Colter avait du mal à en croire ses yeux. Cette femme n'était pas la femme froide qu'il avait laissée à Seattle.

À travers la porte vitrée de la salle de réunion, il lança un regard vers Beau, assis dans la salle d'attente. Son frère l'observait, l'air préoccupé.

Colter reporta son attention sur Julia.

— Quand je t'ai vu avec Adeline au dîner de bienfaisance, je crois que ça m'a secouée. Ce soir-là, j'ai pris conscience que nous étions tous deux allés de l'avant, et que malgré cela, les choses n'étaient pas réglées entre nous.

— C'était ton choix. Ce n'est pas moi qui ai décidé de te verser une pension alimentaire exorbitante.

— Je le sais. C'est pourquoi j'ai souhaité te voir.

Elle reprit son verre d'une main tremblante et avala une grande gorgée d'eau. Puis elle déclara :

— Je me suis fiancée à Bronson.

Colter haussa un sourcil.

— Tu veux mes félicitations ?

— Non, bien sûr. Mais je ne veux pas que la pension alimentaire soit annulée juste parce que je vais me remarier. Je tiens à ce qu'elle soit annulée parce que, pour une fois, j'aurai fait ce qui est juste.

Elle s'interrompit un instant, l'air ému.

— J'ai commis des erreurs, ajouta-t-elle. De grosses erreurs. Mais je veux commencer ma vie avec Bronson en agissant mieux. Je veux que tu sois heureux avec Adeline.

Il se figea.

— Tu veux que je sois heureux avec Adeline ? répéta-t-il.

— Oui. J'ai vu la façon dont vous vous regardiez. Il est évident que vous êtes amoureux. Comme je te l'ai dit, ça m'a secouée. J'ai pris conscience que je suis devenue une personne que même moi, je n'aime pas. L'idée que tu ne puisses pas vivre heureux parce que je t'ai enchaîné à moi me rendait malade. Quand Bronson m'a demandée en mariage, j'ai eu l'impression… qu'il était temps de tourner enfin la page. De lâcher prise sur le passé et de connaître à nouveau le bonheur.

— Je pense qu'il est temps, moi aussi.

— Bien, murmura-t-elle. Je suis désolée, Colter. Pour ce que je t'ai fait. Pour avoir été si cruelle envers toi.

Il vit des larmes embuer son regard.

— Tu répares tes erreurs, Julia, cela ne peut être que positif.

Elle lui offrit un petit sourire triste, avant de faire signe à son avocat de revenir dans la pièce.

Il fallut un peu plus d'une heure pour dissoudre l'accord d'origine. Colter ne cessait de se demander si son ex-femme allait changer d'avis, mais elle tint parole, et sa main ne trembla pas quand elle signa le nouvel accord. Lui non plus n'hésita pas. Quand la réunion fut terminée, Julia se leva, et Colter se sentit libéré d'années de douleur et de honte.

— Julia, dit-il.

Elle se retourna vers lui.

— Je te souhaite d'être heureux, Colter, dit-elle avec un sourire sincère.

— Je te le souhaite aussi, Julia.

Tandis que son avocat et elle disparaissaient dans le couloir, Colter et son avocat se levèrent.

— C'était inattendu, commenta Daniel.

— En effet, approuva Colter. Je ne vous remercierai jamais assez pour m'avoir aidé à traverser tout cela.

— Nous sommes heureux de vous représenter et de vous connaître, répondit Daniel.

Ils échangèrent une poignée de main, puis Colter rejoignit Beau dans la salle d'attente. Son frère avait insisté pour l'accompagner.

— Tout va bien ?

— Ça s'est très bien passé, assura Colter.

Il lui fit un résumé de l'entrevue. Quand il eut terminé, Beau demanda d'un ton incrédule :

— Julia a voulu renoncer à sa pension alimentaire ?

— C'est surprenant, je sais. Mais, oui, elle y a renoncé.

Ils se dirigèrent vers l'ascenseur.

— Incroyable. Tu crois que tes fiançailles avec Adeline…

— Oui, fit Colter en riant. Le fait que j'aie prétendument tourné la page a poussé Julia à en faire autant.

Les portes de l'ascenseur s'ouvrirent, et ils entrèrent dans la cabine.

— Eh bien, je crois que tu dois une fière chandelle à Adeline, commenta Beau.

Colter acquiesça d'un signe de tête. Après quelques instants, les portes se rouvrirent sur le hall du gratte-ciel.

— En parlant d'Adeline, pendant que je t'attendais, je suis tombé sur quelque chose, ajouta Beau.

Il lui donna son téléphone portable.

Colter prit l'appareil et se figea net, envahi par un afflux d'adrénaline. Un article était affiché sur l'écran.

Le célibataire le plus sexy du Texas a un frère. Et il est encore plus séduisant !

Colter émit un rire moqueur.

— Je suis offensé par ce titre.

— Il n'y a que la vérité qui blesse, grand frère, railla Beau. C'est ainsi.

Colter poursuivit sa lecture. Il remarqua le nom d'Adeline juste sous le titre. L'article lui était familier. Il avait lu le même sur l'ordinateur d'Adeline, quelques jours plus tôt. Seule différence : ce n'était pas lui qui était le sujet du présent article.

— Tu savais qu'elle écrivait ce texte sur toi ? demanda-t-il.

— Oui, elle m'a téléphoné et m'a demandé mon accord.

— Et tu l'as laissée faire ? s'étonna-t-il.

— Évidemment. Comme je te l'ai dit, un peu d'attention sur ma personne serait bienvenue.

— Crois-moi, tu vas vite déchanter.

— Ne t'inquiète pas. Si cela peut te permettre d'être tranquille, alors je m'y ferai très bien.

— Je n'en reviens pas que tu aies fait ça pour moi.

— Je suis le meilleur, je le sais, plaisanta Beau.

Colter était tout aussi stupéfié par le choix d'Adeline. Elle avait fait en sorte que leur relation n'appartienne qu'à eux deux, comme il l'avait souhaité.

Ses pensées étaient si confuses qu'il avait du mal à réfléchir.

— Que dois-je faire ? demanda-t-il à son frère.

— Va la retrouver, idiot ! Ça tombe sous le sens.

Colter se passa la main dans les cheveux.

— Ce n'est pas si simple, Beau. Il y a d'énormes obstacles entre nous. Il faudrait qu'elle abandonne beaucoup de choses. Ou que j'en abandonne beaucoup. Sans quoi, cela ne marchera jamais.

Beau le saisit par l'épaule tandis qu'ils traversaient le hall plein de monde.

— C'est très simple, Colter. Il suffit de retirer les obstacles.

New York ne lui avait jamais paru plus lugubre quand Adeline arriva devant la charmante maison de ville des parents de Brock. Si elle était venue jusqu'ici, c'était parce qu'elle ne pouvait plus fuir plus longtemps. Fuir la douleur. Fuir les problèmes. Fuir tout ce qui semblait aller de travers depuis qu'elle avait quitté Devil's Bluffs. Colter lui manquait. Ses caresses, sa force, sa stabilité... Se réveiller à ses côtés chaque matin... Cuisiner des repas avec lui... Tout cela lui manquait.

« Règle d'abord les choses avec Brock, ensuite, tu aviseras. » C'était le conseil que Nora lui avait donné ce matin.

Adeline gravit les marches du perron. La maison était située à Brooklyn, à quelques pas de Prospect Park. Une fois devant la porte, elle saisit le heurtoir en forme de tête de lion et frappa contre le battant.

Un instant plus tard, Brock ouvrit la porte.

— Adeline ? s'exclama-t-il, l'air sidéré.

Le contraste avec Colter était frappant. Les cheveux bruns de Brock étaient parfaitement coiffés. Rasé de frais, il portait un pantalon de costume, une chemise blanche aux manches retroussées, et arborait une montre de luxe au poignet. Brock était l'incarnation du citadin raffiné.

— Bonjour, Brock, dit-elle.

Brock pâlit et jeta un regard par-dessus son épaule. Quand il reporta son attention sur elle, il semblait gêné.

— Stephanie est là, je suppose ?

Il s'agita.

— J'ignorais que tu allais passer.

— En fait, ça ne me dérange pas qu'elle soit là, assura Adeline.

Sa réaction la surprenait elle-même. Et elle comprit pourquoi : Brock ne comptait plus pour elle.

— Ça t'ennuie si j'entre un moment pour discuter ?

— Eh bien…

Il ne bougea pas d'un iota.

— Je ne vais pas faire de scène, promit-elle avec un petit rire, espérant le mettre à l'aise. Je veux juste te parler, et parler à Stephanie, si tu es d'accord.

Stephanie apparut derrière lui. Avec ses grands yeux noisette, sa longue chevelure brune et ses vêtements chics, elle était splendide. Adeline comprenait pourquoi Brock était tombé sous son charme.

— Êtes-vous d'accord pour discuter ? demanda-t-elle à la jeune femme.

— Eh bien… oui, répondit Stephanie d'un ton hésitant. Brock, laisse-la entrer.

Il s'effaça pour laisser passer Adeline puis tous les trois allèrent dans le salon. Une pièce dans laquelle Adeline était venue souvent au fil des ans, y créant des souvenirs heureux.

Brock s'assit à côté de Stephanie et lui prit la main. Adeline resta debout près du canapé.

— Je ne serai pas longue, dit-elle en préambule. Brock, je pense que nous avons besoin d'une digne conclusion.

Brock et Stephanie échangèrent un long regard.

— C'est pour cela que je t'avais téléphoné, dit Brock à Adeline. Afin de régler nos différends, pour notre bien à tous.

Elle fixa leurs mains jointes, s'attendant à éprouver de la peine. Mais elle ne ressentit rien.

— Je ne pouvais pas te parler à ce moment-là car je n'étais pas prête à affronter le caractère irrévocable de cette rupture, admit-elle. Mais à présent, ma situation a changé. Et j'en ai assez de fuir les choses qui me font du mal.

Elle prit une grande inspiration avant de poursuivre :

— La vérité est que ce cow-boy avec qui j'ai été photographiée,

Colter, m'est devenu très cher. Il y a quelques jours, son père est décédé.

— Je suis désolée, dit Stephanie.

La compassion sincère qui brillait dans les yeux de la jolie brune ne fit que renforcer la détermination d'Adeline.

— Après tout ce que j'ai traversé ces derniers temps, j'ai compris à quel point la vie est courte. Je me suis rendu compte que je n'avais pas vraiment réfléchi à notre relation, que je n'avais pas vu les failles. Car il y en avait, manifestement.

Elle vit les épaules de Brock s'affaisser.

— Soit tu m'as trompée car il y a un problème chez toi...

Brock grimaça.

— Je..., commença-t-il.

— S'il te plaît, laisse-moi finir.

Brock obéit.

— Ou alors tu as été infidèle parce qu'il y a quelque chose de spécial entre Stephanie et toi. Peut-être que tu voulais rompre avec moi mais que tu ne voulais pas me faire souffrir.

Elle observa à nouveau leurs mains jointes, le temps de rassembler ses pensées.

— Puisque vous êtes toujours ensemble, je suppose que c'est la seconde hypothèse, avança-t-elle.

Brock soupira.

— Je suis désolé de t'avoir fait du mal, Adeline.

Elle scruta son regard.

— En fait, je te crois, Brock. Mais je ne suis pas ici pour t'accorder mon pardon. Tu m'as blessée. Profondément. Ça, ça ne changera jamais.

— Alors pourquoi es-tu venue ? demanda-t-il calmement.

— Pour te dire que si Stephanie est vraiment ton véritable amour, eh bien je comprends. Car si Colter était entré dans l'équation pendant que nous étions ensemble, je t'aurais quitté pour lui sans hésiter.

Brock sembla contrarié. Mais quand Stephanie lui lança un regard, il reprit un air neutre.

— En conclusion, je dirais que la vie est trop courte pour

rester bloqués dans le passé, dit Adeline. Ce que vous cherchiez tous les deux, j'espère que vous l'avez trouvé l'un chez l'autre.

Ils la dévisagèrent, l'air stupéfié. Elle sourit, envahie par une douce chaleur. Pour la première fois depuis qu'elle avait appris l'infidélité de Brock, elle avait l'impression d'être libérée de son chagrin. Pivotant sur ses talons, elle repartit vers le vestibule.

Au moment où elle ouvrait la porte, elle faillit heurter les parents de Brock.

— Adeline ? s'exclama la mère de Brock. Nous ne t'attendions pas, ma chère, dit-elle, lui tendant les bras.

Adeline donna l'accolade à cette femme qui occupait une place spéciale dans son cœur.

— C'était une visite surprise, dit-elle.

Le père de Brock jeta un regard préoccupé vers son fils et vers Stephanie, qui les avaient rejoints.

— Tout va bien ? demanda-t-il à Adeline.

— Oui, parfaitement bien, assura-t-elle.

Elle jeta un coup d'œil vers le jeune couple.

— Brock et moi avons tout fait de travers mais, au fond, ce n'est pas grave. Car, au bout du compte, chacun de nous sera plus heureux.

Elle étreignit à nouveau la femme qui aurait pu devenir sa belle-mère.

— Ce n'est pas parce que je ne suis plus la fiancée de votre fils que nous devons cesser de nous voir. Nous pouvons rester en contact.

La mère de Brock essuya ses yeux humides.

— J'en serais très heureuse.

Après quoi, Adeline quitta la maison. Se sentant enfin délestée de sa peine, elle descendit les marches du perron d'un pas léger.

Alors qu'elle s'apprêtait à traverser la rue, son téléphone portable sonna. Elle sortit l'appareil de son sac et constata que l'appel provenait d'un numéro inconnu.

— Adeline Harlow ?

La voix lui était familière, mais elle ne parvint pas à l'identifier.

— Elle-même, répondit-elle.

— C'est ton père.

Elle se figea net.

— Eric ?

— Oui. S'il te plaît, ne raccroche pas.

Le souffle coupé et les jambes tremblantes, elle se dirigea vers un banc et s'y assit.

— Je ne vais pas raccrocher, parvint-elle à dire.

— Je suis vraiment désolé de la façon dont j'ai agi quand tu es venue me voir, dit-il d'une voix râpeuse. J'étais dérouté.

Il marqua un temps.

— Je suis également navré pour la façon dont je me suis comporté toutes ces années, continua-t-il. J'ai vraiment tout gâché. Mais je tiens à ce que tu le saches, lorsque je suis devenu sobre et que j'ai remis de l'ordre dans ma vie, j'ai essayé de te retrouver. Mais ta mère et toi aviez déjà quitté la ville. À l'époque, je me suis dit que c'était mieux ainsi. Je croyais que tu me détesterais.

Adeline avait l'impression que le monde vacillait. Elle n'arrivait même pas à trouver un sens aux mots d'Eric. Néanmoins, une question s'infiltra dans son esprit.

— Comment as-tu eu mon numéro ?

— C'est Colter qui me l'a donné. Il est passé au garage tout à l'heure... Nous avons discuté.

— Qu'a-t-il dit ? demanda-t-elle, le cœur battant.

— Il m'a clairement fait comprendre que ce n'était pas à toi d'arranger les choses entre nous. Et il avait raison. C'est moi le responsable. J'aurais dû faire plus d'efforts, mais j'étais terrifié à l'idée que tu me haïsses. J'ai été un lâche. Le pire des lâches.

L'émotion perçait dans sa voix.

— Je tiens à me racheter, Adeline. Je ferai tout ce qu'il faudra. Une thérapie familiale, ou autre chose – tout ce que tu veux. Je souhaite apprendre à te connaître. S'il te plaît.

Les mots de Colter lui revinrent à l'esprit. « Il n'y a rien ici pour toi. Nous le savons tous les deux. Rentre chez toi, Adeline. »

Mais il y avait quelque chose pour elle à Devil's Bluffs.

Colter.

Ses actes n'étaient pas ceux d'un homme qui la rejetait. C'étaient ceux d'un homme qui la protégeait.

— Adeline. Tu es toujours là ? demanda Eric.

Elle inspira, tentant de chasser l'impression que le sol se dérobait sous ses pieds. Il s'était passé tant de choses en l'espace d'une heure... Son esprit était en ébullition, pourtant les mots lui vinrent facilement.

— Je suis là. Et ma réponse est oui.

— Oui ?

Pour la première fois depuis longtemps, Adeline avait le sentiment que son destin n'était pas tout tracé, et que c'était elle qui décidait des prochaines étapes de sa vie.

— Oui, je veux apprendre à te connaître, moi aussi.

14

— Merci d'être venu, Beau, dit Colter à son frère le lendemain.

Il s'installa à la table de la cuisine, à côté de leur mère, tandis que Beau s'appuyait contre l'îlot central.

— Pas de problème. Austin était content que je le dépose chez son camarade.

Colter observa sa mère. Il remarqua les cernes sous ses yeux, mais il vit aussi de la force dans son regard. Beverly continuait à vivre farouchement, joyeusement, pour rendre hommage à la vie merveilleuse qu'elle avait partagée avec Grant.

C'était une femme hors du commun.

Et elle lui rappelait une autre femme. Une femme qui lui manquait. Une femme qui, il en avait pris conscience, possédait son cœur. Si le décès de son père lui avait appris une chose, c'est qu'il ne pouvait pas attendre que le bonheur vienne frapper à sa porte. C'était à lui d'aller le chercher.

Et il était bien décidé à prendre le taureau par les cornes.

— Vous vous demandez sûrement pourquoi je vous ai convoqués tous les deux.

Beverly remua son thé puis posa sa cuillère sur sa soucoupe.

— Nous sommes curieux, oui, admit-elle. Que se passe-t-il ?

— J'ai décidé de suivre ton conseil, Beau. Je vais retirer les obstacles qui se dressent sur mon chemin.

— Ah ? s'étonna son frère. Comment vas-tu faire ?

Colter soupira, redoutant ce qui allait suivre. Il prit la main de sa mère dans la sienne.

— Je sais que cela arrive à un très mauvais moment, mais...

— Tu es amoureux d'Adeline, dit-elle calmement.

Colter rit.

— Ça se voit tant que ça ?

— Pour ta mère, oui, répondit-elle en lui tapotant le bras. Je suppose que tu nous as fait venir ici pour nous annoncer que tu as décidé de quitter le ranch et de t'installer à New York.

Il aurait dû se douter que sa mère avait déjà tout compris.

— Je suis conscient que mon départ tombe mal, et je suis désolé de vous imposer cela.

— Ne sois pas désolé, répliqua Beverly. La vie est ainsi. Tu ne peux pas appuyer sur la touche *Pause* ou *Lecture* pour mener ton existence. Certes, nous avons perdu ton père, mais il aurait voulu que nous continuions à vivre et que nous soyons heureux.

Colter hocha la tête.

— Je pensais que je devais rester ici, pour rendre hommage à papa, et rendre justice à son travail de toute une vie. Mais j'ai pris conscience qu'il serait déçu si je laissais passer ma chance d'être heureux pour assumer un rôle dans lequel je ne m'épanouis pas, et qui m'empêche d'être avec Adeline.

— Oui, il serait déçu, approuva sa mère.

— Tu songes vraiment à quitter Devil's Bluffs ? demanda Beau.

— C'est le seul moyen pour être avec Adeline. Sa vie est à New York. C'est un sacrifice que je fais volontiers, pour la rendre heureuse.

Voyant Beau froncer les sourcils, Colter continua :

— Je sais qu'assumer davantage de travail serait impossible pour toi. Tu as déjà beaucoup à faire, et tu as Austin.

— C'est vrai, cela ferait trop, admit Beau.

— Je le sais, et je ne te ferais pas un coup pareil, assura Colter. Bien évidemment, il faudra plus qu'une seule conversation pour régler tous les détails, mais pour commencer, sachez que je veux rester P-DG du ranch, mais réduire ma charge de travail.

— Comment ? questionna Beau.

— En engageant un directeur financier. Nous consacrerons mon salaire à l'embauche de personnel. Des gens qui s'occuperont de la gestion du bétail en mon absence. Et nous pourrons nommer Shane directeur de la ferme. Ainsi, je pourrai à nouveau faire ce que j'aime.

— Piloter, glissa sa mère.

— Exactement. Passer du temps dans les airs me manque.

Il s'adossa à sa chaise et étendit ses jambes sous la table.

— J'ai contacté mes anciens employeurs. Je peux avoir un poste dans leur filiale new-yorkaise. Je serai bien payé, je n'aurai donc plus besoin de mon salaire de P-DG.

Sa mère réfléchit tout en buvant un peu de thé.

— D'accord, mais qu'est-ce que cela implique pour le ranch ?

— Comme je l'ai dit, je veux continuer à superviser les choses. Diriger le domaine, c'était le rêve de papa. Il a très bien réussi. Je veux perpétuer son héritage, mais ce ranch, ce n'est pas mon rêve. Ça ne l'a jamais été.

Sa mère reposa sa tasse sur sa soucoupe.

— Votre père ne voulait pas que Beau ou toi abandonniez vos propres rêves pour reprendre le ranch, dit-elle d'une voix émue. Il voulait seulement que vous soyez heureux. Alors, si vivre à New York et redevenir pilote est ce que tu veux, Colter, je t'en prie, lance-toi.

Elle paraissait déterminée, mais Colter remarqua le léger tremblement dans son expression. Il posa son autre main sur leurs mains jointes.

— Je m'investirai toujours dans le ranch. Quand je suis revenu à Devil's Bluffs, j'ai cru que je ne pouvais pas tout avoir. Mais je le peux. *Nous* le pouvons. Il faut simplement que nous procédions à quelques changements.

— Tu t'occuperas toujours du bétail ? demanda Beau.

— Oui. Si tout se passe comme je le veux, je pourrai revenir en hélicoptère pour les réunions importantes. Je pourrai contrôler le travail de nos employés et prendre part aux grandes décisions. Toutefois, à mon avis, l'essentiel de mon travail pourra être fait à distance.

Remarquant l'air triste de sa mère, il ajouta :

— Si je parviens à convaincre Adeline de reprendre notre

relation, nous pourrons diviser notre temps entre Devil's Bluffs et New York. Nous pourrons revenir les week-ends et chaque fois que nous aurons du temps.

Beverly sourit, les yeux humides.

— Cela me rendrait très heureuse.

— Bien, dit Colter. Crois-moi, je ne veux pas abandonner le domaine. Je tiens à ce qu'il reste dans la famille Ward, mais je dois aussi penser à moi.

— Et tu as raison. Tu as fait beaucoup pour ton père et pour moi. Tu mérites d'être heureux. Mais tu as raison, il faudra un peu de temps pour régler les détails.

— Je suppose que nous devrons construire des bureaux si nous engageons de nouveaux employés, déclara Beau.

— J'ai pensé à la route principale, sur la bande de terre où rien ne pousse jamais, suggéra Colter.

— Bonne idée, approuva Beverly.

Beau acquiesça d'un signe de tête.

— Faire venir de nouvelles personnes avec un regard neuf ne pourra qu'être bénéfique pour le ranch. Je t'aiderai autant que je le peux.

— Merci, Beau, dit Colter. Je sais que c'est un grand projet, dont la mise en œuvre prendra du temps. Maman, je serai toujours là pour toi. Quoi qu'il arrive.

— Je le sais, dit-elle avec un sourire affectueux.

Elle observa le sac de voyage près de la porte de service.

— Que comptes-tu faire maintenant ? questionna-t-elle.

— J'ai prévu d'aller à New York dès ce soir, pour essayer de convaincre Adeline qu'elle m'aime aussi.

— Cette fille t'adore, affirma Beverly. C'est évident.

— Espérons que tu as raison, répondit Colter.

Elle se leva et mit sa tasse et sa soucoupe dans le lave-vaisselle.

— Viens, Beau. Laissons ton frère se préparer.

Colter se leva à son tour et prit sa mère dans ses bras.

— Tu me le dirais si cette situation te perturbait, n'est-ce pas ? demanda-t-il.

— Je ne suis pas perturbée, chéri, dit-elle en lui caressant la joue d'un geste maternel. J'adore Adeline. Rien ne me rendrait plus heureuse que de la voir entrer dans notre famille. Quand on rencontre l'amour vrai, le grand amour, la vie prend tout son sens.

Elle l'embrassa sur les deux joues.

— Suivre son cœur ne mène qu'à des choses positives. Je suis fière de toi.

Il n'avait pas cru avoir besoin de l'approbation de sa mère. Pourtant, il se sentait soudain libéré d'un grand poids.

— Merci, maman.

Beau étreignit son frère.

— Ne gâche pas tout, surtout.

— Je ferai de mon mieux, assura Colter.

Il accompagna Beau et leur mère jusqu'à la porte. Tandis que Beau descendait les marches du perron, Beverly se retourna soudain vers Colter.

— J'allais oublier, dit-elle. Tu as toujours la bague de ta grand-mère ?

— Oui, bien sûr. Tu veux que j'aille la chercher ?

— Eh bien..., fit-elle, un lent sourire étirant ses lèvres. À mon avis, il vaut mieux que tu la gardes.

Assise à l'arrière d'un taxi, Adeline était au téléphone avec Nora.

— Je crois que je vais vomir, dit-elle.

Depuis que son père lui avait téléphoné la veille au soir, elle était en pilote automatique.

Elle avait dépensé une bonne partie de ses économies pour prendre un vol privé afin d'arriver à Dallas plus vite, puis un taxi pour effectuer le reste du trajet.

Le chauffeur lui jeta un regard horrifié dans le rétroviseur. Elle balaya son inquiétude du revers de la main.

— Rassurez-vous, je ne vais pas vomir dans votre voiture.

L'air soulagé, il reporta son attention sur la route.

— Pauvre chauffeur, dit Nora en riant. Adeline, soyons honnêtes. Tu as affronté Brock et ton père, et tu en es ressortie plus forte et plus heureuse. C'étaient deux expériences extrêmement difficiles. Parler à Colter, c'est facile. C'est positif. Tu mérites d'être heureuse. Alors détends-toi.

— Je le mérite, c'est vrai.

— Absolument. Alors oublie tes nausées, relève la tête et va conquérir ton cow-boy.

Adeline sourit. Quand elle était retournée à New York, tout lui avait paru différent. Comme si plus rien n'avait de sens. Ici, à Devil's Bluffs, tout semblait… *juste*.

Quand le chauffeur s'engagea dans l'allée menant à la maison de Colter, elle sentit la nervosité l'envahir.

— Je suis arrivée, Nora. Il faut que je te laisse.

— Appelle-moi pour me tenir au courant. Bonne chance.

— Merci. À tout à l'heure.

Après avoir raccroché, Adeline s'adressa au chauffeur :

— Pouvez-vous aller plus vite, s'il vous plaît ?

Le conducteur accéléra et bientôt, elle vit le pick-up de Colter dans l'allée. Colter était là… et elle se sentait… Eh bien, elle ne savait pas encore ce qu'elle ressentait.

La voiture s'arrêta dans un crissement de pneus.

— Merci, dit Adeline.

Elle régla la note, empoigna son sac de voyage et descendit du véhicule.

— Bonne soirée, mademoiselle.

— Merci, à vous aussi.

Elle referma la portière, et pendant que le chauffeur faisait demi-tour, elle marcha vers la maison. Soudain elle s'arrêta, plaquant la main contre sa poitrine, persuadée d'avoir des palpitations. Par la grande fenêtre en façade, elle venait de voir Colter se diriger vers la porte de service, un grand sac de voyage à la main.

Elle hissa la sangle de son propre sac sur son épaule et courut aussi vite qu'elle le put vers l'arrière de la maison. Colter se dirigeait vers son hélicoptère.

D'une voix essoufflée, elle cria :

— Où est-ce que tu vas ?

Il se raidit. Puis jeta un regard par-dessus son épaule. Lentement, il déposa son sac et avança vers elle, laissant quelques mètres entre eux.

— Où est-ce que tu vas ? répéta-t-elle.

— À New York, dit-il, figé comme une statue. Pour te retrouver.

— Tu détestes la ville.

— Mais je t'aime.

Toutes les défenses qu'elle avait érigées autour de son cœur s'effondrèrent.

Tu m'aimes ? demanda-t-elle.

— À la folie.

Il fit un pas vers elle, et elle eut l'impression que l'air entre eux se réchauffait.

— Passionnément, ajouta-t-il.

Il avança encore. Et encore. Jusqu'à ce qu'il soit face à elle.

— Je suis amoureux de toi, et je ne veux pas vivre sans toi.

Elle sentit son souffle se bloquer et ses yeux s'embuer.

— Je t'aime aussi, Colter.

— C'est exactement ce que je voulais entendre.

Il la porta dans ses bras, et elle enroula les jambes autour de lui.

Quand il posa les lèvres sur les siennes, elle lui donna tout d'elle, sans aucune hésitation. Leur relation fonctionnerait, elle en était sûre, parce qu'ils étaient faits l'un pour l'autre.

Vaguement, elle le sentit avancer pendant qu'il continuait de la couvrir de baisers électrisants. Il atteignit la porte de service, l'ouvrit et la referma d'un coup de pied. Tandis qu'il l'emmenait dans la chambre, elle embrassa sa bouche, sa mâchoire, puis son cou, qu'elle mordilla.

Dans un grondement rauque, il la jeta sur le lit. Elle rebondit sur le matelas en riant, mais reprit son sérieux quand Colter s'étendit sur elle et l'observa de son regard intense.

— Comment se fait-il que tu sois là ? demanda-t-il.

Elle encadra de ses mains son beau visage.

— Eric m'a téléphoné. Il m'a rapporté votre conversation. Et j'ai eu une prise de conscience. Bien que quitter New York pour Devil's Bluffs soit un peu effrayant pour moi et que ma vie soit incertaine ici, je ne veux vivre nulle part ailleurs.

Secouant lentement la tête, il la fit asseoir et s'agenouilla face à elle.

— J'ai discuté avec ma famille. Nous allons engager du personnel pour gérer le ranch. Je m'installe à New York.

Elle haussa les épaules.

— Tu es le bienvenu, bien sûr, si c'est ce que tu souhaites. Mais aujourd'hui, ma patronne et moi avons trouvé un accord. Je vais travailler pour elle en free-lance. J'ai aussi accepté le poste de rédactrice en chef du *Devil's Bluffs Chronicle*, puisque Waylon prend bientôt sa retraite.

Il ouvrit de grands yeux.

— Tu vas t'installer ici ?

— Non, je ne vais pas m'installer ici. Je *m'installe* ici. Dès ce soir. Certes, il faudra que je retourne à New York pour faire mes cartons. Et pour vendre mon appartement. Mais mon cœur… est ici, à Devil's Bluffs.

— Avec moi ?

— Avec toi.

— Adeline, murmura-t-il, appuyant le front contre le sien. J'étais prêt à changer de vie, et voilà que tu m'offres tout ce que je voulais. Tu changes tout pour moi.

— Je change pour avoir mieux. Je sais pourquoi ma mère avait besoin de s'éloigner de cette ville. Mais Devil's Bluffs, c'est chez moi. Ça a toujours été chez moi. Et je veux apprendre à connaître Eric. Je veux voir où cela nous mènera.

— Je serai à tes côtés.

— Je le sais. J'ai pensé que nous pourrions aller à New York certains week-ends, pour voir ma mère et Nora.

— Je t'y emmènerai aussi souvent que tu le souhaites. Nous ferons tout ce que tu veux.

Elle se fendit d'un petit rire et lui caressa le visage.

— Tu devrais être plus prudent. Tu m'offres le monde sur un plateau, et je pourrais bien te prendre au mot.

— Je te donnerai tout, Adeline. Et plus encore. Tu m'as redonné foi en l'amour alors que je pensais l'avoir perdue à jamais.

— Et toi, tu as conquis mon cœur alors que je venais de

subir la plus grande des trahisons. Quoique, en y réfléchissant, peut-être que je t'ai toujours aimé.

L'air ému, il sortit de sa poche la bague de sa grand-mère.

— Il m'a fallu longtemps pour te remarquer, Adeline, mais je ne vois que toi à présent. Cette bague n'aurait jamais dû quitter ton doigt. Qu'en dis-tu, New York ? Tu veux bien m'épouser pour de vrai ?

— Oui, Colter. Je veux t'épouser.

Sa main fut parcourue de picotements quand il glissa le bijou sur son annulaire. Elle se sentait à nouveau entière à présent.

Une joie intense et bien d'autres émotions passèrent sur le visage de Colter juste avant qu'il ne scelle leurs lèvres et lui donne un baiser enivrant, qui n'était pas seulement une marque d'amour mais aussi une promesse.

Avec frénésie, il lui ôta ses vêtements, et elle en fit autant. Bien vite, il n'y eut plus d'obstacles entre eux. Ils étaient maintenant peau contre peau. Il ne s'écarta que le temps de dérouler un préservatif sur lui. Après quoi, il la fit s'étendre sur le lit.

— Pas cette fois, dit-elle. Ce soir, c'est moi qui suis aux commandes.

Elle se dégagea et l'étendit sur le dos avant de monter à califourchon sur lui. Elle prit un instant pour contempler son magnifique visage et son corps d'athlète.

— Ça pourrait mal finir pour moi, tu sais, dit-elle, se plaçant au-dessus de son sexe.

— Comment ça ?

Il lui tint fermement les hanches quand elle l'accueillit en elle. Elle effleura ses pectoraux de ses tétons dressés.

— Je vais être la femme la plus détestée de Devil's Bluffs.

Il gémit, fermant les yeux tandis qu'elle descendait lentement sur lui.

— J'ai conquis le célibataire le plus sexy du Texas… pour de bon.

— Laisse les autres femmes être jalouses.

Il releva la tête et captura ses lèvres. De ses mains avides, il explora chaque partie de son corps, jusqu'à ce qu'il s'arrête sur ses seins et se mette à les masser.

Les sensations la submergeaient. Elle n'arrivait plus à réfléchir, à parler. Elle appuya les paumes sur son torse et se mit à onduler sur lui. L'union de leurs corps la touchait au plus profond de son cœur.

Traversée par un plaisir aveuglant, elle rejeta la tête en arrière tandis que Colter l'étreignait et l'aidait à bouger plus vite, plus fort, jusqu'à ce qu'elle atteigne l'intensité dont ils avaient tous les deux besoin. Le bruit de friction de leurs corps, les gémissements de Colter qui répondaient aux siens, le parfum du sexe ne firent qu'attiser son désir.

Elle accéléra encore le rythme de leurs ébats.

Les yeux mi-clos, il plongea la main dans sa chevelure pour amener sa bouche vers la sienne. Et il l'embrassa avec une passion qu'elle n'avait jamais connue.

Elle sut alors, avec une certitude absolue, que dorénavant, Colter lui appartenait comme elle lui appartenait.

Comme s'il avait eu la même révélation, il gronda contre ses lèvres. Un son animal qui résonna dans chaque partie féminine de son être. De sa main libre, il l'attira tout contre lui.

Le temps s'arrêta.

Et ils restèrent là, en suspens, leurs âmes à nu, jusqu'à ce qu'ils s'atomisent de plaisir.

15

Adeline étendit un torchon humide sur la desserte. Cela faisait un mois que Colter l'avait officiellement demandée en mariage. Les premières semaines avaient été chargées. Avec l'aide de sa mère et de Nora, elle avait fait ses cartons en trois jours et tout expédié à Devil's Bluffs.

À présent, la maison de Colter était aussi la sienne. Il avait volontiers fait de la place afin qu'elle puisse accrocher aux murs ses œuvres d'art préférées et mettre une touche personnelle dans la décoration. Devil's Bluffs était enfin son chez-elle.

Son foyer.

Elle avait commencé à travailler au *Devil's Bluffs Chronicle*. Waylon ne prenant sa retraite que dans quelques mois, cela laissait le temps à Adeline de prendre ses marques. Elle avait également rédigé plusieurs articles en free-lance pour le blog. Colter aussi était en phase de transition. Chaque soir, après avoir passé la journée dans son hélicoptère, il revenait avec le sourire. Un sourire qu'il affichait depuis que sa famille et lui avaient engagé du personnel pour gérer les affaires du ranch.

Tout se mettait en place, et la vie était… *belle*.

Tandis que Colter finissait d'essuyer une casserole, Adeline se concentra sur son appel vidéo avec Nora. Sa meilleure amie était en train de se plaindre de sa nouvelle employeuse.

— Elle ne peut pas être aussi horrible, argua Adeline.

— Elle est pire que ce que tu peux imaginer ! protesta Nora. Je n'ai jamais rencontré quelqu'un d'aussi égocentrique de toute ma vie. Je t'assure, elle peut parler d'elle pendant une heure d'affilée. Je l'ai chronométrée.

— Une heure, tu es sérieuse ?

— Oui ! Une heure ! Quel que soit le sujet, elle finit toujours par ramener la conversation sur elle. Quand quelqu'un essaie d'exprimer un désaccord, elle devient horrible. C'est un démon, à mon avis.

Une seconde plus tard, la porte d'entrée s'ouvrit à la volée.

Beau entra en trombe et claqua la porte derrière lui.

— Tu m'en dois une, Colter ! gronda-t-il, le visage rouge. Tu n'imagines même pas à quel point tu m'es redevable !

Colter rit et posa la casserole sur le plan de travail.

— Je t'avais pourtant prévenu de ne pas rechercher la notoriété.

— Je n'avais pas imaginé que ce serait si terrible, se défendit Beau.

Il fusilla Colter et Adeline du regard.

— Vous m'êtes *tous les deux* redevables. Ce qui se passe est insensé.

Nora se fendit d'un rire moqueur.

Se rappelant que sa meilleure amie était toujours en ligne, Adeline répondit :

— En fait, je suis contente que tu sois là, Beau. Puisque tu es le garçon d'honneur de Colter et que Nora est ma demoiselle d'honneur, vous devriez sans doute faire connaissance.

Elle tourna le téléphone vers Beau, qui fronça les sourcils.

Il avança et lui prit l'appareil des mains.

— Qu'y a-t-il de si drôle ? demanda-t-il à Nora.

Si Beau croyait que Nora allait se laisser intimider, il allait être surpris, songea Adeline, amusée.

— Ce que vous avez dit, déclara Nora. Je trouve ça hilarant. Des femmes disponibles vous courent après et ça vous perturbe ? Quel est le problème chez vous ?

— Que feriez-vous à ma place ? asséna-t-il.

— Je savourerais ma chance, répliqua Nora. Les rendez-vous autour d'un verre. Les dîners gratuits. Les soirées divertissantes. Quelle torture ce doit être pour vous !

— Eh bien, vous n'avez qu'à diffuser une photo de vous pour qu'elle fasse le buzz, rétorqua-t-il.

— Ça ne marcherait pas, répondit Nora d'un ton placide. Je suis loin d'être aussi séduisante que vous.

Il haussa un sourcil et marqua un temps. Sans doute pour l'observer de plus près.

— Le problème, c'est qu'il n'y a pas que des femmes qui me poursuivent, fit-il valoir. Il y a aussi les journalistes.

Enfin, il rendit le téléphone à Adeline et s'adressa à Colter :

— Je veux quitter la ville quelque temps.

— C'est insupportable à ce point-là ? demanda Colter.

— Hélas, oui. Austin peut rester avec vous pendant une ou deux semaines ? Il faudra l'emmener à l'école, à ses matchs de base-ball et préparer ses déjeuners. Je ne veux pas qu'il subisse cette folie. Il ne comprend pas pourquoi des gens nous suivent tout le temps.

Colter s'appuya contre l'îlot central.

— Oui, bien sûr que nous nous occuperons de lui. Où est-ce que tu vas ?

— Je vous le dirai plus tard, répondit Beau, désignant d'un signe de tête le téléphone d'Adeline.

— Je ne suis que la voix de la raison, intervint Nora. Et sachez que les journalistes n'abandonnent jamais à moins qu'ils aient une bonne raison.

— Ils n'auront pas le choix, lâcha Beau. Je pars ce soir.

Nora sourit. Adeline s'efforça de ne pas en faire autant. Sa meilleure amie était une enquêtrice très coriace.

— Je vous le déconseille, lança Nora.

— Pourquoi ça ?

— Parce qu'ils vous traqueront où que vous alliez. En tout cas, c'est ce que je ferais à leur place.

Et puisque Nora était l'une des meilleures détectives qu'elle connaisse, Adeline savait que Nora serait capable de le retrouver aussi.

Beau tendit la main vers le téléphone d'Adeline. Quand elle le lui donna, il fixa la caméra.

— Ils ne me retrouveront jamais, assura-t-il à Nora.

— Oh ! si, croyez-moi, répliqua-t-elle en souriant. Vous devriez revoir votre stratégie.

Il émit un bruit de gorge exaspéré.

— Vous êtes toujours aussi grincheux ? demanda Nora.

Beau se rembrunit puis rendit l'appareil à Adeline en bougonnant. Après quoi, il quitta la maison en claquant la porte.

Adeline replaça le téléphone face à son visage.

— Ça s'est très bien passé, ironisa-t-elle. Je sens que vous allez vous entendre à merveille, tous les deux.

— Les hommes sont stupides, déclara Nora.

— Merci, lança Colter.

— Vous êtes l'homme d'Adeline. C'est différent, fit Nora avec un sourire penaud. Adeline, il faut que je te laisse, mais continue de préparer le mariage. J'adore toutes les idées que tu m'envoies. Tu comptes toujours venir à New York ce week-end pour voir ta mère ?

— Oui.

— Super. Alors il faudra que nous prévoyions une sortie. Il faut que Colter découvre la vie nocturne new-yorkaise.

— Je ne suis pas sûr que ça me plaise, marmonna Colter.

Soit Nora ne l'avait pas entendu, soit elle avait choisi d'ignorer sa réponse car elle ajouta :

— Bien, les tourtereaux, il faut que je vous laisse. À bientôt.

— À bientôt, répondit Adeline.

Quand l'écran devint noir, elle poussa un soupir.

— C'était un désastre, commenta-t-elle.

— Pas un désastre complet, tempéra Colter tout en l'attirant entre ses bras. Beau a l'air de bien aimer Nora.

— Tu n'es pas sérieux ! Je ne l'ai jamais vu aussi cassant avec quiconque.

Il déposa un baiser sur son front.

— Il est grincheux parce que des journalistes et des femmes célibataires le suivent partout, mais devant Nora, il a battu en retraite. Or, Beau ne bat jamais en retraite.

Adeline réfléchit un instant puis secoua la tête.

— Nora a raison. Les hommes sont stupides, décréta-t-elle.

— Ce sont les femmes qui nous rendent bêtes, répliqua-t-il.

Il l'observa, et lorsque son regard s'arrêta sur sa bouche, elle se rendit compte qu'elle se mordillait la lèvre.

— Un problème ? demanda-t-il.

— Nous devrions peut-être reporter le mariage, jusqu'à ce que Beau revienne et que les choses se calment.

— J'oppose un ferme refus à cette idée.

Il la piégea entre son corps robuste et l'îlot de la cuisine.

— Continue de planifier le mariage – il approcha les lèvres des siennes – car je suis déjà impatient.

— Impatient de quoi ? demanda-t-elle, caressant ses bras puissants.

— Impatient de faire de toi ma femme, dit-il contre ses lèvres.

Elle explora son torse massif.

— C'est tout ce que tu veux ? demanda-t-elle d'une voix sensuelle.

— Oh ! je veux bien plus que ça.

Son sourire la fit chanceler. Elle espérait que Colter aurait toujours cet effet sur elle.

— Tant mieux. Tu es mon amour d'adolescence, après tout.

Elle rejeta la tête en arrière, s'offrant à son baiser.

— Je ne suis pas seulement ton amour d'adolescence, rectifia-t-il. Je suis à toi, et rien qu'à toi.

— Et moi aussi, je suis irrévocablement à toi.

Elle sourit contre ses lèvres.

— Je t'aime, Colter.

— Je t'aime aussi, New York.

STACEY KENNEDY

Liaison dans un chalet

Traduction française de
ROSA BACHIR

PASSIONS

HARLEQUIN

Titre original :
STRANDED WITH A COWBOY

Prologue

Assis au volant de son pick-up Dodge Ram bleu, Beau Ward envisageait de recourir à la violence. Il ne s'était jamais considéré comme un homme impulsif. La plupart du temps, il savait combattre avec son esprit plutôt qu'avec ses poings. Mais tandis qu'il regardait le journaliste qui se tenait sur la tombe d'Annie, son épouse décédée six ans plus tôt d'une rupture d'anévrisme, Beau serra le volant si fort que ses mains devinrent blanches.

Cela faisait déjà plusieurs jours qu'il évitait les journalistes venus tels des vautours dans sa petite ville de Devil's Bluffs. S'ils étaient ici, c'était parce que son frère Colter et lui avaient été désignés comme les célibataires les plus sexy du Texas par un célèbre blog new-yorkais. Quelques mois plus tôt, Colter et lui avaient sauvé un veau tombé dans des rapides. Une photo du sauvetage avait été publiée sur le blog, dans le cadre d'une série consacrée aux cinquante plus beaux célibataires du pays. Le cliché avait rencontré un grand succès.

Le blog s'était d'abord concentré uniquement sur Colter. Harcelé par des femmes qui avaient soudain découvert son statut de célibataire sexy et richissime, Colter avait cherché un moyen de se débarrasser de ces prédatrices. Journaliste pour le blog qui avait fait paraître l'article, Adeline était venue trouver Colter afin d'obtenir une interview exclusive de lui, dans le but de décrocher une promotion. Seul problème : Colter et elle étaient tombés amoureux.

Afin de protéger la relation naissante d'Adeline et de Colter,

Beau avait repris le rôle de « célibataire le plus sexy du Texas », en acceptant qu'Adeline écrive son article sur lui plutôt que sur Colter.

Grâce à ce blog, Colter avait trouvé l'amour. Beau, en revanche, n'avait récolté qu'une grosse migraine. Les reporters cherchaient plus qu'une simple histoire sur un séduisant célibataire texan. Depuis qu'ils avaient appris qu'il était veuf, ils voulaient connaître les détails tragiques de son deuil et de sa vie de père célibataire.

Beau refusait catégoriquement de livrer ces informations.

— Il a pris des photos, dit une voix rocailleuse.

Beau regarda par sa portière, dont la vitre était baissée, et vit Fred avancer vers lui. Fred était le gardien du cimetière depuis des décennies.

— Merci de m'avoir prévenu, Fred.

Le gardien lui avait téléphoné vingt minutes plus tôt.

— Ce n'est pas correct, ce qu'il fait, commenta Fred en secouant la tête.

— Non, en effet.

Beau sortit de son véhicule et fut frappé par la chaleur estivale.

— Je vais m'occuper de lui, assura-t-il, serrant la main de Fred.

— Ton père n'aurait pas toléré qu'on te traite ainsi.

— Vous avez raison, il ne l'aurait pas accepté.

Un mois plus tôt, Grant Ward avait été enterré non loin de la défunte épouse de Beau, après une longue et cruelle bataille contre la maladie de Parkinson.

Beau remercia Fred d'un signe de tête puis se dirigea vers le journaliste.

Les parfums de l'herbe fraîchement coupée et des fleurs l'envahirent.

— Puis-je vous aider ? demanda Beau quand il fut près du journaliste.

Il croisa les bras pour s'empêcher de saisir l'intrus par le col.

Âgé d'environ vingt-cinq ans, le jeune homme ouvrit de grands yeux quand il reconnut Beau.

— Oh ! vous êtes...

— Oui, je suis Beau Ward. Non, je ne vous accorderai pas

d'interview, et si vous ne quittez pas sur-le-champ la tombe de mon épouse, je vous démolis.

Le journaliste descendit de la pierre tombale en une seconde.

— Effacez les photos du cimetière, ordonna Beau.

Les mains tremblantes, l'autre homme obéit.

— Voilà, c'est fait, dit-il après quelques instants.

Quand Beau fit un pas en avant, le reporter recula.

— Quelle que soit l'histoire que vous comptez écrire, laissez ma défunte épouse en dehors de ça, fulmina Beau, ne parvenant pas à masquer sa rage. Compris ?

— Oui, c'est compris.

— Ne vous avisez pas de revenir ici.

Le jeune homme était à présent livide.

— Fichez le camp, asséna Beau.

Il regarda l'importun courir vers sa voiture et démarrer en trombe.

Puis il soupira et reporta son attention sur la tombe.

— Je ne les laisserai pas transformer notre histoire en spectacle, promit-il à Annie.

Après quoi, il quitta le cimetière dans lequel il ne venait qu'une fois par an.

Il ne pouvait pas supporter cette situation plus longtemps. Les journalistes ravivaient sa douleur, et cette douleur affecterait bientôt son fils Austin, qui n'avait que six ans. Grimpant dans son véhicule, il claqua la portière, se passa la main dans les cheveux et marmonna un juron. Il ne laisserait pas la noirceur de son chagrin atteindre Austin.

Pendant le trajet jusqu'à la maison de son frère, située au cœur des terres Ward, il réfléchit et prit une décision.

Une fois arrivé à destination, il courut vers la maison et entra sans frapper, refermant violemment la porte derrière lui.

— Tu m'en dois une, Colter ! gronda-t-il.

Adeline sursauta. Ses longs cheveux blonds étaient relevés en chignon et ses doux yeux couleur miel étaient, comme toujours, chaleureux. Son frère s'était trouvé une merveilleuse fiancée, et Beau était sincèrement heureux pour eux deux.

Il s'appuya contre la porte, essoufflé.

— Tu n'imagines même pas à quel point tu m'es redevable !

Colter, son aîné de deux ans, ressemblait beaucoup au père qu'ils avaient perdu. Un père qui leur manquait à tous terriblement. Beau était certain que si Grant Ward était encore en vie, il saurait comment régler le problème.

— Je t'avais pourtant prévenu de ne pas rechercher la notoriété, répliqua Colter.

— Je n'avais pas imaginé que ce serait si terrible, lâcha Beau.

Il aimait Colter et Adeline. Il avait agi ainsi pour les protéger, et il le referait sans hésiter, mais...

— Vous m'êtes *tous les deux* redevables, asséna-t-il. Ce qui se passe est insensé.

Après une série de rendez-vous galants désastreux, Beau avait souhaité trouver une femme convenable. Une femme vraie et honnête. Au lieu de quoi, il avait rencontré des manipulatrices et des hypocrites qu'il ne ferait jamais entrer dans la vie de son fils.

Pire, les journalistes étaient maintenant avides de détails personnels sur son mariage avec Annie et sur son existence de père célibataire.

Soudain, un ricanement sonore s'échappa du téléphone qu'Adeline tenait.

— En fait, je suis contente que tu sois là, Beau, déclara Adeline. Puisque tu es le garçon d'honneur de Colter et que Nora est ma demoiselle d'honneur, vous devriez sans doute faire connaissance.

Elle retourna son téléphone.

— Nora Keller, je te présente Beau Ward.

Beau approcha et arracha le téléphone des mains d'Adeline. Lorsqu'il vit la jeune femme de plus près, il eut le souffle coupé.

Depuis la mort d'Annie, il avait eu quelques relations, toutes décevantes, et quelques aventures pour combler ses besoins. Mais aucune femme ne lui avait fait autant d'effet que cette inconnue à la beauté stupéfiante. Il l'observa, captivé par ses yeux noisette.

— Qu'y a-t-il de si drôle ? questionna-t-il.

— Ce que vous avez dit. Je trouve ça hilarant. Des femmes

disponibles vous courent après et ça vous perturbe ? Quel est le problème chez vous ?

Beau haussa les sourcils, surpris par son audace. La dernière femme qu'il avait fréquentée avait commandé le même plat que lui, avait prétendu aimer les mêmes choses que lui et avait ri de manière agaçante chaque fois qu'il avait ouvert la bouche. Il avait détesté cela. En revanche, il appréciait l'air défiant de Nora et le feu qui brûlait dans son regard.

— Que feriez-vous à ma place ? demanda-t-il.

— Je savourerais ma chance. Les rendez-vous autour d'un verre. Les dîners gratuits. Les soirées divertissantes. Quelle torture ce doit être pour vous !

Beau sentit ses narines frémir.

— Eh bien, vous n'avez qu'à diffuser une photo de vous pour qu'elle fasse le buzz, riposta-t-il.

— Ça ne marcherait pas. Je suis loin d'être aussi séduisante que vous.

Il haussa un sourcil appréciateur et la vit rougir. Apparemment, l'attraction était réciproque.

— Le problème, c'est qu'il n'y a pas que des femmes qui me poursuivent, fit-il valoir. Il y a aussi les journalistes.

Il rendit le téléphone à Adeline et s'adressa à Colter :

— Je veux quitter la ville quelque temps.

— C'est insupportable à ce point-là ? demanda Colter.

— Hélas, oui. Austin peut rester avec vous pendant une ou deux semaines ? Il faudra l'emmener à l'école, à ses matchs de base-ball et préparer ses déjeuners. Je ne veux pas qu'il subisse cette folie. Il ne comprend pas pourquoi des gens nous suivent tout le temps.

— Oui, bien sûr que nous nous occuperons de lui. Où est-ce que tu vas ?

Beau désigna le téléphone d'Adeline d'un signe de tête.

— Je vous le dirai plus tard.

— Je ne suis que la voix de la raison, glissa Nora à travers le haut-parleur du téléphone. Et sachez que les journalistes n'abandonnent jamais à moins qu'ils aient une bonne raison.

— Ils n'auront pas le choix, affirma Beau. Je pars ce soir.

— Je vous le déconseille.

— Pourquoi ça ? fit Beau, agacé.

— Parce qu'ils vous traqueront où que vous alliez. En tout cas, c'est ce que je ferais à leur place.

Beau tendit la main vers le téléphone d'Adeline. Quand elle le lui donna, il fixa l'écran et déclara :

— Ils ne me retrouveront jamais.

Nora se fendit d'un sourire qui alluma un feu en lui.

— Oh ! si, croyez-moi. Vous devriez revoir votre stratégie.

Il émit un son d'irritation.

— Vous êtes toujours aussi grincheux ? railla Nora.

Décidément, la meilleure amie d'Adeline l'intriguait de plus en plus. Il fronça les sourcils, troublé par son sourire impertinent.

Qui était donc cette femme sexy et passionnée ?

Ne trouvant rien à ajouter, il rendit son téléphone à Adeline et gagna la porte. Tout en l'ouvrant d'un grand geste, il fit ce qu'il ne s'était pas attendu à faire : il sourit.

Après quoi, il quitta la maison en claquant la porte.

son fils. Une femme douce, qui lui ferait oublier sa solitude. Il aimerait trouver la perle rare, comme son frère, qui avait la chance d'avoir Adeline.

— Ils n'ont jamais fouillé ton passé comme ils fouillent le mien, ajouta-t-il.

— Ils veulent exploiter ton statut de veuf, marmotta Colter. C'est écœurant.

— Oui. Ils sont encore en train de rôder en ville ?

Adeline apparut soudain derrière Colter, les cheveux décoiffés, un signe qu'Austin lui donnait du fil à retordre.

— Je les ai vus tout à l'heure, dit-elle. Toujours les trois mêmes. Ils questionnaient des gens, comme d'habitude.

Adeline était bien placée pour savoir comment les journalistes procédaient. Avant de revenir vivre à Devil's Bluffs, elle était journaliste à New York et travaillait pour le blog qui avait fait de la vie de Beau un enfer. À présent, elle était rédactrice en chef du journal local, le *Devil's Bluffs Chronicle*.

— Autant que je sache, personne ne leur a rien raconté, dit-elle.

Beau avait espéré qu'en son absence, les journalistes se rendraient compte qu'il n'y avait plus rien à tirer de son histoire. Malheureusement, ils interrogeaient encore sans relâche les habitants. Personne ne divulguerait d'informations trop personnelles, Beau en était certain. Les gens de Devil's Bluffs étaient solidaires, et sa famille, influente et fortunée, aidait la ville depuis longtemps, en faisant des dons financiers et en prêtant ses employés chaque fois que c'était nécessaire.

Il se frotta les yeux, rattrapé par la fatigue. Il n'avait aucune envie d'être loin de sa famille. Ses proches avaient besoin de lui.

— Comment va maman ? demanda-t-il.

— Maman va bien, répondit sa mère.

Colter tourna sa tablette vers elle. Beau constata qu'elle était assise sur le canapé, en train de tricoter une couverture pour les animaux du refuge de la ville. Ses boucles grises et brillantes étaient toujours aussi parfaites, mais ses yeux bleus étaient empreints de la tristesse d'avoir perdu son mari bien-aimé. La vie continuait, mais la douleur était encore vivace. Pour eux tous.

— Bonjour, maman. Je suis content de te voir, dit-il.

— Bonjour, trésor, répondit-elle, lui offrant un sourire chaleureux. Cesse de t'inquiéter, nous nous portons tous bien. Reste là-bas, attends que cette histoire se tasse, et ensuite, tu reviendras auprès de nous.

— C'est ce que je compte faire, approuva Beau.

Adeline apparut à nouveau sur l'écran.

— Beau, il y a une petite chose dont je dois t'informer.

— Quel genre de petite chose ?

Il n'était pas sûr de pouvoir gérer un problème de plus.

— Nora est en route pour venir te voir.

Nora était précisément la femme que Beau n'arrivait pas à chasser de son esprit.

— Tu lui as dit que j'étais ici ? demanda-t-il, tentant de masquer l'irritation dans sa voix.

La grimace d'Adeline lui indiqua qu'il ne l'avait pas cachée suffisamment.

— Bien sûr que non. Je ne lui ai pas dit un mot, assura-t-elle. Nora est très maligne, c'est la meilleure investigatrice que je connaisse. S'il y a quelque chose ou quelqu'un à trouver, elle le trouve toujours.

Beau secoua la tête.

— Les seules personnes qui connaissent ce chalet sont les membres de la famille. Comment pourrait-elle savoir où il se situe ?

Adeline sourit fièrement.

— Elle y arrivera. Nora est un as dans son domaine.

S'il n'était pas si contrarié, il pourrait être impressionné.

Il se frotta la tempe, tentant d'en atténuer les pulsations.

— Pourquoi vient-elle me voir ?

— Elle prend son rôle de demoiselle d'honneur très au sérieux. Elle pense qu'il y a des choses dont vous devez discuter, mais elle a refusé de me dire quelles étaient ces choses. Elle veut nous faire la surprise.

Beau se leva et retourna se camper devant la fenêtre. La pluie tombait sans merci.

— Elle vient discuter de nos missions de témoin et de demoiselle d'honneur alors qu'une tempête tropicale arrive ?

— Elle vit à New York, je te rappelle, rétorqua Adeline. Quand elle est partie, ça n'était pas si terrible. C'était une pluie normale.

— Elle n'a pas écouté les prévisions ? s'étonna Beau.

— Ou moi, intervint Colter avec un grand soupir.

— Oh ! tais-toi ! fit Adeline.

Elle donna une petite tape à Colter, qui se mit à rire.

— D'accord, nous aurions dû t'écouter, admit-elle. Mais quand les météorologistes font-ils des prévisions justes ?

Colter et Beau répondirent à l'unisson :

— Quand il y a une tempête tropicale.

Adeline soupira.

— Que veux-tu que je fasse ? demanda Beau.

— Quand Nora m'a téléphoné, elle s'était mise sur le bas-côté de la route pour attendre que l'orage passe. Tu pourrais aller la chercher ?

Ce fut le regard de chien battu d'Adeline qui le fit céder.

— D'accord, j'y vais.

— Merci, Beau.

— Merci à toi de t'occuper d'Austin. Je te rappelle quand je l'aurai trouvée.

Après avoir raccroché, il rangea son téléphone dans sa poche, conscient de l'adrénaline qui montait dans ses veines à la perspective de voir Nora. C'était insensé. Il ne connaissait même pas cette jeune femme. Il l'avait vue une seule fois, et par appel vidéo, qui plus est. Pourtant, cette unique rencontre virtuelle l'avait profondément marqué.

Il s'était donné du plaisir en pensant à Nora. À plusieurs reprises.

Il prit ses clés sur le bar de la cuisine puis courut vers son pick-up. Quand il fut derrière le volant, il était trempé. Seul un chemin de terre étroit menait au chalet, mais il était relié à une route à deux voies sinueuse qui traversait les terres des Ward.

Depuis six générations, les Ward élevaient du bétail et des chevaux de race Quarter Horse dans leur ranch d'élevage, le

Devil's Bluffs. Un ranch qui comptait deux cent trente mille hectares de magnifique terre texane. Les six lacs du domaine permettaient d'abreuver les vaches de race Hereford et Angus ainsi que les chevaux.

Beau avait repris avec plaisir la gestion de l'élevage de chevaux. La plupart des pouliches et des poulains étaient vendus après leur sevrage. Beau entraînait lui-même les chevaux prometteurs et talentueux avant de les envoyer à un dresseur professionnel. Colter, qui s'occupait du bétail, avait récemment repris son métier de pilote d'hélicoptère, après avoir engagé un directeur financier et des employés pour l'aider à diriger l'entreprise. Beau, quant à lui, était fier de se consacrer entièrement au ranch. Bien qu'il ait dû abandonner son rêve de devenir champion de reining après le décès d'Annie, il n'avait aucun regret. Austin avait besoin d'un foyer stable. Sa seule priorité était son fils.

Beau roulait lentement, les essuie-glaces peinant à chasser les trombes d'eau qui tombaient sur son pare-brise. Bientôt, il remarqua une voiture au loin. Lorsqu'il approcha, il secoua la tête, consterné.

La Honda Civic était garée sur le bas-côté de la route, et Nora était en train de changer un pneu. Adeline n'avait pas mentionné une crevaison. Nora n'avait sans doute pas voulu inquiéter sa meilleure amie, pensa-t-il. Il se gara face à la voiture, ses phares éclairant Nora.

— Changer un pneu en pleine tempête tropicale, dit-il pour lui-même. Bonté divine.

La pluie impitoyable le martela quand il descendit du véhicule et courut vers la jeune femme.

— Nora ! cria-t-il.

Elle leva les yeux, sa capuche cachant une partie de son visage.

— Oui ?

— C'est Beau.

Il mit sa main en visière pour se protéger les yeux.

— Venez, montez dans mon pick-up. Je vous emmène dans mon chalet. Ici, ce n'est pas sûr. Nous pourrons changer ce pneu quand la tempête sera passée.

Elle mit la tête en arrière, mais il n'arriva pas à distinguer ses jolis yeux noisette ni ses lèvres pulpeuses.

— Comment puis-je être sûre que vous êtes Beau et pas un tueur en série ?

— Vous n'êtes pas sérieuse ?

— Je plaisantais, c'est tout ! fit-elle en riant.

Elle remit le pneu de secours et les outils dans son coffre. Après avoir pris ses affaires, elle referma le coffre et courut vers le pick-up de Beau.

Il resta là, planté comme un idiot, à la regarder courir. Qui était cette étrange créature, qui changeait un pneu pendant une tempête tropicale, qui plaisantait tout en étant trempée, et qui courait vers son véhicule en toute confiance ?

Le tonnerre qui gronda et les éclairs qui fendirent le ciel lui rappelèrent le danger. Il courut à son tour.

Dès qu'il fut au volant, il respira le parfum aux notes de lavande de Nora. Et lorsqu'elle baissa sa capuche, dévoilant son visage, il fut ébahi.

Bon sang.

Ses longs cheveux brun doré, ruisselants de pluie, entouraient son visage rond. Ses yeux noisette étaient si éclatants qu'il eut l'impression d'être réchauffé rien qu'en les regardant. Ses traits étaient délicats, son nez fin, ses pommettes légèrement marquées. Une envie de plonger la main dans ses cheveux emmêlés le saisit, si forte qu'il dut réprimer un gémissement.

Bon sang, que lui arrivait-il ? Il n'avait jamais éprouvé un désir aussi fort, aussi immédiat pour une femme. Il ne connaissait même pas Nora, pourtant il avait compté les jours jusqu'à ce qu'elle vienne à Devil's Bluffs, impatient de la voir en vrai.

— Vous avez fait tout ce chemin pour parler de nos devoirs pour le mariage ?

— Oui, oui.

Elle ne lui disait pas tout, manifestement. Mais il ne chercherait pas à en savoir plus. Pour l'instant, du moins, se dit-il en attachant sa ceinture. Le mariage de son frère aurait lieu dans deux semaines. Tout le monde espérait que les dégâts de la tempête ne gâcheraient pas la noce. Étant le témoin de Colter, Beau était déterminé à faire en sorte que tout se passe pour le mieux

— Vous vous rendez bien compte que nous aurions pu discuter par téléphone ?

— C'est trop difficile de planifier les choses à distance, plaida-t-elle, essuyant l'eau qui coulait sur son visage.

Lui offrant un grand sourire, elle ajouta :

— Et puis, ce mariage est important. Tout doit être parfait. Impeccable. Rien ne doit aller de travers, décréta-t-elle sur un ton déterminé.

Il secoua la tête.

— Ni mon frère ni Adeline ne sont aussi obsédés par l'organisation de leur mariage. Pourquoi l'êtes-vous ?

Elle retira son pull trempé, sous lequel elle portait un T-shirt. Beau n'avait aucune raison de s'attarder sur la manière dont le tissu mouillé collait à sa peau.

— Parce que j'envisage d'aller vivre à Paris, répondit-elle.

Comme si elle regrettait son aveu, elle tourna vivement la tête vers lui, l'air affolé.

— S'il vous plaît, ne dites rien à Adeline. Je vais lui parler, mais après sa lune de miel. Je veux que toute l'attention soit concentrée sur elle pour l'instant et non sur moi. De toute façon, je n'ai pas encore reçu d'offre d'emploi de Paris. J'ai passé une demi-douzaine d'entretiens à distance... mais je n'ai eu aucun retour.

— Résumons. Vous m'avez traqué alors que je vous avais spécifié que je ne souhaitais pas être dérangé, mais vous voulez que je garde ce secret pour vous ?

— Oui.

Sidéré par son toupet, il s'adossa à son siège.

— Pourquoi ferais-je cela, Nora ?

— À cause de l'autre raison pour laquelle je voulais vous voir en personne.

— C'est-à-dire ?

Elle lui offrit un sourire impertinent.

— Je vais vous permettre de retrouver votre vie privée.

— Et comment allez-vous procéder, au juste ? demanda-t-il, sceptique.

Elle sortit un dossier de son sac à main.

— En ce moment, trois journalistes sont à Devil's Bluffs pour en apprendre davantage sur vous. Et il se trouve que vous avez maintenant une excellente investigatrice à votre disposition.

— Que suggérez-vous, au juste ?

— Que nous collaborions. Vous m'aidez à rendre ce mariage très spécial, et je vous aide à chasser ces journalistes de la ville et à enterrer votre histoire. Tout ce que j'ai à faire, c'est découvrir leurs secrets les plus sombres, afin de les faire fuir.

Il scruta son visage, cherchant des signes de manipulation. En vain. Cette femme voulait sincèrement l'aider, apparemment. Toutes les femmes qu'il avait fréquentées depuis qu'il était veuf avaient un but caché. Certaines étaient réellement malhonnêtes. D'autres jouaient un rôle. D'autres encore ignoraient qui elles étaient et l'idéalisaient.

— J'aimerais savoir, Nora. Comment avez-vous trouvé l'adresse de mon chalet ?

— Pendant que vous le construisiez, vous avez fait livrer du bois ici. Ce n'était pas vraiment difficile. Je savais que vous iriez dans un endroit retiré. Il suffisait de trouver lequel.

Elle le transperça du regard.

— La prochaine fois, choisissez le logement d'un ami, suggéra-t-elle. C'est plus difficile à trouver.

Il la dévisagea, stupéfait. Une fois de plus.

— Vous savez, Nora, je commence à vous apprécier.

— Génial. Ça veut dire que je suis pardonnée de vous avoir retrouvé ?

— Si vous me débarrassez de ces journalistes, oui, vous êtes pardonnée.

Il démarra, les phares éclairant la route étroite.

— Ce qui, en l'occurrence, est une bonne chose puisque vous êtes coincée avec moi pour les prochains jours.

Elle parut décontenancée.

— Comment ça, coincée avec vous ?

— La météo prévoit que la tempête va durer quelques jours, et mon chalet n'a qu'un lit.

— Et le canapé ? s'exclama-t-elle d'une voix stridente.

— C'est un chalet. Il n'y a pas de canapé.

Nora resta muette durant de longues secondes.

— Alors, nous allons...

Il sourit.

— Affronter la tempête ensemble ? Absolument.

2

Le chalet était une agréable surprise. Nora s'était imaginé une petite cabane nichée dans la forêt. Au lieu de quoi, elle découvrit une petite maison en rondins de bois, entourée de conifères et d'autres arbres massifs.

— Oui, ils vont vous tuer, dit Beau d'un ton placide.

Assise à côté de lui dans le pick-up, Nora lui lança un regard de côté et fut aussitôt captivée par sa beauté. Elle observa ses cheveux bruns et épais, en partie cachés par son stetson noir, ses yeux d'un bleu éclatant, sa mâchoire carrée. Mais ce furent ses lèvres sculptées qui firent tressauter son cœur. L'arrogance de ces lèvres parfaitement rebondies, étirées par un sourire qui semblait perpétuel, semblait être la preuve que Beau savait parfaitement les utiliser sur le corps d'une femme. Et n'était-ce pas exactement la raison pour laquelle elle était venue ici ce soir ? Pour vérifier si cette étincelle d'intérêt dans son regard, lors de leur rencontre par appel vidéo, était aussi réelle qu'elle l'avait espéré ?

— Qu'est-ce qui va me tuer ? demanda-t-elle.

Beau montra les conifères secoués par le vent.

— Ces arbres que vous n'arrêtez pas de regarder.

Il coupa le moteur et saisit la poignée de sa portière.

— Le chalet est renforcé contre la chute d'arbres. Mais pas le pick-up.

— Inutile d'en dire plus, répliqua-t-elle aussitôt.

Elle prit ses affaires et fut dehors une seconde plus tard. Elle courut vers le chalet, les aiguilles de pins mortes craquant sous ses pieds, et arriva trempée.

Beau l'avait précédée. Il ouvrit rapidement la porte et entra. Nora le suivit et fut immédiatement frappée par la simplicité et l'aspect chaleureux du chalet. Des poutres de bois barraient le plafond. Une cuisine étroite aux placards en chêne clair et aux plans de travail de marbre brun faisait face à un petit salon.

— Venez, dit-il, refermant la porte derrière eux. Allons mettre des vêtements secs.

Tandis qu'il délaçait ses bottes, elle retira ses baskets. Après quoi, Beau empoigna son sac de voyage et monta l'escalier. Nora lui emboîta le pas. Dès qu'ils furent sur le palier, elle s'arrêta net. À droite, une chambre. À gauche, une petite salle de bains.

— Il n'y a vraiment qu'une seule chambre ? demanda-t-elle.

Il hocha la tête et lui fit un clin d'œil.

— Prête à vous blottir contre moi ?

Oui. Et Beau ignorait qu'elle comptait se blottir contre lui de manière très intime. Toute la nuit.

Cela faisait des jours qu'elle fantasmait sur ce séduisant rancher. Elle avait éprouvé de l'attirance pour ses ex-petits amis, des garçons minables qui l'avaient poussée à faire une croix sur l'amour. Le pire de tous étant Scott, l'agent immobilier auquel elle avait donné son cœur. Le seul homme avec lequel elle avait vécu. Celui qu'elle avait cru aimer pour toujours. Celui qui avait quitté leur appartement six mois plus tôt, et qui avait entamé une relation avec une autre femme un mois plus tard. Du moins, c'était ce qu'elle avait entendu dire.

Ces six derniers mois, Nora avait suivi une psychothérapie, afin de comprendre pourquoi et comment elle avait pu aimer un homme qui avait disparu de sa vie aussi vite qu'il y était entré.

Avec Beau, c'était différent. Elle ressentait pour lui ce qu'elle n'avait jamais ressenti pour personne. Un désir purement *physique.*

— Vous avez forcément une autre pièce, non ? demanda-t-elle, juste pour savoir s'il voulait la même chose qu'elle. Où votre fils dort-il ?

Beau appuya une épaule contre le mur.

— Austin n'est venu qu'une fois, quand il était bébé. Maintenant, je ne viens que pour chasser, et il n'est pas encore assez grand pour m'accompagner.

Elle jeta un coup d'œil vers le rez-de-chaussée, sentant l'excitation l'envahir. Pas de canapé en vue, uniquement deux fauteuils de cuir face à la cheminée.

— Je vois, fit-elle, feignant d'être contrariée.

Beau l'observa, l'air amusé.

— C'est soit le pick-up, soit mon lit. Et avec la tempête qui fait rage, vous êtes plus en sécurité dans mon lit, expliqua-t-il calmement.

Une onde de chaleur la parcourut. Mais elle remarqua une lueur dans le regard de Beau – il essayait de la désarçonner.

Levant le menton, elle sourit. Beau ne le savait pas encore, mais elle comptait bien le séduire. Depuis qu'elle l'avait vu sur l'écran de son téléphone, il occupait son esprit chaque fois qu'elle glissait la main entre ses jambes pour se donner du plaisir. Elle avait appris par Adeline que Beau avait souvent des aventures sans lendemain. Nora rejoindrait volontiers la liste de ses conquêtes. Dès ce soir !

Elle était à Devil's Bluffs pour deux semaines. Elle comptait mettre à profit son séjour en partageant des nuits torrides avec un cow-boy irrésistible. Sa psychothérapeute lui avait conseillé de faire des choses qui lui apportaient de la joie, et séduire un rancher sexy en faisait partie. Nora devait opérer des changements. Avoir une aventure avec Beau, s'il était d'accord, serait le premier pas vers sa nouvelle vie.

— Le lit a l'air très bien, merci, dit-elle.

— Parfait.

Il entra dans la chambre et posa le sac de voyage de Nora au pied du lit.

Dès qu'elle avança dans la pièce, sa détermination s'évanouit. Elle n'avait jamais rien fait d'aussi audacieux. Les seuls hommes avec lesquels elle avait partagé un lit étaient des petits amis. Des garçons qui l'avaient trompée, ou abandonnée sans raison.

Tu peux y arriver. Tu en es capable.

Mais lorsqu'elle regarda le lit robuste en rondins de bois, elle hésita. Quel genre d'amant était Beau pour avoir besoin d'un lit aussi solide ?

— Je peux y arriver, lâcha-t-elle malgré elle.

Toutefois, elle n'était pas encore prête à dévoiler ses intentions. Elle saisit son sac et demanda :

— Puis-je utiliser la salle de bains ?

— Bien sûr, elle est juste en face, dit-il, désignant la pièce située de l'autre côté du palier.

Nora s'y précipita. Elle se retrouva dans un espace doté d'une douche tout en verre, d'un lavabo sur pied et de toilettes. Après avoir fermé la porte, elle s'y adossa et prit son téléphone dans son sac.

Après avoir jeté un regard sur l'écran, elle soupira.

— Pas de fichu réseau, marmonna-t-elle.

La tempête avait sans doute endommagé les lignes. Elle mit le téléphone face à elle et s'adressa à Adeline comme si elle pouvait l'entendre.

— Adeline, j'ai besoin de toi.

Elle aurait aimé que son amie l'encourage. Ou alors, qu'elle la convainque de ne pas suivre cette idée totalement insensée.

Beau était le genre d'homme que les femmes en quête de d'une relation sérieuse évitaient. C'était un charmeur trop sûr de lui. Un homme qui avait déjà trouvé l'amour de sa vie, et qui l'avait perdu. Un père célibataire. C'était justement pour ces raisons que Nora le trouvait parfait. Longtemps, elle avait cherché le prince charmant. Jusqu'à ce qu'elle comprenne que l'amour éternel était une escroquerie.

Fille de parents divorcés qui se détestaient, elle avait voulu leur montrer à tous les deux qu'elle était capable de trouver l'amour vrai. Au bout du compte, elle avait découvert que c'étaient eux qui avaient raison. L'amour était cruel.

À présent, elle cherchait le contraire de l'amour. Elle voulait nouer une liaison torride avec un cow-boy sexy en diable. Ensuite, lorsqu'elle aurait retrouvé sa confiance en elle, elle pourrait sauter dans un avion pour Paris et commencer une nouvelle vie.

La vie qu'elle méritait.

Décidée à mettre son plan en œuvre, elle se hâta de troquer ses vêtements trempés contre un pantalon de jogging et un T-shirt. Puis elle démêla ses cheveux. Quand elle fut à nouveau présentable, elle se sentit prête à mettre son plan en action. Néanmoins, le mariage d'Adeline et de Colter ayant lieu dans deux semaines, elle devait d'abord remplir sa mission de demoiselle d'honneur.

Toutefois, lorsqu'elle alla dans la cuisine et vit Beau, elle reconsidéra la question. Habillé d'un short noir et d'un T-shirt portant le logo de son ranch, Beau était tout à fait irrésistible.

— Ça va mieux ? Vous êtes séchée ? demanda-t-il.

Elle sourit.

— Oui, merci.

— Super.

Il ouvrit le réfrigérateur.

— J'espère que vous aimez la bière, car c'est tout ce que j'ai.

— J'adore la bière, et j'en prendrais volontiers une.

Elle grimpa sur un tabouret au bar.

Beau prit deux bouteilles, les ouvrit et en posa une devant elle.

— Bien, Nora. Dites-moi tout. Qu'y a-t-il de si important dans l'organisation du mariage pour que vous ayez dû venir jusqu'ici ?

— Eh bien, tout ! Vous n'êtes jamais allé à un mariage ?

— En dehors du mien, non.

Elle grimaça, prenant conscience de sa maladresse.

Beau eut un petit rire.

— Ne soyez pas désolée, dit-il avec douceur. Cela fait longtemps qu'Annie est décédée. Parler d'elle, c'est lui rendre hommage. Ma famille et moi l'évoquons souvent.

Nora fut soulagée.

— D'accord, dans ce cas, je ne vais pas m'autoflageller.

— Bien.

Il porta la bouteille à ses lèvres, si tentantes, et but une longue gorgée de bière, sans la quitter des yeux.

Bonté divine ! Elle était habituée aux hommes de New York. Des hommes élégants, aux costumes onéreux et aux visages rasés de frais. Le cow-boy face à elle était très différent. Ses mains calleuses et sa barbe de trois jours indiquaient qu'il passait plus de temps à vivre sa vie qu'à se soucier de son apparence. Les notes épicées de son parfum se mêlaient à l'odeur de la nature.

L'attirance qu'elle éprouvait pour lui était forte, inexplicable et brûlante.

S'avisant qu'il serait tout à fait inconvenant de se jeter à son cou, et qu'elle devait d'abord savoir s'ils étaient sur la même longueur d'onde, elle descendit de son tabouret et alla prendre son agenda de mariage dans son sac à main, qu'elle avait laissé dans l'entrée.

Quand elle revint, Beau observa l'agenda avec curiosité.

— Qu'est-ce que c'est ?

— Tout ce que nous devons faire avant que votre frère n'épouse ma meilleure amie.

Beau soupira et alla ouvrir le réfrigérateur.

— Qu'est-ce que vous faites ? demanda-t-elle.

— Je nous prépare un en-cas. Je sens que la soirée va être longue.

Elle sourit. *Vous n'imaginez pas à quel point.*

— J'espère que vous êtes prêt.

Il lui fit un clin d'œil.

— Je suis toujours prêt.

Une heure plus tard, assise dans un fauteuil de cuir près de la cheminée, Nora leva son téléphone, attendant désespérément qu'une barre de réseau s'affiche, tandis que Beau l'observait depuis la cuisine. La pluie tombait sans discontinuer. De la musique country s'échappait d'une station d'accueil sur le plan de travail et des bougies parfumées étaient disposées partout dans le chalet pour fournir de la lumière, l'électricité étant coupée. Beau avait écouté Nora énoncer la liste de toutes les choses qu'elle devait faire pour le mariage de Colter et d'Adeline. Certains pourraient la trouver un peu rigide, mais Beau voyait dans ses yeux qu'elle tenait à organiser un mariage de rêve pour sa meilleure amie. Quand elle aimait quelqu'un, c'était de tout son cœur, manifestement. Beau appréciait cette qualité.

Elle baissa son téléphone en marmonnant un juron.

— Toujours pas de réseau ? demanda-t-il.

Nora ayant fini sa bouteille de bière, il alla lui en apporter une autre. Son parfum floral flottait dans l'air. Beau respira à fond pour mieux le sentir.

— Non, toujours pas, bougonna-t-elle, posant le téléphone sur une petite table entre les deux fauteuils. Combien de temps faut-il pour que les lignes soient rétablies, après une tempête comme celle-ci ?

— Impossible à dire, répondit-il en s'asseyant à côté d'elle.

La pluie diluvienne frappait contre les vitres.

— Des heures, des jours, des semaines.

— Des semaines ? s'exclama-t-elle. Vous plaisantez, n'est-ce pas ?

— Non, je ne plaisante pas.

Il prit une grande gorgée de bière, soutenant le regard de Nora. Elle semblait inquiète. En tant que demoiselle d'honneur, elle avait une mission à remplir, et il fallait qu'elle avance. Pour le bien d'Austin, Beau espérait que le réseau serait opérationnel demain matin. Chaque fois qu'il partait plus de quelques jours, il passait un appel vidéo à son fils chaque matin et chaque soir avant l'heure du coucher. Ce soir, il ne pourrait pas lui parler, hélas. Il ne voulait surtout pas qu'Austin s'inquiète. D'autant que son fils se faisait plus de souci que la plupart des enfants, n'ayant plus qu'un seul parent.

Beau n'oubliait jamais qu'il devait être les deux parents à la fois pour son fils. La plupart du temps, il avait l'impression de ne pas être à la hauteur, mais quand il voyait son fils sourire, il se disait qu'il ne se débrouillait pas si mal.

Nora posa sa bouteille et se mit à feuilleter son agenda.

— Bien. Avez-vous emmené Colter choisir son costume ?

— C'est à moi de choisir le costume ?

— Non, c'est à vous d'*aider* votre frère à choisir son costume.

Beau ne put s'empêcher de rire.

— Je doute que mon grand frère ait besoin de mon avis.

— Il ignore peut-être qu'il a besoin de votre aide, mais il en a besoin, croyez-moi. Colter aura mille choses à penser. Il se sentira dépassé. En étant là pour le conseiller, vous lui rendrez un grand service.

Beau était certain que son frère demanderait simplement au tailleur de lui recommander un costume, et qu'il suivrait ses conseils. Mais il ne voulait pas que Nora pense que Colter ne faisait pas d'efforts. Alors, il garda cette pensée pour lui.

— D'accord, dit-il. Je me charge du costume.

Elle tourna une nouvelle page.

— Je vous enverrai la palette de couleurs afin que vous puissiez communiquer au tailleur la teinte de vos cravates.

— Super.

Elle se lécha le doigt avant de tourner une autre page. Un geste qui attira son attention sur sa langue… ses lèvres… Bon sang, il fallait qu'il se ressaisisse.

— Que dois-je faire d'autre ? demanda-t-il, tentant d'oublier toutes les choses qu'il aimerait faire à cette jolie bouche.

Sans lever les yeux de son agenda, elle répondit :

— Organiser l'enterrement de vie de garçon, m'aider à organiser le dîner de répétition, faire en sorte que tout le monde soit à l'heure le jour du mariage. Et surtout, quoi qu'il arrive, ne pas égarer les alliances.

Il se fendit d'un petit rire.

— Je peux gérer tout cela.

— Excellent, dit-elle en souriant. Je serai là si vous avez besoin d'aide. En particulier pour votre discours.

— Oui, j'aurai sans doute besoin de conseils pour l'écrire.

Parler en public n'était pas son exercice favori. Il ne voulait commettre aucun impair, et il tenait à ce que son discours soit clair.

— Mettre en mots ses pensées peut être difficile, mais vous avez de la chance, je suis vraiment douée dans ce domaine.

Il était prêt à parier qu'elle avait bien d'autres talents.

— J'apprécie votre aide.

Il se rendit compte que sa voix était devenue plus grave.

À l'évidence, Nora aussi l'avait remarqué. Elle reporta son attention sur son agenda et se mordilla la lèvre.

— Eh bien, j'espérais que ce soir, nous pourrions choisir un lieu pour le dîner de répétition et commencer à organiser la soirée, mais...

— Pas d'Internet ?

— Oui, pas d'Internet.

Elle soutint son regard à nouveau. Son expression semblait lui crier : *Des idées pour tuer le temps ?* Il avait couché avec d'autres femmes depuis qu'il était veuf, mais aucune ne lui avait inspiré un désir aussi intense, aussi brûlant.

— Y a-t-il un autre point sur ma liste de choses à faire ? demanda-t-il.

Elle s'éclaircit la voix. Avait-elle les mêmes pensées indécentes que lui ?

— Il faudrait que vous décoriez la voiture des mariés.

— La voiture des mariés ?

— Oui, il faut la décorer avec des banderoles, des boîtes de conserve, ce genre de choses.

Il réfléchit un instant, forçant son esprit à se concentrer sur le mariage.

— Connaissant mon frère, je pense qu'il quittera la cérémonie en hélicoptère, mais je peux lui poser la question.

— Oh. Les banderoles et les canettes pourraient être inutiles, dans ce cas.

Elle mordilla son stylo, attirant à nouveau son attention sur ses lèvres pulpeuses.

Un énorme bruit retentit, et Nora se leva d'un bond. Beau fit de même en entendant le crash assourdissant qui suivit. Il leva les yeux au plafond, retenant son souffle.

Quand le silence revint, il soupira.

— Ce n'était qu'une question de temps avant que les arbres n'atteignent le chalet, dit-il.

Nora haletait, la main pressée contre son cœur.

— Un arbre est tombé sur le chalet ? s'exclama-t-elle.

Il hocha la tête et retourna s'asseoir. Il prit une longue gorgée de bière pour calmer son rythme cardiaque.

— Comme je l'ai dit, le chalet est renforcé pour résister à ce type de dégâts. Nous sommes en sécurité ici.

L'air sceptique de Nora lui indiqua qu'elle ne le croyait pas. Elle s'assit malgré tout, regardant le plafond comme s'il pouvait à tout moment s'écraser sur elle.

— Vous consacrez beaucoup de temps à ce mariage, dit-il pour lui faire oublier la tempête. Adeline a de la chance d'avoir une si bonne amie.

Elle croisa son regard et haussa une épaule.

— Je n'ai pas de frères et sœurs, et Adeline et moi, nous sommes… des alter ego. Des sœurs de cœur.

— Elle doit vous manquer depuis qu'elle est revenue vivre ici.

— Oui. Plus que les mots ne peuvent le dire.

Une émotion fugace passa sur son visage. Qui, étrangement, ressemblait à de la culpabilité.

— Voilà pourquoi j'ai besoin que ce mariage soit une parfaite réussite, conclut-elle.

— Pour Adeline ?

— Oui.

Tout cela était bien beau, mais quelque chose clochait dans ce récit.

— Je me trompe peut-être, Nora, mais je n'ai pas l'impression qu'Adeline recherche la perfection. Elle souhaite surtout être entourée de ceux qui lui sont chers en ce jour spécial, à mon avis.

— Oh ! bien sûr, c'est vrai, mais…

Nora referma son agenda.

— Comme je l'ai dit, j'envisage d'aller vivre à Paris.

— De manière temporaire ? demanda-t-il, bien que ce ne soient pas ses affaires.

La même émotion que tout à l'heure assombrit son regard.

— J'espère revenir la voir de temps en temps, mais sans doute pas aussi souvent que je le voudrais.

— Je comprends.

Oui, maintenant, tout semblait clair.

— Vous voulez que le mariage soit parfait pour Adeline parce que vous allez quitter le pays, et que vous vous sentez coupable à l'idée que votre départ la perturbe ?

— Entre autres, oui. J'ai besoin qu'elle vive la journée la plus heureuse possible. Il faut que son mariage soit parfait. Unique.

— Parce que ensuite, vous allez lui annoncer que vous partez ?

— Oui. Ce sera... difficile pour nous deux, mais j'ai besoin de changement, et j'ai toujours rêvé de vivre à Paris.

Avant qu'il puisse la questionner davantage, elle se leva brusquement.

— Assez discuté, décréta-t-elle. Il faut que j'aille aux toilettes avant que ma vessie n'explose.

Tandis qu'elle se précipitait vers l'escalier, Beau sourit. Nora était la personne la plus franche qu'il connaisse. Elle était elle-même, elle n'avait pas honte d'exprimer ses pensées, elle ne se cachait pas sous un personnage pour impressionner les gens. Pour lui, elle était une bouffée d'oxygène. Ces derniers temps, les femmes qu'il avait rencontrées l'avaient déçu. Certaines lui avaient menti effrontément – l'une sur son âge, l'autre sur sa profession. D'autres avaient fait semblant d'avoir les mêmes goûts que lui. D'autres encore avaient soufflé le chaud et le froid.

Nora, en revanche, était simplement elle-même. Elle était drôle, intelligente et directe. Des qualités qu'il appréciait.

Sans doute plus qu'il ne le devrait.

3

Face au miroir de la salle de bains, Nora maudit une fois de plus l'absence de réseau. Elle était sur le point de commettre un acte insensé, et peut-être stupide. Seule Adeline pourrait la raisonner. Hélas, son amie n'était pas là. Nora en avait assez d'être cette fille ennuyeuse qui fait tout selon les règles. À la vérité, elle était fatiguée d'être une fille bien. Une fille romantique, avec des principes. Une fille qui dépense son argent dans des séances de psychothérapie au lieu de profiter des joies de l'existence. Quand elle monterait dans un avion pour Paris, elle commencerait une nouvelle vie. Une vie pleine de possibilités.

Céder à son attirance pour Beau était un premier pas dans la bonne direction. Bien que Nora n'ait jamais éprouvé une telle attirance physique pour quelqu'un auparavant, elle avait plusieurs fois eu envie d'aborder des hommes et de les inviter à dîner, mais elle avait toujours été trop timide pour franchir le pas.

Cela allait changer. Dès ce soir.

Songeant à toutes les choses qu'elle désirait, et à toutes celles qu'elle ne souhaitait pas, elle sortit rapidement de la salle de bains et descendit l'escalier.

Assis dans l'un des deux fauteuils de cuir du salon, Beau sirotait sa bière.

— Quel est le programme, maintenant ? lui demanda-t-il.

Ne se laissant pas le temps de flancher, elle se dirigea droit vers lui.

— Je pensais à quelque chose de ce genre.

Prête à accepter la possibilité que Beau la repousse, elle prit son visage en coupe et l'embrassa.

Beau se raidit, mais juste un instant. Ensuite, il gronda contre ses lèvres et, plongeant la main dans ses cheveux, approfondit leur baiser.

Le temps ralentit puis s'arrêta totalement tandis que Nora s'abandonnait à leur étreinte. Elle s'était demandé si Beau avait ressenti cette tension sensuelle entre eux. À présent, elle n'avait plus aucun doute. Non seulement il l'avait ressentie, mais il avait eu envie d'y céder, tout comme elle.

Le baiser incendiaire dura très, très longtemps. Quand, enfin, Nora recula, elle était à bout de souffle, et lui aussi.

Elle rouvrit les yeux et croisa son regard enfiévré.

— C'est quelque chose que vous avez décidé pendant que vous étiez dans la salle de bains ? demanda-t-il, le sourcil arqué.

Elle rit.

— Non, j'avais pris ma décision avant de prendre un avion pour venir ici.

Elle voulut reculer, mais il pressa la main sur sa taille, la maintenant calée entre ses jambes.

— Est-ce moi que vous aviez en tête ? demanda-t-il.

— Oui.

Elle sentit ses joues s'empourprer, à son grand désarroi. Les femmes fortes et sûres d'elles ne rougissaient pas jusqu'aux oreilles.

— Je vois, dit-il.

Il posa sa bière sur la petite table entre les deux fauteuils. Mais il ne se leva pas. La main toujours sur sa taille, il sonda son regard.

— Est-ce la vraie raison de votre visite ? finit-il par demander.

Elle se mordilla la lèvre un instant. À quoi bon mentir ?

— Quand j'ai appris que vous étiez seul dans ce chalet, je me suis dit que j'allais tenter ma chance.

— Tenter votre chance ? demanda-t-il, l'air surpris.

Refusant de rougir encore, elle leva le menton. Elle ne pouvait pas revenir en arrière à présent. Elle était maintenant la nouvelle Nora – une femme qui ne choisit pas la prudence et qui réclame ce qu'elle désire. Pour l'heure, c'était ce cow-boy terriblement sexy qu'elle désirait.

— Nous devons vraiment préparer le mariage d'Adeline et de Colter, dit-elle, et je compte réellement vous aider à chasser les journalistes qui vous empoisonnent l'existence. Mais j'ai pensé que c'était l'occasion idéale pour vérifier si l'alchimie entre nous était aussi torride en vrai que pendant notre rencontre via un appel vidéo.

— Ah. Alors je ne suis pas le seul à avoir remarqué cette alchimie.

Nora était soulagée. Elle ne s'était pas fait des idées.

— Difficile de passer à côté, commenta-t-elle.

Se penchant vers elle, Beau glissa un doigt sous la taille de son short en jean et l'attira vers lui.

— Que proposez-vous au juste ? murmura-t-il.

Elle frissonna.

— Eh bien, selon moi, j'ai quelque chose dont vous avez besoin. Des informations qui vous permettront de chasser les journalistes de la ville. Et vous avez quelque chose dont j'ai besoin.

— De quoi avez-vous besoin, Nora ? demanda-t-il d'un ton séducteur.

Elle approcha.

— Du plaisir que vos yeux m'ont promis à la minute où je suis montée dans votre véhicule.

Plusieurs secondes passèrent. Puis Beau se fendit d'un rire sensuel et s'adossa au fauteuil. Nora avait toute son attention maintenant, c'était certain. Et elle adorait cela.

— Que se passera-t-il une fois que je vous aurai donné le plaisir que vous recherchez ?

— Je retournerai à New York pour faire mes cartons, et je trouverai un autre travail qui me permettra d'économiser suffisamment d'argent pour aller à Paris.

Penchant la tête, il sonda son regard.

— Donc, vous voulez une brève aventure ?

— Oui. Je veux oublier ma récente rupture. Je veux avoir

une liaison avec un homme sans qu'elle se finisse en désastre. Je veux prendre du bon temps. Ni plus ni moins.

Il posa le regard sur ses lèvres.

— Pourquoi ?

Accordant à cette question le temps et l'attention qu'elle méritait, Nora prit une grande inspiration avant de répondre :

— Parce que j'ai toujours été une femme romantique, qui rêvait d'un amour éternel. Pour une fois, je veux coucher avec un homme qui ne me brisera pas le cœur. Je veux me sentir puissante.

— Comment savez-vous que je ne vais pas vous briser le cœur ?

— Parce que vous ne recherchez pas l'amour, répondit-elle du tac au tac. Vous avez déjà trouvé l'amour de votre vie, et vous vous concentrez sur votre fils. Et puis, je sais de source sûre que vous voulez ce que je vous offre.

Il ne sembla ni surpris ni agacé qu'elle connaisse des informations personnelles à son sujet.

— C'est Adeline qui vous l'a dit ?

— De manière indirecte. Elle m'a confié que vous n'avez pas eu de relation sérieuse depuis Annie.

Se demandant si elle avait tiré des conclusions hâtives, elle ajouta :

— Si c'est une relation sérieuse que vous recherchez, manifestement, je ne suis pas la bonne personne.

Il esquissa un sourire.

— Je peux me contenter d'une liaison purement charnelle, Nora.

— Ah, tant mieux. Alors, c'est oui ?

Un silence s'ensuivit, qui sembla s'éterniser pendant que les branches frappaient la fenêtre et que Beau l'observait intensément.

— Je ne peux pas me permettre une relation compliquée, finit-il par répondre. Comme vous l'avez dit, je dois préserver Austin. Je ne peux pas m'engager dans une histoire qui pourrait l'affecter. Il est ma *seule* priorité. Alors, oui, je suis partant pour une aventure, mais si elle se complique, j'arrête tout.

— Je comprends tout à fait, et je suis d'accord.

Un lent sourire étira ses lèvres.

— Avant que je ne m'engage à accepter ce que vous m'offrez, approchez et embrassez-moi encore, Nora.

Un frisson de désir la parcourut.

— Pourquoi ?

Sa voix baissa d'une octave.

— Parce qu'il faut que je vérifie si cette alchimie entre nous est aussi forte que nous le pensons.

Elle se pencha vers lui, se sentant chanceler. Il posa une main sur sa taille et l'autre sur sa joue. Après quoi, il scella leurs lèvres. Et le temps s'arrêta à nouveau.

Nora se dit que le premier baiser que Beau lui avait donné était plein de retenue. Celui-ci, en revanche, réveillait toutes les cellules et toutes les terminaisons nerveuses de son corps.

Chaque passage de sa langue sur la sienne faisait monter son désir d'un cran. Elle rêvait de sentir sa bouche experte partout sur son corps.

Quelques minutes plus tard, il mit un terme à ce baiser en lui mordillant la lèvre inférieure.

— D'accord, trésor, une aventure m'ira très bien, dit-il.

Enfin, il se leva, et elle sentit son corps ferme glisser contre le sien. Il la prit par la main et l'emmena vers l'escalier.

Après quelques secondes, il se retourna vers elle.

— Prête à vivre une nuit inoubliable ?

— C'est une promesse ? demanda-t-elle d'une voix rauque d'excitation.

– À toi de le découvrir.

4

Beau entra dans la chambre et alluma quelques bougies, créant une douce lumière dans la pièce. Les parfums de pomme et de cannelle lui chatouillèrent les narines. Nora n'avait pas besoin de convaincre Beau d'accepter une liaison sans attaches, songea-t-il en souriant. Il pensait exactement à la même chose depuis qu'il l'avait récupérée au bord de la route. Cela dit, Nora se trompait sur un point. Il souhaitait retrouver l'amour un jour, et il savait que c'était ce qu'Annie aurait voulu pour lui. Néanmoins, pour l'instant, il avait besoin de simplicité. Car il ne voulait surtout pas qu'Austin s'attache à une femme qui finirait par sortir de leur vie.

Il ne pouvait pas prendre ce risque. Pas alors qu'Austin avait déjà tant perdu.

Une liaison avec Nora était tout sauf compliquée. Elle était ici pour deux semaines seulement, et ensuite elle irait peut-être vivre à Paris. À la vérité, il la désirait – très fort. Et ce, depuis qu'il l'avait rencontrée lors d'un appel vidéo. Nora était renversante, mais surtout, l'étincelle dans son regard le captivait. Or, cela faisait bien longtemps qu'il n'avait pas été captivé de cette manière.

Il avait très envie de sentir le feu du désir brûler en lui, ne serait-ce que pour deux semaines. Il voulait faire rougir Nora à nouveau, l'embrasser à perdre haleine, savourer des moments de plaisir intense avec elle.

Se dirigeant vers le lit, il retira son T-shirt et le lança sur la chaise de bois. Quand il se retourna, il vit que Nora était à l'entrée de la chambre, l'air sonnée. Il laissa échapper un petit rire quand il remarqua qu'elle le dévorait des yeux.

— Tu aimes ce que tu vois ? demanda-t-il.

— Oui, murmura-t-elle. Tu es splendide.

Chacun des mots qui franchirent ses lèvres fit trembler son sexe. Bien que Beau brûle d'envie de fondre sur elle, tel un félin sur sa proie, il attendit au pied du lit, laissant Nora venir à lui.

— Alors, quel est le plan, au juste ? demanda-t-elle.

— Vivre une nuit qui changera ta vie.

Elle écarquilla légèrement les yeux et déglutit.

— Je... je ne sais pas comment faire, avoua-t-elle.

— Je vois bien la façon dont tu me regardes, Nora, murmura-t-il, effaçant la distance qui les séparait. Je pense que tu sais très bien comment faire.

Il posa la main sur sa joue et l'embrassa.

Le baiser commença doucement. Mais bien vite, Nora gémit et s'abandonna contre lui. Un afflux de désir lui échauffa les reins tandis qu'il plongeait la main dans ses cheveux et lui inclinait la tête afin d'approfondir leur baiser.

Nora avait le goût du désir, et de quelque chose de bien plus addictif qu'il n'arrivait pas à identifier.

Il quitta sa bouche pour déposer une série de baisers sur le contour de son visage, puis au creux de son cou. Dans un grondement d'excitation, il la plaqua contre son sexe déjà durci.

— Bon sang, Nora, c'est si bon.

— Beau, chuchota-t-elle d'une voix rauque, frottant ses seins contre son torse.

Beau avait embrassé et caressé de nombreuses femmes ces dernières années. Aucune n'était aussi réactive que Nora.

Il sonda son regard et vit le désir briller dans les profondeurs de ses iris. Cela faisait bien longtemps qu'une femme ne l'avait pas regardé ainsi.

Impatient de sentir son corps nu contre le sien, il lui retira son chemisier et le fit tomber au sol, dévoilant son joli soutien-gorge de dentelle rose. Il distingua sous le tissu ses tétons dressés, qui semblaient réclamer ses lèvres. Il en mordilla un à travers la dentelle, arrachant à Nora un gémissement d'excitation. Puis il baissa le sous-vêtement sous ses seins, qui semblaient faits pour ses mains, et passa la langue sur l'autre téton. Le frisson qui la traversa était terriblement excitant. Pour la faire frissonner encore, il suçota son autre téton avant de l'aspirer entre ses lèvres.

Elle enfonça les mains dans ses cheveux pour le maintenir contre elle. Pour la contenter, il aspira la pointe rose avec plus de force, et le cri enivrant de Nora le poussa à dégrafer son soutien-gorge. Il lécha son autre sein tout en déboutonnant son short en jean et en le faisant glisser le long de ses jambes en même temps que sa culotte de dentelle.

Quand elle fut entièrement nue, il déposa un dernier baiser sur son sein avant de prendre son portefeuille et d'en sortir un préservatif. Ses mains se figèrent quand elle tendit la main vers son jean et descendit lentement la fermeture Eclair. Et lorsqu'elle baissa son jean et son caleçon, libérant son sexe, il lâcha le portefeuille, ne gardant que le préservatif dans la main.

Nora lui prodigua des caresses intimes avant de le regarder dans les yeux en se mordillant la lèvre, comme si elle avait très faim de lui.

Quand elle enroula la main autour de lui et la fit glisser de bas en haut, il gémit.

— Oh ! tu aimes ? demanda-t-elle d'un ton joueur.

— Bon sang, Nora ! lâcha-t-il.

Elle répéta le mouvement. Encore. Et encore. Jusqu'à ce qu'il soit au bord de l'explosion.

Voulant désespérément entrer en elle, il la saisit par les épaules et l'allongea sur le lit. Puis il s'étendit sur elle et passa la main sur son corps voluptueux, se rapprochant du cœur de sa féminité. Dès que ses doigts furent en contact avec son sexe doux et moite, il n'eut plus qu'une envie, sentir ses jambes enroulées autour de lui pendant qu'ils s'atomiseraient tous les deux.

Retirant sa main, il se hâta de dérouler la protection sur lui et se positionna à l'entrée de son sexe chaud.

— La prochaine fois, je prendrai mon temps, promit-il.

Il embrassa son sein, son cou, le dessous de son oreille.

— Je ne peux pas attendre, Nora.

— Alors n'attends pas.

Sur quoi, elle hissa les hanches et l'accueillit en elle.

Il ferma les yeux une seconde, secoué par d'intenses sensations. Appuyant son poids sur un bras, il releva la tête. Il contempla son doux regard et ondula les hanches, entrant lentement en elle et se retirant au même rythme. Il enchaîna les va-et-vient tandis qu'elle caressait ses biceps de ses mains avides.

Bon sang, il adorait ça.

— Continue, lui intima-t-il d'une voix rauque. Ne t'arrête pas.

Elle le caressa de plus belle, et en guise de réaction, il lui donna un coup de reins puissant qui la fit haleter et écarquiller les yeux. Pour aller encore plus loin, il lui releva les chevilles et les posa contre ses épaules. Puis, la maintenant par les hanches, il leur donna ce qu'ils désiraient tous les deux.

Tandis qu'il continuait son assaut sensuel à un rythme frénétique, les gémissements de Nora semblèrent lui dire qu'elle en voulait encore plus. Alors il les écouta, accroissant la vitesse de ses mouvements jusqu'à ce qu'ils trouvent tous les deux un rythme commun, ondulant ensemble et se perdant dans cette ascension vers les cimes du plaisir.

Et quand Nora rejeta la tête en arrière et qu'elle arqua le dos, Beau sentit la chaleur dans son aine s'intensifier. Il continua d'aller et venir en elle.

Plus fort.

Plus vite.

Il serra les dents lorsqu'il la sentit se contracter autour de lui et que son corps splendide trembla sous le sien.

Enfin, la tension atteignit son paroxysme, et les cris de Nora firent voler en éclats sa retenue. Dans un rugissement puissant, il se cambra et trembla contre elle.

Plusieurs minutes plus tard, le doux rire de Nora résonna dans ses oreilles. Il se rendit compte qu'il l'écrasait. Lentement, il se souleva et s'allongea à côté d'elle, en s'efforçant de reprendre son souffle.

— J'espère que ce sont des rires agréables, commenta-t-il.

Elle tourna la tête vers lui.

— J'ai toujours pensé que l'amour sublimait le sexe. À présent, je sais que j'avais totalement tort.

Elle inspira et expira lentement, les yeux assombris par le plaisir qu'il venait de lui donner.

— Si c'est à ça que ressemble une aventure sans lendemain, je répéterai volontiers l'expérience, dit-elle.

Il la prit dans ses bras.

— Moi aussi, enchérit-il.

Mais lorsqu'elle se blottit contre lui, et que l'envie de la garder dans ses bras le saisit, il eut une certitude.

Il avait déjà eu des aventures sans lendemain. Ce qu'il venait de vivre avec Nora n'en était pas une.

Nora avait des regrets dans la vie. Beaucoup de regrets.

Beau n'en faisait pas partie.

Elle ne s'était pas attendue à être câlinée après leurs ébats. Beau n'avait pas cessé de la ramener vers lui chaque fois qu'elle s'était écartée. Alors, elle avait fini par se lover dans ses bras.

La chambre ne contenait qu'un lit et une chaise de bois. L'espace était petit, éclairé par une unique fenêtre, mais Nora le trouvait charmant et s'y sentait bien. Tout comme elle se sentait bien dans les bras de Beau.

C'est agréable, commenta-t-elle.

— C'est *très* agréable, répondit-il d'une voix ensommeillée, laissant dériver sa main sur sa hanche ronde.

Son ton suggestif la fit rire.

— Je ne parle pas seulement de ça. Ce que je veux dire, c'est que c'est agréable de ne pas avoir à me soucier de toi.

Les yeux toujours clos, il répondit d'un ton amusé :

— Je ne suis pas sûr que ce soit une bonne chose.

Elle se leva, s'appuyant sur un coude.

— Avec tous mes anciens petits amis, il y avait toujours quelque chose qui n'allait pas après l'amour. Et je me mettais à cogiter.

Il ouvrit un œil.

— Si tu cogitais après l'amour, c'est que les ébats n'étaient pas satisfaisants.

Elle marqua un temps.

— Je n'avais jamais vu les choses sous cet angle, mais tu as raison.

Comparé à ce qu'elle venait de partager avec Beau, le sexe avec ses ex-petits amis semblait bien fade.

— C'est agréable, tu sais, de ne rien ressentir à cet instant hormis de la satisfaction, dit-elle.

— C'est une très bonne chose, ma belle.

Beau referma les yeux. De longs moments de calme passèrent, que Nora savoura. Le silence agréable s'étira jusqu'à ce que Beau finisse par le briser.

— J'aimerais savoir. De quoi te souciais-tu au juste avec tes ex-petits amis ?

Pourquoi ne pas être honnête ? se dit-elle. Avec Beau, elle n'avait rien à perdre.

— Je me demandais si j'étais assez bien pour eux, s'ils étaient heureux avec moi, s'ils aimaient ce qu'ils voyaient, ce que je leur faisais... Ce genre de choses.

Il avait ouvert les yeux pendant sa confession. S'appuyant sur un coude, il la dévisagea, l'air abasourdi.

— Tu te demandais si tu étais assez bien pour eux ?

Elle grimaça.

— Toutes les filles ne se posent-elles pas cette question ?

Elle espérait que si. Sinon, Beau penserait qu'elle manquait de confiance en elle, et ce n'était pas ce qu'elle souhaitait.

Il soutint son regard et déclara d'un ton très sérieux :

— Si une femme pense ça, c'est que son partenaire n'est pas à la hauteur.

Il marqua un temps, comme pour lui laisser le temps de mesurer le sens de ses paroles.

— Et puis, ce n'est pas à toi de t'assurer que ton petit ami est heureux, plaida-t-il. C'est à lui de prendre en charge son propre bonheur.

— Tu dis cela parce que tu avais une relation heureuse et saine avec ta femme. Tout le monde n'a pas cette chance.

— Non, tu as raison, tout le monde n'a pas cette chance, admit-il d'un ton radouci. Mais les hommes que tu as connus m'ont l'air d'être de sacrés idiots.

Il observa sa bouche et descendit jusqu'à ses seins nus, son regard se teintant de désir.

— Lorsque je t'ai vue pour la première fois, j'ai failli tomber à la renverse.

Son compliment la flatta. Nora intima rapidement à son cœur de ne pas s'emballer. Les mots étaient plus faciles à dire quand il n'y avait pas d'attaches.

— Merci, c'est gentil.

Il lui offrit un petit sourire et, tendant le bras vers elle, replaça une mèche de cheveux derrière son oreille.

— Maintenant, je suis encore plus curieux. Pourquoi as-tu passé cet accord avec moi ?

— Pourquoi pas ?

Le tonnerre gronda tandis que Beau l'observait, le regard pétillant.

— Je ne dis pas que je ne suis pas ravi, mais il doit y avoir une raison. Tu ne cherches pas seulement à prendre du bon temps.

Elle envisagea de ne rien lui dire. Partager des éléments intimes de sa vie impliquait de franchir une limite émotionnelle qu'ils n'étaient pas supposés franchir. D'un autre côté, elle souhaitait rester honnête.

— Ce n'est pas très intéressant, avoua-t-elle. J'en ai simplement assez de faire les choses comme je les ai toujours faites. D'être une fille bien et de rechercher une histoire sérieuse. Agir ainsi ne m'a pas du tout réussi. J'ai besoin d'un changement, et puisque je compte m'installer à Paris, je me suis dit que c'était le moment de prendre un nouveau départ, dans tous les domaines.

— Ah, fit-il. Une histoire de regain de confiance, alors.

— On peut appeler ça comme ça. Désormais, je veux faire les choses parce que j'en ai envie, sans m'inquiéter des conséquences.

— Des choses comme séduire quelqu'un ?

— Exactement, et en l'occurrence, « quelqu'un » est un cow-boy très sexy.

Beau rit et la prit dans ses bras.

— Ça me plaît, dit-il. C'est sûrement mieux que d'attendre que la tempête passe en lisant un livre.

— C'est juste un peu mieux que la lecture.

Il lui pinça la hanche.

— D'accord, d'accord, céda-t-elle en riant. C'est beaucoup mieux.

— Je préfère ça.

Un autre silence agréable s'instaura.

— Revenons-en à ces journalistes, finit-il par dire. Tu as les moyens de les chasser pour de bon ?

— Oui, affirma-t-elle. Toute cette histoire te donne la migraine, j'imagine ?

— Pour moi, c'est un calvaire. Et cela perturbe Austin.

— Je veux bien te croire.

Elle avait appris par Adeline que lorsque Beau avait refusé de leur accorder une interview, les journalistes avaient commencé à poser des questions aux habitants de Devil's Bluffs. Ils ne s'intéressaient pas à sa vie présente, à son métier de dresseur de chevaux ou au ranch de sa famille. Non, ils voulaient en savoir plus sur son passé. Le décès d'Annie. Le chagrin de Beau. La façon dont son fils Austin avait vécu la disparition de sa maman. Des choses douloureuses qu'aucun être humain normalement constitué ne voudrait raconter à des inconnus.

— Les journalistes peuvent être insistants quand ils veulent obtenir quelque chose, nota-t-elle.

— C'est le moins qu'on puisse dire.

— Pourquoi as-tu voulu t'exposer dans les médias ?

Il leva les yeux au plafond.

— Parce que Adeline avait besoin d'une bonne histoire, et que mon frère avait besoin d'elle.

— Alors, tu t'es jeté dans la fosse aux lions ? Tu ignorais à quel point les magazines people pouvaient être horribles ?

— La famille compte plus que tout.

Ces mots firent tressauter son cœur. Elle aurait aimé que sa propre famille soit aussi soudée.

— Pour être franc, il y avait une autre raison. Colter était courtisé par de nombreuses femmes, et je me suis dit qu'il m'arriverait la même chose.

Elle appréciait sa franchise. C'était une qualité rare parmi les hommes de sa connaissance.

— J'imagine que ça n'a pas marché comme tu le voulais ?

— Pas exactement.

Il soupira, glissant un bras derrière la tête.

— Je n'aurais jamais cru que des journalistes voudraient en savoir plus sur ma femme décédée et sur l'enfer que j'ai vécu après sa mort.

— Oui, c'est vraiment terrible.

— Ma famille et moi avons réussi à préserver Austin, je pense. Nous lui parlons d'Annie d'une manière joyeuse, et non douloureuse. Il n'était qu'un bébé quand elle nous a quittés.

En voyant la peine sur son visage, elle eut le cœur serré.

— J'ai surmonté cette épreuve, et je n'ai aucune envie de replonger dans les souvenirs de cette période difficile, confia-t-il.

Soudain, tout devint clair.

— C'est pour ça que tu es venu au chalet, n'est-ce pas ? Ce n'était pas pour éloigner les journalistes.

— Eh bien, j'espérais que mon absence découragerait les journalistes et qu'ils s'en iraient. Mais surtout, je voulais éviter qu'Austin voie à quel point j'étais ébranlé. Il n'a jamais été exposé à... cette facette de moi. Le jour de mon départ, le gardien du cimetière m'a prévenu que quelqu'un prenait la tombe d'Annie en photo.

Sachant qu'elle franchissait une ligne qu'elle ne devrait pas franchir, mais incapable de s'en empêcher, elle mit la main dans la sienne.

— Je vais t'aider à te débarrasser d'eux, Beau. Je te le promets.

— Merci, Nora.

Se tournant vers elle, il posa les mains de chaque côté de sa tête et plongea son regard pénétrant dans le sien.

— Il vaut mieux que je respecte ma part du marché, alors, murmura-t-il.

Sans lui laisser le temps de répondre, il lui donna un baiser. Et Nora comprit alors qu'avoir une liaison avec Beau était la meilleure décision qu'elle ait jamais prise.

5

Trois jours plus tard, Nora avait le sourire aux lèvres. Beau et elle assuraient leurs missions de témoin et de demoiselle d'honneur comme des chefs. Ils avaient même réservé le restaurant du golf de Devil's Bluffs pour le dîner de répétition, lorsque la connexion Internet avait été rétablie la veille au soir. Autre raison de se réjouir : Beau assouvissait ses désirs physiques, jour et nuit. C'était un amant exceptionnel, et Nora n'avait jamais eu autant de plaisir avec aucun autre homme. Si c'était à cela que ressemblait le sexe sans amour, elle avait manqué quelque chose. Vraiment.

Elle pensait que rien ne pouvait assombrir son bonheur.

Elle se trompait.

Avant que Beau et elle ne prennent la route pour retourner au ranch Devil's Bluffs, elle consulta ses mails pour voir si elle avait reçu des offres d'emploi provenant de Paris. Sa boîte de réception était désespérément vide. Elle regrettait plus que jamais d'avoir loué un logement avec Scott. Depuis six mois, elle devait payer seule le loyer et les factures, et elle n'avait plus d'argent. Elle avait utilisé le reste de ses économies pour acheter un billet d'avion pour le Texas et une robe de demoiselle d'honneur. Quand elle rentrerait chez elle après le mariage, elle aurait trois jours pour faire ses cartons et quitter l'appartement. Depuis plusieurs semaines, elle essayait de décrocher un emploi à Paris et avait passé plusieurs entretiens à distance. Elle avait sélectionné les entreprises qui offraient des billets d'avion et une allocation de logement.

Il fallait que son projet parisien aboutisse. La perspective de retourner à New York, seule et sans solution, était presque étouffante.

Comme si cela ne suffisait pas, son humeur s'assombrit encore quand Beau et elle, en route pour le ranch, arrivèrent près de sa voiture de location. Des arbres étaient déracinés et des branches étaient éparpillées sur la route. À plusieurs reprises, Beau avait dû s'arrêter pour les retirer, voire en scier certaines avec sa tronçonneuse. Nora avait déjà vu des tempêtes à New York, mais rien d'aussi terrible. Néanmoins, elle s'était attendue au pire. Rien, cependant, n'aurait pu la préparer à ce qu'elle vit quand Beau se gara à côté de la voiture.

— Le pneu crevé est le dernier de tes soucis, déclara Beau d'un ton placide.

— Ça va être difficile à expliquer à l'agence de location, grommela Nora.

La voiture avait été écrasée par un immense tronc d'arbre. On aurait dit un hot-dog géant entouré d'un pain de métal. Des éclats de verre jonchaient le sol.

Beau lui lança un regard.

— Heureusement que tu n'étais pas en train de changer le pneu quand cet arbre est tombé.

— Oui, c'est vrai.

Nora était consciente d'avoir échappé au pire. Malgré tout, elle avait le ventre noué.

— La société de location va me faire des ennuis ? demanda-t-elle.

— Pas si tu avais pris une assurance. Car tu as pris une assurance, j'espère ?

— J'ai pris une assurance.

— Bien. C'est très bien.

Il prit son téléphone dans le porte-gobelet et passa un appel.

— Bonjour, c'est Beau Ward. Il y a une voiture sur la route 45 qui a été écrasée par un arbre. C'est une voiture de location, appartenant à une amie d'Adeline, Nora Keller. Vous pourriez venir la chercher et la remorquer jusqu'à la société de location ?

Une longue pause s'ensuivit.

— Génial. Merci, Eric, conclut Beau.

Il rangea son téléphone et reprit la route.

— C'était le père d'Adeline, précisa-t-il. Il a une dépanneuse et viendra remorquer ta voiture.

— Merci beaucoup.

Elle prit son propre téléphone et appela l'agence de location. Durant l'heure suivante, elle discuta d'abord avec une employée de l'agence puis avec une opératrice de la compagnie d'assurances.

Quand elle eut enfin fini, Beau lui donna un café qu'il venait d'acheter dans un *coffee shop* en bord de route.

Tandis qu'il redémarrait, Nora souleva le couvercle de son gobelet.

— Quand devrions-nous approcher les journalistes ? demanda-t-elle.

Une main sur le volant et l'autre tenant son café, Beau répondit :

— Demain. Avant cela, il faut que j'aille inspecter les dommages au ranch. Il nous reste moins de deux semaines avant le mariage. Réparer les dégâts doit être notre priorité absolue.

Nora approuva d'un signe de tête.

— Je peux aider pour les réparations.

— Tu sais te servir d'un marteau ? questionna-t-il.

— Marteau, perceuse, pinceau. Je me débrouille bien en bricolage. Mon père est charpentier. J'ai appris beaucoup en travaillant avec lui.

— Ce sera utile.

Il l'observa un instant, l'air indéchiffrable, avant de se concentrer sur la route.

— Tu es proche de ta famille ? demanda-t-il.

— Autant qu'on peut l'être de parents divorcés qui se détestent. Entre eux, tout est une compétition, y compris leur relation avec moi.

Dès que les mots quittèrent sa bouche, elle les regretta, se rappelant que Beau avait perdu son père récemment.

— J'ai été navrée d'apprendre le décès de ton père, dit-elle pour se rattraper.

— Merci, répondit-il d'un ton grave. C'est une période difficile, bien sûr, mais nous rendons hommage à papa en continuant à faire vivre le ranch.

— C'est une merveilleuse manière d'honorer sa mémoire. Adeline m'a dit que ton père était un homme incroyable.

— C'était le meilleur des pères. Ma mère est assez géniale aussi.

Nora sourit, éprouvant de la compassion pour lui. Elle regarda par la vitre les bandes de nuages qui barraient le ciel bleu. Elle n'avait jamais perdu une personne proche. Beau, lui, avait perdu deux personnes très chères à son cœur. Elle tenta de trouver des paroles réconfortantes, mais n'y parvint pas.

Beau ralentit et s'engagea sur un chemin de gravier.

Au sommet d'une colline, près d'un grand lac, se dressait une maison en pierre de style rustique, rehaussée de touches de bois patiné. Avant même que Beau et Nora n'arrivent au bout de l'allée, Colter et Adeline apparurent sur le perron de la maison. Nora eut l'impression que son cœur allait exploser de joie. Avec ses longs cheveux blonds ondulés, son nez parsemé de taches de rousseur et son regard miel, Adeline avait toujours été d'une beauté renversante. Sa longue robe d'été en liberty soulignait ses courbes délicates. Se tenant à côté d'elle, Colter avait des traits plus durs. Comme son frère, il avait des cheveux bruns épais et des yeux d'un bleu éclatant.

Dès que Beau coupa le moteur, Nora descendit du véhicule.

— Tu es de retour ! s'exclama Adeline.

— Oui, je suis de retour !

Elle étreignit Adeline, heureuse de retrouver enfin sa meilleure amie.

— C'est une bonne chose car il y a encore beaucoup à faire pour le mariage, déclara Adeline.

— Moi aussi, je suis là, intervint Beau. Colter, tu me montres les dégâts de la tempête ? demanda-t-il, désignant son pick-up d'un signe de tête.

— D'accord.

Colter donna à Adeline un baiser bref et néanmoins fougueux. Nora ne put s'empêcher d'être envieuse de leur amour.

— Je passe te chercher demain à 9 heures ? lança Beau à Nora.

— Ça me va, répondit-elle.

Elle remarqua que Colter et Adeline les observaient d'un air intrigué.

— J'ai des informations sur les journalistes qui traînent en ville, expliqua-t-elle. Beau et moi allons les voir demain.

— Ah, fit Colter.

Il continua de les étudier tous les deux.

Sans prêter attention à son frère, Beau prit le sac de Nora dans le pick-up et le déposa dans la maison avant de redescendre les marches du perron. Quand il passa devant elle, il lui fit un clin d'œil.

— À demain, Nora.

Bien qu'elle se sente fondre chaque fois qu'il prononçait son prénom, elle tâcha de garder un air neutre et lui adressa un sourire poli.

— Oui, à demain.

Colter les observa. *À nouveau*. Il finit par suivre son frère jusqu'à son pick-up.

Dès qu'ils furent partis, Adeline prit Nora par la main et l'emmena dans la maison, refermant la porte derrière elles.

— Raconte-moi tout ! s'exclama-t-elle.

— Comment sais-tu qu'il y a quelque chose à raconter ? s'étonna Nora.

— Parce que la seule fois où Beau et toi avez discuté, vous sembliez prêts à vous battre. Et ce n'est plus du tout le cas maintenant. Je n'ai jamais vu Beau sourire à quelqu'un comme il t'a souri.

Nora chercha des explications, puis décida qu'il était inutile de tourner autour du pot.

— Il se pourrait que j'aie couché avec lui.

Adeline ouvrit de grands yeux et leva la main pour lui faire signe de se taire.

— Attends une minute. Laisse-moi le temps de digérer cette information.

Nora rit. Étant donné qu'elle n'avait jamais eu d'aventures sans lendemain, la réaction d'Adeline ne la surprenait pas.

— Tu vas t'installer ici ? demanda son amie d'une voix pleine d'espoir.

Tenaillée par la culpabilité, Nora se laissa conduire jusqu'au canapé du salon.

— Non, je ne vais pas m'installer ici. Je... Eh bien, j'ai juste senti une tension sexuelle entre Beau et moi, quand nous nous sommes parlé pendant cet appel vidéo.

Adeline et elle s'assirent sur le canapé.

— Je n'avais jamais ressenti cela auparavant, continua Nora. Et, pour être honnête, j'ai fait une croix sur l'amour. Pour prouver que je ne recherchais rien de sérieux, j'ai fait des avances à Beau et... eh bien, il les a acceptées.

Adeline la dévisagea.

— Qui êtes-vous et qu'avez-vous fait de ma meilleure amie Nora ?

Nora se fendit d'un rire sonore.

— Je sais, ça ne me ressemble pas.

— C'est un euphémisme. D'habitude, tu n'embrasses jamais avant le cinquième rendez-vous, ironisa-t-elle.

— Parce que je ne voulais pas aller trop vite. Je voulais tout faire comme il faut. Apprendre à connaître l'autre avant d'aller plus loin.

Comme tous les livres de développement personnel qu'elle avait lus le conseillaient. Elle avait suivi toutes les règles pour être sûre qu'elle ne finirait pas comme ses parents. Et cela ne l'avait menée qu'à la souffrance. À plusieurs reprises.

— L'amour ne me réussit pas, déclara-t-elle. Et puis, tu connais Beau. Tu m'as dit des choses positives sur son compte. Puisqu'il a déjà rencontré l'amour de sa vie, je n'ai pas à craindre que notre liaison devienne sérieuse.

— Alors, vous...

— Nous prenons du bon temps pendant que je suis là. C'est tout.

Adeline sembla réfléchir. Puis elle rit et secoua la tête.

— Colter avait raison. Je croyais que Beau et toi seriez comme chien et chat, mais Colter affirmait que Beau t'appréciait.

— Je pense que je l'attire, plutôt. Comment pourrait-il m'apprécier alors qu'il ne me connaît pas ?

— Je dirais qu'il te connaît assez bien maintenant, railla Adeline.

De nouveau, son amie scruta son regard.

— Si j'ai bien compris, cette histoire sans attaches t'aide à te remettre de ta rupture ?

— Exactement, approuva Nora. J'étais dans une ornière et je me sentais bloquée. Il me fallait quelque chose de nouveau.

— Et ce quelque chose, c'est Beau ?

— Précisément.

Adeline ramena ses jambes sous elle.

— Je comprends. Mais que se passera-t-il si tu développes des sentiments pour lui ?

— Primo, c'est impossible parce que je ne recherche pas une relation sérieuse. Secundo, je ne vis pas ici, et tu sais que je préfère la vie dans une grande ville à la vie au grand air. Tertio, c'est difficile de développer des sentiments pour quelqu'un dont le cœur appartient à une femme décédée.

— Mais pas impossible, souligna Adeline.

— Je ne laisserai pas cette histoire se transformer en autre chose qu'une récréation, assura Nora.

Adeline voulut apporter un autre argument, mais Nora ne lui en laissa pas l'occasion.

— Tu n'as pas à t'en faire. Cette relation me fait du bien. Tout est merveilleux.

— D'accord, céda enfin Adeline. Maintenant que nous avons éclairci ce point, tu peux me dire ce que tu me caches ?

Nora se força à rester immobile.

— Qu'est-ce qui te dit que je te cache quelque chose ?

— Ton air étrange, depuis une semaine maintenant.

Adeline lui prit les mains.

— Qu'est-ce que tu ne me dis pas ?

Nora faillit se noyer sous une vague de culpabilité. Mais la fille forte en elle savait qu'elle ne pouvait pas parler de Paris. Pas tant que le mariage ne serait pas passé. Adeline méritait de vivre cette journée de bonheur. Et Nora refusait de la gâcher.

— Allons, cesse de t'inquiéter pour moi, dit-elle en souriant. Je vais bien. Je suis préoccupée par mon rôle de demoiselle d'honneur, c'est tout.

Adeline l'observa, l'air sceptique.

— Tu es sûre qu'il n'y a rien d'autre ?

— Sérieusement, Addie, arrête.

Nora se leva et entraîna Adeline avec elle.

— Je suis euphorique parce que j'ai connu les meilleurs ébats de ma vie. Tu vas te marier. Tout est tellement merveilleux que je devrais avoir des émoticônes en forme de cœur à la place des yeux.

Elle glissa le bras sous le sien.

— Si nous faisions quelque chose de bien plus important ? suggéra-t-elle.

— C'est-à-dire ? demanda Adeline, déjà plus détendue.

Nora sourit.

— J'aimerais te voir dans ta robe de mariée.

Beau parcourait la route baignée de soleil qui traversait les terres des Ward afin de rejoindre son élevage de chevaux. Austin était encore à l'école, et Beau souhaitait inspecter les dégâts causés par la tempête avant d'aller le chercher. Et puis, il se réjouissait d'avoir un peu de temps sans son fils pour penser à Nora. Elle était une merveilleuse surprise. Ces trois jours avec elle avaient été fantastiques.

— Tu vas me dire ce qui se passe entre Nora et toi ? demanda soudain Colter.

Beau se fendit d'un petit rire et lança un bref regard vers son frère.

— Ça se voit tant que ça ?

Colter retira son chapeau et passa la main dans ses cheveux épais.

— Cela faisait longtemps que je ne t'avais pas vu regarder une femme comme ça, répondit-il.

— Cela faisait longtemps que je n'avais pas eu envie de regarder une femme comme ça.

Si Nora vivait ici, Beau pourrait se dire qu'il était au début d'une belle relation. Mais Nora ne recherchait pas l'amour.

Les jours passés au chalet avaient été fabuleux. Il avait éprouvé de l'attirance pour des femmes ces dernières années. Mais il n'y avait jamais eu cette étincelle – une étincelle qui lui disait que Nora était exceptionnelle. Elle était la bouffée d'air frais dont, sans le savoir, il avait eu besoin. Et il était heureux de pouvoir passer deux semaines avec elle.

— Ce n'est pas une histoire sérieuse. Nous prenons un peu de bon temps pendant qu'elle est là, c'est tout.

— Adeline est revenue vivre ici. Peut-être que tu pourrais convaincre Nora de venir s'installer à Devil's Bluffs, elle aussi.

Non, car Nora veut aller vivre à Paris. Beau ne révélerait pas le secret de Nora. Ce n'était pas à lui de le faire.

— C'est beaucoup demander à une femme que je viens de rencontrer, fit-il valoir.

Il marqua un temps, laissant cet argument cheminer dans l'esprit de Colter.

— Et puis, ce serait beaucoup trop risqué, ajouta-t-il. Je dois préserver Austin. S'attacher à une femme qui n'est pas intéressée par ce que j'ai à offrir, c'est aller au-devant des ennuis.

— Austin doit passer avant tout. Tu es un bon papa, Beau.

— Merci, Colter.

— Mais toi aussi, tu mérites d'être heureux, plaida-t-il.

Austin.

Son fils était encore très jeune, six ans à peine. Il avait besoin d'un père solide, et non d'un père dépassé par ses émotions. Beau ne voulait surtout pas que son fils souffre davantage alors qu'il avait déjà perdu sa maman.

— Je suis heureux, affirma-t-il.

— Avec une femme, je veux dire, précisa Colter.

— Et je retrouverai l'amour un jour. Mais pas avec une femme qui vit dans un autre État.

Colter rit.

— Parfois, ce sont les complications qui sont amusantes.

— J'en doute. Cela dit, Nora me plaît. Elle est...

— Très franche. Forte. Intelligente.

Beau rit.

— Oui, elle est tout cela.

— Je savais bien qu'elle avait éveillé ton intérêt quand vous vous êtes parlé par appel vidéo l'autre jour. Adeline ne me croyait pas.

— Difficile de ne pas la remarquer. Elle est splendide.

Colter approuva d'un signe de tête.

— Un peu trop énergique pour moi, mais c'est une très bonne amie d'Adeline. Elles sont comme des sœurs. Alors, sois prudent. Si tu fais du mal à Nora, Adeline ne te le pardonnera pas.

Beau ricana.

— Comment pourrais-je faire du mal à une femme qui ne met pas ses émotions en jeu et qui décide elle-même des règles ?

Manifestement satisfait par sa réponse, Colter fixa la route.

— Juste un peu de bon temps pendant son séjour ?

— *Beaucoup* de bon temps pendant son séjour.

Le rire de Colter emplit l'habitacle du véhicule.

— Je vais recevoir des pouliches cette semaine, dit Beau pour changer de sujet.

Il avait toujours au moins cinq chevaux à dresser en même temps, parfois davantage. Son bras droit et directeur des écuries, Lee, avait pour tâche de faire travailler les plus jeunes et de les débourrer. Ensuite, Beau les entraînait avant qu'ils ne soient vendus.

Après avoir franchi des grilles en fer forgé, Beau emprunta l'allée menant à sa maison en grès dotée d'une double porte en merisier. À la gauche de la demeure se trouvait une écurie de vingt box au toit noir. Un sentiment agréable l'envahit quand il songea qu'il était enfin chez lui. Il ne se voyait vivre nulle part ailleurs.

À mesure qu'il remontait l'allée, il marmonna une série de jurons, atterré par les dégâts que la propriété avait subis. Des dizaines d'arbres étaient déracinés ou à moitié renversés. Près de l'écurie, Lee réparait des clôtures cassées avec quelques cow-boys. Dès qu'il vit le pick-up, il se dirigea vers Beau, l'air préoccupé.

Beau gara le véhicule et sortit un instant plus tard.

— Je ne savais pas que c'était aussi grave, dit-il à Lee.

Son bras droit retira son stetson beige et passa la main dans ses cheveux bruns.

— Je ne voulais pas vous inquiéter. J'espérais qu'on aurait fini presque toutes les réparations avant votre retour. Les arboriculteurs sont en train de nettoyer la ville. Ils n'arriveront pas ici avant deux semaines.

— Bon sang ! marmonna Beau.

La maison avait résisté au choc, mais l'écurie avait souffert. Une partie du toit était abîmée par un arbre renversé. Des arbres massifs étaient à terre. Plus de quinze, à vue de nez. Des clôtures étaient cassées ou écrasées, et l'un des pick-up de la ferme avait été totalement écrasé.

— Un agent d'assurances vient demain, continua Lee, remettant son chapeau et glissant les mains dans ses poches. Je me suis dit qu'il valait mieux laisser l'arbre sur le pick-up pour qu'il puisse voir les dégâts.

En soupirant, il montra d'un geste la clôture en morceaux derrière lui.

— Comme vous pouvez le voir, nous avons des problèmes plus urgents que le pick-up.

— Oui, je vois ça.

Beau passa à nouveau en revue son domaine, un goût amer dans la bouche.

— Aucun des chevaux n'a été blessé ? demanda-t-il.

Les chevaux du ranch étaient des Quarter Horse primés, qui se vendaient très cher. Tous les chevaux qui avaient du potentiel étaient entraînés par Beau puis envoyés à des dresseurs professionnels. Les plus grosses sommes d'argent venaient des étalons du ranch. Chaque année, Beau augmentait les profits, mais plus que de l'aspect financier, il était fier de la qualité de ses équidés. Le ranch Devil's Bluffs s'était fait un nom dans le métier, et Beau s'en réjouissait.

— Pas un seul, assura Lee. Nous avons retrouvé la horde sur les hauteurs du pâturage de l'ouest, sous la forêt de grands chênes.

— Une chance, dit Beau, soulagé.

Mais ensuite, il regarda les arbres arrachés et se rembrunit, conscient de la montagne de travail qui les attendait.

— C'est une vraie pagaille, dit-il.

— Et tu n'as encore rien vu, intervint Colter. Attends d'arriver au ranch principal.

— C'est pire que ça ? demanda Beau.

— Oui, fit Colter en soupirant.

— Tu te rends compte que tu te maries dans moins de deux semaines ?

Un autre long soupir.

— Je sais, petit frère. C'est bien là le problème.

6

Le lendemain matin, installée dans la cuisine d'Adeline, Nora prit une bouchée de quiche florentine.

— Que t'est-il arrivé ? lança-t-elle. Tu t'es transformée en cordon-bleu depuis ton départ de New York ?

Adeline rit.

— Tout le mérite revient à la mère de Colter. Elle m'a donné sa recette.

Son amie se servit une tasse de café et s'appuya contre le plan de travail.

— C'est délicieux, s'extasia Nora. Sérieusement, c'est un plat digne d'un restaurant étoilé de Soho.

— C'est vrai, approuva Adeline. Alors, quel est ton programme aujourd'hui ?

Nora consulta son emploi du temps sur son téléphone.

— J'essaie ma robe de demoiselle d'honneur cet après-midi. Et ce matin, Beau passe me prendre afin que nous puissions commencer à traquer les journalistes.

Adeline sourit.

— C'est la seule chose que vous comptez faire ? demanda-t-elle. Ou est-ce que vous avez prévu un peu de temps en tête à tête ?

— Très drôle.

Nora finit sa part de quiche, en gémissant de plaisir à chaque bouchée. Puis elle descendit de son tabouret et plaça son assiette et ses couverts dans le lave-vaisselle.

— Nous nous sommes bien amusés, mais nous n'avons plus

le temps pour *ça* maintenant, dit-elle. Il y a tellement à faire pour ton mariage !

— Je t'en prie ! Il y a toujours du temps pour *ça*. Surtout avec un cow-boy sexy.

Dit comme ça...

— D'accord, ce serait peut-être dans mon intérêt de prendre un peu de bon temps avec un séduisant cow-boy.

Adeline rit. Bien qu'elles aient été séparées pendant de longs mois, être en compagnie d'Adeline était toujours aussi agréable, et confortable.

— Envoie-moi un message si tu as besoin de quoi que ce soit. Sinon, je te vois à l'essayage ?

— J'y serai, assura Adeline.

Des bruits de pas sur le gravier attirèrent l'attention de Nora. Elle regarda par la fenêtre et aperçut le pick-up de Beau.

Elle s'empressa d'aller enfiler ses baskets. Elle portait un short et un débardeur, espérant ainsi se fondre davantage dans le décor qu'avec les robes élégantes qu'elle portait pour flâner dans Green Village.

— Souhaite-moi bonne chance ! lança-t-elle à Adeline.

— Bonne chance !

Avant de sortir, Nora lança un baiser à Adeline puis ferma la porte derrière elle. Dès qu'elle vit Beau dans son véhicule, elle commença à penser qu'Adeline avait raison. Elle devrait prendre du temps pour *ça*.

Installé au volant, Beau portait un chapeau de cow-boy noir et un T-shirt anthracite qui soulignait ses biceps saillants. Les souvenirs de leur nuit de plaisir l'assaillirent.

Elle grimpa sur la banquette, consciente que ses joues roses trahissaient son désir.

— Bonjour, dit-elle.

Beau admira son décolleté avant de reporter son attention sur son visage.

— Bonjour, Nora. Prête à bouter quelques journalistes hors de la ville ?

Elle brandit les dossiers.

— Absolument !

Sur quoi, ils se mirent en route.

Le trajet fut calme, paisible, même. Après avoir traversé les terres sauvages du ranch, qui s'étendaient à perte vue, ils arrivèrent aux abords de la ville. Et quand Nora découvrit le centre de Devil's Bluffs, ce fut un choc absolu. Adeline lui avait dit que le cœur de ville était plein de belles boutiques. Mais elle n'avait pas mentionné le charme et l'élégance de ces rues anciennes. Les magasins étaient semblables à ceux que l'on pouvait trouver à New York. Seule différence : les hommes portaient tous des stetsons élégants.

Beau se gara le long du trottoir.

— Si nous allions dénicher notre première cible ? suggéra-t-il.

Elle déboucla sa ceinture.

— Dans quel endroit les as-tu vus le plus souvent ?

— Le *coffee shop*.

Elle empoigna son sac fourre-tout et ouvrit la portière.

— Alors allons-y.

Ils traversèrent la route, marchant côte à côte.

— C'est vraiment charmant ici, commenta-t-elle.

— C'est un endroit où il fait bon vivre.

— C'est joli, oui, mais *petit*.

Il lui lança un regard surpris.

— Tu ne pourrais pas vivre ici ?

— Seigneur, non ! fit-elle en riant. J'ai besoin de vie nocturne, d'excitation, de lieux chargés d'histoire.

— Cette ville pourrait te surprendre, rétorqua-t-il avec un petit haussement d'épaules. Tu pourrais finir par l'apprécier.

— Je suis désolée mais j'en doute fort.

Elle était une citadine pure et dure.

Il l'observa un instant puis détourna les yeux, comme s'il avait voulu dire quelque chose avant de se raviser.

Toutefois, quand ils entrèrent dans le *coffee shop* et que Nora respira les arômes de café les plus délicieux qu'elle ait jamais humés, elle se dit que Beau avait peut-être raison. Le café pourrait sûrement la conquérir.

Pendant que Beau et elle prenaient place dans la file d'attente pour passer commande, Nora parcourut la salle du regard. Le lieu était charmant et moderne à la fois, et semblait tout droit sorti d'un magazine branché.

Elle remarqua un homme assis dans un coin.

— Là-bas, dit-elle à Beau. Oui, c'est bien un journaliste, j'en suis sûre.

Elle consulta ses dossiers.

— Ce type, dit-elle.

Beau prit le dossier qu'elle lui tendait et observa le cliché qu'il contenait.

— Oui, c'est l'homme qui prenait des photos au cimetière.

— C'est lui qui avait volé le travail de son stagiaire pour obtenir une promotion, expliqua-t-elle. Bien, allons bouter cet importun hors de la ville.

Beau arqua un sourcil.

— Tu as un plan ?

— Évidemment.

Elle se dirigea vers le journaliste. C'était un beau jeune homme, qui portait une Rolex au poignet et dont les vêtements décontractés étaient impeccablement repassés.

— Stephen, dit-elle. C'est bien vous ?

Le reporter leva les yeux de son ordinateur portable et remonta ses lunettes à monture noire sur son nez.

— Euh, oui. Nous sommes-nous déjà rencontrés ?

— Non, jamais.

Elle lui offrit son sourire le plus mielleux et s'assit face à lui.

— Mais je vous connais, et vous connaissez certainement Beau.

Tandis que Beau prenait place à côté d'elle, Stephen ouvrit de grands yeux.

— Ah, oui. Je le connais.

— Nous nous sommes vus au cimetière, marmonna Beau en croisant les bras.

Stephen reporta son attention sur Nora, l'air décontenancé.

Elle sourit et posa le dossier le concernant sur la table. New York était une grande ville, mais elle pouvait paraître petite quand on avait un bon réseau. Adeline avait travaillé pour l'un des plus gros blogs de New York et avait encore des amis dans le métier. Tout ce que Nora avait eu à faire, c'était passer quelques coups de fil, récolter quelques commérages, et ensuite confirmer ses pistes. Elle tourna le dossier vers Stephen et lui montra le travail de son stagiaire, ainsi que les mails que Stephen et lui avaient échangés.

Dès que le journaliste découvrit les documents, il écarquilla les yeux.

— Quoi... Comment... ?

— Je ne suis pas là pour vous dire à quel point il est honteux d'avoir volé le travail de votre brillant stagiaire afin de faire avancer votre carrière, asséna Nora. Je ne tiens pas non plus à utiliser ces informations contre vous. Ce que Beau et moi voulons, c'est que vous quittiez la ville. Racontez à votre rédactrice en chef une histoire bidon afin qu'elle laisse Beau tranquille.

Il s'apprêta à répondre, mais elle ne lui en laissa pas le temps.

— Aujourd'hui, précisa-t-elle.

Stephen cligna des yeux, de plus en plus pâle.

— Si un article sur Beau paraît et qu'il porte votre nom, ajouta-t-elle, je rendrai votre méfait public. Compris ?

Pourquoi le stagiaire n'avait pas rapporté à son rédacteur en chef ce que Stephen avait fait, Nora l'ignorait, mais elle était heureuse qu'il lui ait fourni les preuves nécessaires. Nora avait expliqué qu'elle aidait une amie, et cela avait suffi à le convaincre.

Stephen hocha lentement la tête.

— Oui, c'est compris.

— Bien, conclut Nora. Maintenant, vous pouvez partir.

Stephen se leva en chancelant et ramassa ses affaires. Quelques secondes plus tard, il sortit du *coffee shop*.

— Eh bien, je n'avais jamais vu quelqu'un détaler aussi vite, railla Beau.

Nora hocha la tête.

— Un de moins.

Beau se leva et lui tendit la main. Lorsque Nora posa les doigts sur les siens, une douce chaleur l'envahit.

— Allons à la recherche des autres, dit-il.

Pendant les deux heures suivantes, ils arpentèrent les rues, entrèrent dans les boutiques, l'hôtel de la ville, la bibliothèque, et dans tous les endroits où un journaliste était susceptible de se rendre. Hélas, les deux autres journalistes étaient introuvables.

— Ils sont peut-être déjà partis, dit Nora.

Bien qu'elle porte des baskets, la plante de ses pieds la faisait souffrir.

— Possible.

Beau se passa la main dans les cheveux avant de remettre son chapeau en place.

— J'étais au chalet pendant plusieurs jours. Ils ont peut-être compris qu'il n'y avait plus rien à tirer de mon histoire.

— Espérons-le.

Elle respira profondément, humant de délicieuses odeurs de barbecue texan.

— Viens, allons déjeuner, suggéra-t-il, comme s'il avait lu dans son esprit.

Nora secoua la tête avec vigueur.

— Euh, non, merci.

— Ça fait des heures que nous marchons. Tu dois avoir faim.

— J'ai faim. Mais je ne fais plus *ça*.

Il la dévisagea, l'air décontenancé.

— C'est-à-dire ?

— Les rendez-vous galants. J'ai abandonné.

Il se mit à rire.

— Tu as abandonné les rendez-vous galants ?

— Oui. C'est fini, terminé.

Il leva les yeux au ciel puis reporta son attention sur elle.

— Et le *food truck* ? Manger un sandwich à l'effiloché de porc, ce n'est pas un rendez-vous galant. Nous serions dehors, assis sur un banc. Ce serait un simple repas.

Bien que son estomac crie famine, elle rétorqua :

— Tu cherches à t'engouffrer dans la brèche, n'est-ce pas ?

Pour toute réponse, il se fendit d'un sourire malicieux.

Le Texan's Smokehouse était un *food truck* très prisé, comme le prouvait la longue file de clients. Beau et Nora durent attendre une demi-heure pour obtenir leurs sandwichs à l'effiloché de porc accompagnés d'une salade de chou, de gruau au fromage et d'un verre de bière fraîche. Au lieu de conduire Nora à une table, ce qui l'aurait mise mal à l'aise, Beau la conduisit vers l'un des bancs du petit parc en bordure de rue.

— Qui est Sally Anne Walker ? demanda Nora en s'asseyant.

Beau s'installa à côté d'elle.

— Comment connais-tu ce nom ? demanda-t-il.

Elle montra la plaque de métal sur le dossier du banc, sur laquelle était gravé un bel hommage à Sally Anne Walker.

— Ah, je vois, fit-il.

Posant sa bière sur le sol, il expliqua :

— Sally était la bibliothécaire de Devil's Bluffs. C'est son fils qui tient le *food truck*. Elle venait déjeuner ici chaque jour pour le soutenir. Après son décès, il a fait graver cette plaque.

— C'est vraiment touchant. Je parie qu'il y a des hommages comme celui-ci partout dans la ville, n'est-ce pas ?

Il hocha la tête.

— Ce sont ses habitants qui font de Devil's Bluffs ce qu'elle est. Ils y laissent leur empreinte.

— Il y a aussi ce genre de choses à New York, mais à plus grande échelle. Des fondations. Des œuvres de bienfaisance.

Beau prit une cuillérée de gruau.

— Nous avons aussi des œuvres de bienfaisance, fit-il valoir. Certaines familles fortunées sont très généreuses.

Comme la famille de Beau, qui faisait autant de dons que possible chaque année, notamment à la recherche contre la maladie de Parkinson, en souvenir du père de Beau.

Nora lui sourit puis attaqua son sandwich. Elle le dégusta en gémissant de plaisir, accompagnant ses bouchées de quelques gorgées de bière. Beau mangea son propre sandwich, tout en tâchant de se rappeler que ce déjeuner n'était pas un rendez-vous galant.

Enfin, elle brisa le silence :

— C'est la chose la plus délicieuse que j'aie jamais mangée.

— Il n'y a rien de ce genre à New York ?

— Il y a quelques restaurants de grillades, mais aucun qui soit aussi bon. Du moins, parmi ceux que je connais.

— Tu sors beaucoup quand tu es à New York ?

— Quand Adeline vivait là-bas, nous sortions tout le temps. Peut-être un peu trop, pour être honnête. Je dépensais sans doute plus d'argent pour les restaurants que pour mon loyer.

— Il n'y a rien de mal à manger dehors. J'aimerais qu'il y ait plus de choix en matière de restaurants ici. Au moins, ceux que nous avons sont géniaux.

Il prit une autre cuillérée de gruau.

— À quoi ressemble ton appartement ?

Il l'imaginait dans un endroit chaleureux, plein de plantes vertes.

— J'ai un minuscule appartement à Soho, mais la vue sur la ville est imprenable.

Un coureur suivi de son chien passa devant eux.

— Tu es déjà allé dans des grandes villes ? demanda-t-elle.

— Quelques-unes, mais ce n'est pas ma tasse de thé. Trop de bruit, trop de monde.

Elle regarda autour d'elle.

— Maintenant que j'ai passé quelques jours ici, je comprends que les grandes villes te déplaisent. En ce qui me concerne, j'adore le monde. Le bruit. L'énergie.

Nora était une femme extravertie, et pleine de vie. Il ne la connaissait pas depuis longtemps, mais il était certain qu'avec elle, on ne s'ennuyait jamais. Cela lui donnait envie d'en savoir plus sur son passé.

— Je peux te poser une question personnelle ?

— Bien sûr.

Il posa son sandwich sur le banc.

— Tu ne sembles pas être du genre à redouter les relations sérieuses. Que t'est-il arrivé ?

— Oh ! je n'ai pas peur des relations. J'ai simplement compris que c'était un mirage.

Il l'observa un instant, désarçonné.

— Tu veux bien m'expliquer ça ?

Nora mordit dans son sandwich, répandant un peu de sauce sur le pain. Lorsqu'elle eut fini de mâcher sa bouchée, elle prit la parole :

— Je ne sais pas comment était ton enfance, mais pour ma part, j'ai regardé des tas de films romantiques, en pensant qu'ils dépeignaient l'amour vrai. Enfant, je croyais dur comme fer aux contes de fées.

Il lut entre les lignes.

— Quand as-tu cessé d'y croire ?

Elle prit une profonde inspiration.

— Le jour où mes parents m'ont annoncé qu'ils divorçaient.

— Tu ne t'y attendais pas ?

— Absolument pas, dit-elle, s'essuyant les lèvres avec sa serviette. Ce n'est que bien plus tard que j'ai compris qu'ils m'avaient caché leur mal-être, croyant me protéger.

— Ils ne se sont jamais disputés devant toi ?

— Non. Ils ne se querellaient pas. Ils ne criaient pas. Il n'y a jamais eu aucun accrochage.

Elle sirota sa bière, comme si elle avait besoin de temps pour trouver les mots.

— Avec le recul, je vois toutes les choses qui m'ont échappé quand j'étais enfant. Ils ne se regardaient jamais. Ils dormaient dans des chambres séparées. Ils menaient des vies parallèles, sauf en ce qui me concernait.

— Difficile de voir tout cela quand on est enfant.

— Oui. J'étais aveugle.

— D'accord, ceci explique cela. Mais tu ne m'as pas parlé de tes piètres petits amis.

Elle lui lança un regard de côté.

— Comment sais-tu que j'ai eu de piètres petits amis ?

— J'ai entendu Adeline et Colter parler de ton dernier amoureux. Apparemment, un vrai crétin.

Elle rit.

— Oh ! oui ! Scott, était le pire de tous.

— Que s'est-il passé ?

Elle picora dans son sandwich.

— Je pensais que nous allions nous marier. J'avais l'impression que notre relation était formidable, mais un jour, en rentrant du travail, j'ai découvert qu'il était parti. J'ai passé des heures à essayer de le retrouver, à appeler tous ses amis. Mais c'était comme s'il avait disparu de la surface de la Terre.

— Tu as fini par le retrouver ?

— Non. Ce sont les policiers qui l'ont retrouvé.

Pour détendre l'atmosphère, Beau lança :

— Tu l'as tué ?

Elle gloussa.

— Je l'aurais peut-être fait si je l'avais eu en face de moi. Pour être franche, j'avais appelé la police car je pensais qu'il lui était arrivé quelque chose.

Elle secoua la tête.

— Je me souviens avoir pensé qu'il était peut-être bipolaire, ou dépressif.

— Ce n'était pas le cas ?

— Non. Il avait juste décidé qu'il détestait sa vie avec moi, et qu'il en voulait une autre. Quatre semaines plus tard, il fréquentait une autre femme. C'était il y a six mois.

— Aïe, fit Beau, appuyant la cuisse contre la sienne dans un geste de réconfort. Je commence à comprendre pourquoi tu te méfies des relations sérieuses.

Elle se fendit d'un rire sans joie.

— Pour être honnête, je voulais prouver à mes parents qu'ils avaient tort. Je voulais leur montrer qu'ils avaient simplement gâché leur amour, et que tout était leur faute.

— Et ensuite, tu as rencontré le crétin ?

— Je crois que je suis un aimant à crétins ! Ils gravitent autour de moi, je t'assure.

Elle picora un morceau de porc. Manifestement, aborder ce sujet douloureux lui avait fait perdre l'appétit.

— Il ne m'a pas fallu longtemps pour me rendre compte que tout ce que j'avais cru était fondé sur un mensonge, continua-t-elle.

Il suffit de voir le taux de divorces dans notre pays. Les mariages ne durent pas. L'amour est une immense escroquerie.

— L'amour sous toutes ses formes ?

— Non, je n'irais pas jusque-là. Mon amour pour Adeline est plus fort que tout. Mais c'est à peu près le seul.

Il avala une bonne gorgée de bière tout en réfléchissant.

— Tu crois que le mariage d'Adeline et de mon frère est voué à l'échec ?

— Non, bien sûr ! s'exclama-t-elle, plaquant la main sur son cœur. Adeline est très douée pour aimer, et Colter semble fou d'elle. Si un mariage peut réussir, c'est bien le leur.

Il regarda autour de lui, observant la foule de clients devant le *food truck* et les couples qui marchaient main dans la main. Puis il regarda Nora. Il avait grandi dans un foyer plein d'amour. Ses parents avaient formé le couple le plus amoureux qu'il connaisse. Pour eux, la famille était tout. Beau ne pouvait imaginer un monde où il en était autrement. Il eut le cœur serré en songeant que Nora n'avait pas été aussi chanceuse que lui.

— Ne fais pas ça, dit-elle, l'arrachant à ses pensées.

Il se rendit compte qu'elle le fixait du regard.

— Je te demande pardon ?

— Ne me prends pas en pitié. La vie est pleine de leçons, et la plupart sont difficiles.

Il en connaissait un rayon sur les leçons difficiles. Il en savait même trop. Pourtant, une étrange envie de protéger Nora des difficultés de la vie monta en lui.

— Je n'ai pas pitié de toi, crois-moi. Je sais ce que c'est que d'être pris en pitié. Je ne ferais jamais ça.

— Alors pourquoi me regardes-tu ainsi ?

— Je m'étonne simplement qu'une femme aussi fantastique que toi ait eu la malchance de croiser tant de vauriens.

Il scruta son regard. Nora lui offrit un petit sourire avant de détourner les yeux.

Beau eut alors une prise de conscience. Si Nora ne croyait pas ce qu'il venait de dire, c'était parce que dans son monde, les hommes mentaient. Et il trouvait cela désolant.

7

Dans la boutique de mariage, Nora se tourna d'un côté puis de l'autre pour regarder son reflet dans le grand miroir, et se piqua avec une épingle que la couturière avait utilisée pour marquer la taille. Faisant preuve d'un peu plus de prudence, elle passa les mains sur la douce étoffe. La robe vert eucalyptus avait une jolie découpe dans le dos, un col plongeant et une fente très sexy.

— Tu n'aurais pas pu choisir une plus belle tenue, dit-elle à Adeline.

— Je savais que tu l'adorerais.

La couturière revint dans l'arrière-salle.

— Nous avons fini, mesdames, annonça-t-elle. Nora, il faudra que vous portiez les mêmes escarpins le jour du mariage. La robe est adaptée à cette hauteur de talons.

— Entendu, répondit Nora, jetant un dernier coup d'œil à son reflet. Est-ce que je dois vraiment quitter cette robe ?

— Oui, répondit Adeline.

Son amie se leva et l'entraîna vers les cabines d'essayage.

— J'ai dit à Bev que nous serions au ranch vers 16 heures, expliqua-t-elle. Nous allons être en retard si nous traînons encore.

L'argument suffit à motiver Nora. Ce soir, elle devait revoir le plan du dîner de répétition, et s'assurer que tous ceux qui devaient être présents avaient bien reçu leur invitation. Après cela, elle pourrait s'occuper de l'enterrement de vie de jeune fille. Elle avait quelques idées, mais elle avait besoin des conseils du témoin du marié.

Quelques instants plus tard, Nora avait remis sa robe d'été fluide. Elle grimpa dans la jeep d'Adeline et toutes deux se mirent en route pour se rendre chez la mère de Beau.

Vingt minutes plus tard, Nora constata que le ranch était exactement comme elle se l'était imaginé. Une maison ancienne, une écurie au toit de métal rouge, et un peu plus loin, un autre bâtiment. Nora n'avait jamais vu autant de cow-boys au même endroit. Certains étaient à cheval, d'autres poussaient des brouettes ou portaient des seaux. D'autres encore réparaient les dégâts que la tempête avait causés.

Tout lui parut parfait, jusqu'à ce que...

— Cette odeur, marmonna-t-elle, plaquant la main contre son nez.

— Bienvenue dans un ranch d'élevage, plaisanta Adeline. Rassure-toi, tu vas t'y habituer.

Nora en doutait. Toutefois, l'odeur devint secondaire lorsqu'elle observa les dommages avec plus d'attention.

— S'il te plaît, dis-moi que ce n'est pas ici que tu vas te marier !

Adeline grimaça.

— Je sais, c'est un vrai chantier.

Nora observa les arbres tombés. La véranda à moitié détruite. Les clôtures en morceaux. Les débris éparpillés. C'était le chaos. Nora crut qu'elle allait faire une attaque, mais en voyant l'air inquiet de la future mariée, elle se força à sourire.

— Ne t'en fais surtout pas, Adeline. Nous avons le temps de nettoyer tout ça.

Elle lui prit la main et la serra.

— Votre mariage va être parfait, affirma-t-elle. J'y travaille. Fais-moi simplement confiance, d'accord ?

Adeline se détendit un peu et esquissa un sourire.

— Tu sais que je te fais confiance. Mais il y a tellement de travail...

Elle lâcha la main de Nora pour ouvrir sa portière et sortir de la voiture.

Nora la suivit.

— Je t'assure, nous allons y arriver, affirma-t-elle.

Cette fois, le sourire d'Adeline fut un peu plus franc.

Des pneus crissèrent sur le gravier. Nora se retourna et vit Beau au volant de son pick-up. Colter était assis à côté de lui, et derrière eux se trouvait un petit garçon.

En d'autres circonstances, Nora aurait filé à l'anglaise. Rencontrer la mère et le fils d'un homme avec lequel elle couchait était le signe que la relation était sérieuse. Elle s'avisa rapidement qu'entre Beau et elle, il n'y avait rien de sérieux. *Calme-toi, Nora. Ce n'est qu'une brève aventure !*

Sa nervosité disparut dès que l'enfant sortit du pick-up. Portrait craché de son père, il courut se jeter dans les bras d'Adeline. Son chapeau était un peu grand pour lui, mais Austin était si adorable que Nora sentit sa gorge se nouer d'émotion.

Adeline étreignit le petit garçon.

— Bonjour, mon bonhomme. Comment était l'école aujourd'hui ?

— Je me suis ennuyé, marmonna Austin.

— Oh ! je suis sûre que ce n'était pas si terrible !

— Si, ça l'était.

Austin posa son regard bleu sur Nora et lui tendit la main, tel un parfait gentleman.

— Austin Ward, madame.

— Nora Keller, monsieur.

Elle sourit et serra sa petite main.

— Ah, voici donc Nora, dit une douce voix derrière elle.

En se retournant, Nora découvrit que cette voix chaleureuse appartenait à une femme tout aussi chaleureuse, aux belles boucles argentées et au tendre regard bleu.

— Et vous devez être Beverly.

La mère de Beau.

— Oui, ma chère.

Nora tendit la main à Beverly.

— Ici, nous donnons des accolades, trésor, dit Beverly en ouvrant les bras. J'espère que cela vous va.

— J'adore les accolades, alors la réponse est oui.

Elle avança vers Beverly et reçut l'accolade la plus chaleureuse de sa vie. Comme si Beverly l'avait deviné, elle la serra un peu plus fort avant de la relâcher.

— Je vous ai laissé du thé glacé sur la table, dit-elle.

Se penchant vers Nora, elle chuchota :

— En fait, c'est un thé glacé Long Island.

— Ah, mon cocktail préféré, se réjouit Nora en souriant.

— Le mien aussi, confia Beverly avec un petit clin d'œil avant de s'adresser à son petit-fils : Austin, viens m'aider à mettre la table.

— D'accord, grand-mère.

Sur quoi, il courut vers la maison.

— L'un des journalistes était à l'école, déclara Beau.

Nora reporta son attention sur lui, constatant qu'il était plus séduisant que jamais. Il l'observa, un pied sur une marche du perron et le bras sur la rampe de l'escalier. *Comment un homme peut-il être aussi séduisant sans aucun effort ?* Elle commençait à penser que Beau avait un parfum aphrodisiaque secret. Ignorant la chaleur qui se propageait dans son corps, elle demanda :

— Alors, ils n'ont pas tous quitté la ville ?

— Non, répondit Beau, l'air contrarié. Je lui ai proposé un rendez-vous demain matin. Je me suis dit que nous pourrions prendre un petit déjeuner en ville avec lui avant de le chasser de Devil's Bluffs.

— C'est malin, approuva Nora.

Après cela, elle lui raconta son après-midi. Puis Colter et Beau parlèrent des dégâts au ranch et de tout le travail qui restait à faire.

Lorsque Austin revint, Beau brandit un paquet.

— C'est le moment, dit-il à son fils.

— Quel moment ? demanda Austin.

— Le moment d'apprendre à changer des bougies.

— Non, papa, marmonna Austin.

— Si, mon fils.

Beau se dirigea vers le pick-up. Austin le suivit en traînant les pieds. Mais après être monté sur le pare-chocs et avoir regardé sous le capot, l'enfant sembla plus intéressé.

— Je vais voir où en est le dîner, déclara Colter.

Tandis qu'il s'éloignait, Nora s'appuya contre le garde-fou de la véranda. Elle regarda les vaches qui paissaient au loin, près du lac. Puis elle s'attarda sur Beau et sur Austin. Le père et le fils se ressemblaient beaucoup. Tous deux étaient très concentrés sur leur tâche.

— C'est un bon papa, n'est-ce pas ?

— Oui, approuva Adeline. Il est exceptionnel.

Adeline prit les cocktails sur la table et en donna un à Nora.

— Après ce qu'ils ont traversé, il a d'autant plus de mérite, ajouta-t-elle. À sa place, beaucoup se seraient effondrés et n'auraient pas pu remplir leur rôle. Après le décès d'Annie, Beau a abandonné son rêve de devenir champion de reining pour élever Austin, et il ne semble avoir aucun regret.

Nora sentit son cœur se serrer.

— Cette famille a connu de terribles épreuves, et pourtant ce sont les gens les plus chaleureux que j'aie jamais rencontrés, commenta-t-elle.

Elle lança un regard à Adeline.

— En dehors de toi, bien sûr, précisa-t-elle.

— Merci, dit Adeline en souriant. Et tu as raison. Ce sont des gens bien. Ça explique pourquoi j'ai décidé de rester ici, n'est-ce pas ?

— Oui, je comprends tout à fait.

— Le dîner est prêt, annonça Beverly, faisant sonner une cloche accrochée devant la porte.

— Toi qui es une grande gourmande, tu vas te régaler, dit Adeline à Nora. La cuisine de Bev est absolument succulente.

— Il me tarde d'y goûter.

Avant d'entrer dans la maison, elle jeta un regard autour d'elle. Elle commençait à comprendre pourquoi Adeline était retombée sous le charme de Devil's Bluffs, et de ces gens.

Nora tombait secrètement amoureuse, elle aussi. Et cela ne faisait pas partie du plan. Chaque fois qu'elle avait éprouvé de l'intérêt pour un homme, elle avait fini par avoir le cœur brisé.

Quoi qu'il arrive, elle ne devait pas s'attacher à Beau. Il fallait qu'elle se ressaisisse, et vite.

Assis sur la balancelle, sous la pergola ornée de vignes grimpantes, Beau admirait le spectacle. Austin et Nora jouaient au base-ball entre deux grands arbres, avec en arrière-plan les chevaux du ranch qui broutaient dans la prairie.

— Tu as l'air sidéré, nota Colter, s'asseyant à côté de lui et lui donnant une bière fraîche.

— Merci, dit Beau.

Il avala une longue gorgée de bière, savourant son goût frais et houblonné.

— Nora me désarçonne, avoua-t-il.

Cela faisait une demi-heure qu'elle jouait avec Austin, sous les encouragements d'Adeline et de Beverly. Elle attrapait chaque balle et les renvoyait toutes.

— On dirait qu'elle sait y faire avec les enfants, souligna Colter, s'appuyant contre les coussins de la balancelle. Mais ce n'est pas si étonnant. Pourquoi dis-tu qu'elle te désarçonne ?

Beau réfléchit tout en observant le coucher de soleil et le ciel strié de bandes roses et mauves.

— Elle affirme qu'elle ne s'imagine pas vivre ailleurs que dans une grande ville, qu'elle trouve la vie à la campagne ennuyeuse. Et pourtant elle s'intègre parfaitement ici, comme si elle avait grandi à Devil's Bluffs. C'est déroutant.

Et *intéressant*, indéniablement.

Colter sourit.

— Déjà épris, petit frère ?

Au lieu de répondre, Beau ricana et but sa bière.

Nora était une femme unique en son genre. Elle avait du cœur, de l'humour, et elle était d'une grande gentillesse. Alors, oui, il s'était entiché d'elle. C'était bien là le problème. Il devait rester sur ses gardes. Ne rien ressentir pour elle hormis du désir. Et pourtant, il n'arrivait pas à la quitter des yeux.

— Épris ou non, finit-il par répondre, cela ne change rien au fait que Nora n'est ici que temporairement.

— Une bonne excuse pour garder tes distances.

— Je ne crois pas t'avoir demandé ton opinion, ironisa-t-il.

— Ce qui ne m'empêche pas de te la donner, rétorqua Colter en souriant.

Beau ne l'avouerait jamais à Colter, mais il appréciait sa franchise, tout comme il avait apprécié l'honnêteté de Nora ces derniers jours. Même si elle n'était pas toujours cohérente.

Adeline et Beverly revinrent s'asseoir sous la pergola. Beau se leva et siffla pour attirer l'attention d'Austin.

— Allez, bonhomme, il est l'heure de rentrer ! lança-t-il.

Austin et Nora échangèrent quelques mots puis rejoignirent tout le monde.

— Tu joues souvent au base-ball ? demanda Colter à Nora.

Essoufflée, elle posa le gant de base-ball et la balle sur la table.

— Je joue dans une équipe amateur à New York.

— Nous devrions faire un match avant le mariage, suggéra-t-il.

— Volontiers, répondit Nora. Mais prépare-toi à subir la défaite de ta vie.

— Je mise sur elle, intervint Beau.

— Nous verrons bien, conclut Colter en souriant.

Puis il alla s'asseoir à côté de sa mère et d'Adeline.

Beau embrassa Beverly sur la joue.

— Merci pour le dîner, maman.

— C'était un plaisir, mon chéri.

Beau s'apprêtait à dire au revoir à Adeline quand Austin demanda à Nora :

— Tu peux venir me lire un livre ce soir ?

Il y avait quelque temps, Austin avait déclaré être trop grand pour qu'on lui fasse la lecture. Mais au bout de quelques jours, il avait changé d'avis.

Beau voulut répondre à Austin que ce n'était pas une bonne idée. Puis il se souvint que pour Nora, leur liaison n'était qu'une brève aventure. Elle ne s'attacherait pas à Austin, car elle ne se le permettrait pas.

Et lorsqu'il vit le regard de Nora s'adoucir, il comprit qu'Austin verrait toujours Nora comme la meilleure amie d'Adeline. Une amie de la famille.

Et il prit sa décision.

— Austin adore que les membres de la famille lui fassent la lecture, dit-il. Et cela inclut la meilleure amie de sa tante.

Nora sourit.

— Austin, j'adorerais te lire un livre, mais seulement si c'est *Harry Potter.*

Austin plissa le nez.

— Qu'est-ce que c'est, Harry Potter ?

Nora haleta, portant la main à son cœur.

— Qu'est-ce que c'est, Harry Potter ? s'exclama-t-elle. Beau, comment as-tu pu ne pas faire connaître *Harry Potter* à ton fils ?

Beau fronça les sourcils.

— *Harry Potter* ? Qu'est-ce que c'est ?

Nora haleta à nouveau.

— Juste les meilleurs livres et films pour enfants qui existent, intervint Adeline en riant.

— Des livres pour enfants ? s'écria Nora en secouant la tête. Si je ne vous connaissais pas, je dirais que vous essayez de m'achever, tous !

Elle posa la main sur l'épaule d'Austin.

— Heureusement, j'ai un exemplaire dans mon téléphone. Je t'achèterai les livres papier demain.

— Qu'est-ce que c'est, Harry Potter ? demanda-t-il à nouveau.

— C'est un monde magique peuplé de sorciers, de sorcières et de créatures mystiques.

— Super ! s'enthousiasma Austin.

— Exactement, approuva Nora.

Tandis qu'Austin et elle marchaient vers le pick-up, Colter lança à Nora :

— Appelle-moi si tu veux que je passe te chercher plus tard !

Elle répondit d'un signe de la main.

Beau dit au revoir à sa famille puis se dirigea vers son véhicule. Nora et Austin étaient déjà à l'intérieur. Pendant tout le trajet, ils discutèrent de magie.

Dès que Beau se gara devant la maison, Austin descendit du véhicule et se mit à courir, comme à son habitude.

— Va te brosser les dents, bonhomme, dit Beau. J'arrive dans une minute pour faire couler ton bain.

Puis il se tourna vers Nora. Elle observait la propriété avec intérêt.

— Si l'on fait abstraction des dégâts, ta maison est ma préférée, déclara-t-elle.

— Merci. Je l'aime beaucoup, moi aussi.

Ils descendirent du pick-up et se retrouvèrent devant le capot.

— Depuis combien de temps vis-tu ici ? demanda-t-elle.

Beau glissa les mains dans ses poches.

— Mon père avait toujours dit que quand Colter et moi aurions assez d'argent pour faire bâtir une maison, il nous donnerait un terrain. J'aime cet endroit. Les prairies, la crique qui court derrière la maison. J'ai mis du temps à économiser la somme nécessaire pour obtenir un prêt. Et quand j'y suis enfin arrivé, j'ai demandé Annie en mariage.

— Oh. Tu lui as fait ta demande ici ?

— Oui.

Elle lui offrit un sourire plein de douceur.

— C'est une belle manière de demander quelqu'un en mariage. Tu lui offrais une vie à deux mais aussi un vrai foyer.

— Exactement.

— Et maintenant, tu offres ce foyer à Austin.

— Oui.

Il contempla les terres qui entouraient la maison. Certes, il avait renoncé à son rêve de devenir champion de reining après le décès d'Annie, mais il n'éprouvait aucun regret. Son fils, son travail et son ranch le rendaient très fier.

— Viens, entrons, dit-il. Austin doit prendre son bain, et je dois préparer son déjeuner pour demain.

— Je peux préparer son repas, si tu veux.

— Tu en es sûre ?

Elle hocha la tête.

— Je suis experte en préparation de déjeuners.

Décidément, Nora ne cessait de le surprendre. Dans la cuisine, il lui montra rapidement où se trouvaient les provisions et l'informa qu'Austin avait une préférence pour les sandwichs au jambon, et qu'il aimait avoir un fruit et un en-cas. Pendant qu'elle s'affairait, Beau fit couler le bain d'Austin.

Lorsque l'enfant fut en pyjama et allongé dans son lit, Beau le laissa avec Nora pour aller voir des chevaux dans l'écurie. L'un avait un abcès au sabot, l'autre présentait un boitement dont Beau n'avait pas encore trouvé l'origine. Les autres chevaux dormaient dans la nature, en liberté. Ceux qui étaient en période de dressage étaient dans les pâturages proches de l'écurie.

Quinze minutes plus tard, Beau était devant la chambre d'Austin.

— Chapitre deux, lisait Nora.

Beau sourit. À pas feutrés, il entra dans la pièce et posa la main sur l'épaule de Nora.

— Il dort, chuchota-t-il.

Elle leva les yeux de son téléphone.

— Oh ! murmura-t-elle.

Elle se leva doucement et suivit Beau dans le couloir. Lorsqu'ils furent dans le salon, elle émit un petit rire.

— Désolée, j'étais tellement absorbée par le roman que je n'avais pas remarqué qu'Austin s'était endormi.

— Ne sois pas désolée. Il s'endort vite, depuis toujours.

— Ah, tant mieux. J'espère ne pas l'avoir ennuyé.

Remarquant son air légèrement inquiet, il la prit dans ses bras, chose qu'il avait rêvé de faire toute la journée, et respira son parfum sucré. Quand elle pressa ses douces courbes contre lui, un afflux de désir envahit son aine.

— Tu n'es jamais ennuyeuse.

Il l'attira tout contre lui et se réjouit de voir son regard briller.

— J'ai une surprise pour toi, dit-il.

— Une surprise ?

— Oui, murmura-t-il avant d'effleurer ses lèvres des siennes. Tu veux la voir ?

Elle sourit contre sa bouche.

— J'en meurs d'envie.

8

Nora était au comble de la curiosité quand Beau l'emmena dans l'écurie et monta l'escalier menant au grenier à foin. Des poutres de bois barraient le plafond et des bottes de fourrage étaient empilées dans l'espace rectangulaire. Au centre, un petit espace avait été dégagé. L'odeur de foin et de poussière était forte, mais Nora sentit son souffle se bloquer pour une tout autre raison que la qualité de l'air.

Dans cet espace, du foin avait été étalé pour créer un lit, sur lequel étaient posés une couverture et des coussins. Des guirlandes lumineuses étaient suspendues aux poutres.

— C'est toujours comme ça, ici ? demanda-t-elle.

Beau glissa les mains dans ses poches et sourit.

— Non, bien sûr. J'ai préparé tout ça pendant que tu faisais la lecture à Austin.

Elle observa le lit de fortune, notant le soin avec lequel les coussins avaient été disposés, admirant la lumière douce projetée par les guirlandes électriques. Son cœur fit un petit bond. Elle s'était attendue à des ébats rapides dans l'écurie ou à l'extérieur. Mais pas à *cela*.

Aucun de ses amants n'avait jamais fait quoi que ce soit de ce genre pour elle. Aucun n'avait passé du temps à préparer une surprise pour l'impressionner. Une vague de chaleur l'envahit qui, étrangement, la mit mal à l'aise.

Beau avait sans doute perçu son hésitation car il demanda avec douceur :

— Personne n'a jamais fait quelque chose comme ça pour toi ?

— Non. Jamais.

Et d'ailleurs, pourquoi cela ne l'avait-il jamais dérangée jusqu'à maintenant ? Elle prit soudain conscience qu'elle aurait dû attendre des efforts de la part des hommes avec lesquels elle avait couché. Ayant grandi avec des parents qui se détestaient et n'ayant eu que des petits amis minables, elle n'avait jamais pensé que ce type d'attentions était possible.

— C'est dommage, dit-il, avançant vers elle.

Elle leva la main pour l'arrêter.

— Ce n'est pas un rendez-vous amoureux, rappela-t-elle. Tu le sais, n'est-ce pas ?

— Oui, je suis au courant. Mais, crois-moi, tu apprécieras les draps. Contrairement à ce qu'on dit, faire l'amour sur du foin, ce n'est pas du tout confortable.

Lorsqu'il fit un autre pas vers elle, elle sentit le désir pulser entre eux. Son cœur s'emballa et une vague d'excitation la submergea.

— Il n'y a pas de romantisme dans les brèves aventures, souligna-t-elle.

— Il devrait y en avoir. Tu le mérites, Nora.

Elle déglutit. Beau était aux commandes, et il l'emmenait vers un terrain sur lequel ils s'étaient promis de ne pas s'aventurer.

— Et Austin ? objecta-t-elle.

— Il sait qu'il peut venir à l'écurie en cas de besoin. C'est là que je suis toujours si je ne suis pas dans la maison.

— D'accord. Mais s'il montait jusqu'ici ?

— Il m'appellerait dès qu'il arriverait. Nous aurions le temps de nous rhabiller.

Il l'observa, le sourcil arqué et la tête inclinée.

— D'autres inquiétudes ?

Elle déglutit, s'avisant qu'elle était à cours d'excuses.

— Non, pas d'autres inquiétudes.

— Bien.

Sur quoi, il posa les lèvres sur les siennes.

Plein d'assurance, comme à son habitude, mais avec un surplus d'émotion, il fit glisser sa langue sur la sienne, dans une danse sensuelle et torride. Elle s'abandonna volontiers, prête à se donner tout entière. Mais elle prit conscience qu'elle devait lui donner davantage, pour lui rappeler qu'entre eux, il s'agissait uniquement de sexe.

Sans attendre, elle interrompit leur baiser et l'entraîna sur la couverture. Saisissant son T-shirt, elle le remonta, dévoilant ses abdominaux sculptés. Une seconde plus tard, il passa le vêtement par-dessus sa tête pendant qu'elle déboutonnait son pantalon et le faisait glisser avec son caleçon jusqu'à ses genoux.

Comme s'il savait exactement ce qu'elle comptait faire, il caressa sa joue puis l'embrassa avidement. Et lorsqu'il recula pour la regarder, le désir dans ses yeux la fit frissonner.

Elle s'agenouilla devant lui. Beau gémit quand elle enroula la main autour de son sexe dressé et se mit à le caresser.

Rejetant la tête en arrière, il trembla et gronda de plaisir.

— Bon sang, Nora !

Portée par un sentiment de puissance et de contrôle, elle commença à le lécher de bas en haut, le sentant pulser sous sa langue. Puis elle l'accueillit dans sa bouche, de plus en plus profondément. Dans un râle d'excitation, il plongea la main dans ses cheveux. Elle soutint son regard brûlant, mêlant les caresses de sa main à celles de sa bouche pour accroître son plaisir.

À chaque va-et-vient, les gémissements de Beau se firent plus sonores, ses mouvements plus brusques.

Elle alla plus vite, plus fort, enivrée par les sensations qui la traversaient.

Jusqu'à ce que le cri rauque de Beau l'arrache à sa transe et qu'elle remarque qu'il tremblait.

Elle s'assit sur ses talons tandis qu'il se dégageait.

— Je n'ai pas envie que ça se termine ainsi, dit-il, le souffle court. La dernière fois, quand c'est arrivé, mon ego en a pris un coup.

— Je ne voudrais pas faire de mal à ton ego, le taquina-t-elle.

— Merci. Je préfère qu'il reste intact, comme ma fierté.

Se penchant vers elle, il l'embrassa. Résolument. Intimement. C'était un baiser destiné à l'exciter, à lui promettre encore plus de plaisir.

Après cela, elle retira rapidement ses vêtements pendant que Beau déposait un préservatif sur le lit de foin. Il s'allongea et lui fit signe de le rejoindre.

— Approche, chérie.

La raucité de sa voix et la lueur malicieuse dans son regard firent naître une onde de chaleur en elle.

Elle s'agenouilla à côté de lui. Il la saisit par les bras et l'attira vers lui jusqu'à ce qu'elle soit au-dessus de sa tête. Elle avait déjà fait des choses osées. Elle n'était pas une sainte. Mais rien ne lui avait jamais paru aussi érotique que de voir Beau lui sourire entre ses cuisses. Elle frissonna quand il posa les mains sur ses fesses et l'amena plus près de ses lèvres. Dès que sa langue fut sur sa chair moite et tendre, elle fut submergée par un torrent sensuel. Et quand il émit un grondement purement masculin, elle se sentit fondre davantage.

S'appuyant contre les bottes de foin, elle se noya dans le plaisir que lui procurait sa bouche. Les vagues de félicité se succédèrent tandis qu'il maintenait fermement ses cuisses, léchant et mordillant le cœur de sa féminité avec une grande adresse. Jusqu'à ce qu'elle se presse audacieusement contre lui, pantelante.

Et pourtant, ce n'était pas suffisant. Il lui en fallait plus.

Alors, elle saisit son sein et taquina son téton sensible, gémissant sans retenue. Les frissons qui la secouaient chassèrent ses inhibitions, son désir devenant sa seule propriété.

Un désir qui devint brûlant et impérieux quand elle posa son autre main sur la nuque de Beau pour le maintenir contre elle. Elle se mit à onduler les hanches, afin de prendre le contrôle sur le plaisir qu'il lui offrait.

Encore...

Encore...

Encore...

— Oui ! Je vais...

Une déferlante la balaya, et les mots qu'elle allait dire furent remplacés par un cri de satisfaction.

Ce ne fut que lorsqu'elle sentit l'extrémité de son sexe contre le sien qu'elle se rendit compte que Beau avait changé de position.

Pendant qu'elle avait doucement repris ses esprits, il avait mis son préservatif en place. À présent, il tenait fermement sa taille, prêt à l'emmener encore plus loin.

— Ce sera rapide et intense, prévint-il. *Ça*, c'était la chose la plus excitante que j'aie jamais vue.

Sans lui laisser le temps de répondre, il pressa la bouche sur la sienne, glissant la langue entre ses lèvres. Il resserra son emprise sur ses hanches et entra en elle d'un coup de reins brusque, provoquant un plaisir puissant qui l'envahit tout entière.

Prouvant qu'il avait dit vrai, il alla et vint en elle à un rythme effréné. Elle enfonça les ongles dans sa chair, perdue dans les profondeurs de son regard, ses gémissements rauques faisant écho aux siens. Jusqu'à ce que sa vision se brouille et qu'elle plonge dans cette délicieuse obscurité qui n'appartenait qu'à eux. Dans cet endroit où elle pouvait s'abandonner totalement et où rien ne pouvait l'atteindre.

Un endroit qu'elle aurait aimé ne jamais quitter.

Allongé sur le lit de fortune, Beau promenait ses doigts sur le dos de Nora, blottie contre lui. À chaque caresse, elle respirait plus profondément. Le silence n'était brisé que par les chevaux qui mangeaient leur foin en dessous d'eux. Beau aurait dû se sentir en paix, pourtant son esprit était en ébullition. Il pensait à la femme déroutante qui semblait si heureuse à ses côtés. Il savait qu'elle avait du mal à faire confiance à autrui. Mais il espérait secrètement que lorsqu'elle était dans ses bras, elle se sentait... *à l'abri*. Il était bien dommage qu'une femme aussi merveilleuse que Nora n'ait jamais connu l'amour véritable.

— Tu es surprenante, tu sais, finit-il par dire, brisant le silence.

Elle releva la tête pour le regarder.

— C'est-à-dire ?

— Tu es la seule femme que j'aie jamais rencontrée qui ne m'ait pas questionné au sujet d'Annie.

Toutes les femmes avec lesquelles il avait eu des relations – même les amantes d'un soir – voulaient tout savoir sur son épouse décédée. Qui elle était, à quoi elle ressemblait, si elle l'avait rendu heureux. Ensuite venaient les questions sur son décès.

Le regard de Nora s'assombrit. Elle appuya le menton sur ses mains, qu'elle avait posées sur ses pectoraux.

— Ça ne me regarde absolument pas.

C'était ce qu'il préférait chez Nora. Elle ne se mêlait pas des affaires des gens. Elle semblait simplement apporter du bonheur dans l'existence de ses proches, comme si c'était son seul but dans la vie. Pour quelqu'un qui disait ne pas rechercher l'amour, elle était pourtant très douée pour aimer.

— C'est normal de s'intéresser au passé de l'autre, argua-t-il.

— Si nous avions une relation sérieuse, oui, mais ce n'est pas le cas, alors ça ne me regarde pas.

Serrant les mâchoires, il scruta son regard. Elle était toujours aussi déterminée à garder ses distances sur le plan émotionnel. Il savait que c'était mieux pour eux, pour Austin, mais le fait qu'elle le repousse sans cesse commençait à l'irriter.

— C'est vrai.

Ayant manifestement perçu son agacement, elle se mordilla la lèvre.

— Et puis, pourquoi parler de toutes les choses difficiles qui arrivent dans la vie ? ajouta-t-elle d'un ton léger. Il n'y a rien de positif là-dedans.

— Certes, mais pour connaître réellement quelqu'un, on doit connaître son passé.

Elle l'étudia, l'air sceptique.

— Tu es en train de me dire que tu aimes parler de cette période douloureuse de ta vie ?

Il haussa les épaules.

— Pendant très longtemps, je ne parlais pas d'Annie. Jusqu'à ce que je voie l'effet que mon silence avait sur Austin. Maintenant, il m'est difficile de ne pas parler d'elle.

Elle se redressa, couvrant sa poitrine avec le drap. Ses cheveux glissèrent doucement sur son épaule.

— Que s'est-il passé avec Austin ?

Il retira un brin d'herbe coincée dans sa chevelure soyeuse.

— Le décès d'Annie a été très soudain. Ce matin-là, je venais de l'embrasser pour lui dire au revoir avant d'aller travailler. La seconde suivante, elle s'est effondrée sur le sol.

— C'est arrivé si vite ?

— Oui. Au début, j'ai cru qu'elle avait simplement fait un malaise et qu'elle s'était évanouie. Mais quand je me suis précipité vers elle, j'ai vu qu'elle ne respirait plus. J'ai appelé les secours et j'ai commencé un massage cardiaque.

— Est-ce que ça l'a aidée ?

Beau secoua la tête.

— Je ne sais même pas combien de temps j'ai continué le massage.

Il ravala la boule d'émotion qui lui bloquait la gorge.

— Beau, murmura-t-elle, des larmes embuant ses yeux.

Elle saisit sa main dans un geste de réconfort.

— Quand les secouristes sont arrivés, ils ont fait tout ce qu'ils ont pu, mais rien n'a pu ramener Annie. Elle était partie. Et, pendant longtemps, je n'étais plus là non plus.

— Mentalement, tu veux dire ?

Il hocha la tête.

— Pour être franc, pendant la première année, j'étais en pilote automatique. Austin n'était qu'un bébé, et j'ignorais totalement comment m'y prendre. Annie était une maman naturellement douée, et je me sentais perdu sans elle. Je ne savais pas du tout comment élever un bébé seul.

Nora se pressa contre lui.

— Ta mère t'a sans doute beaucoup aidé.

— C'est le moins qu'on puisse dire. Elle s'est installée chez moi pendant quelques semaines pour m'assister. À dire vrai, toute ma famille s'est ralliée autour de moi et m'a soutenu. Je ne m'en serais pas sorti sans eux.

Le tendre sourire de Nora chassa un peu de la froideur qui avait envahi son cœur.

— C'est bien que tu aies été entouré dans cette terrible épreuve.

Elle réfléchit un instant.

— Que s'est-il passé avec Austin pour que tu aies eu envie de lui parler de sa maman ?

— C'est arrivé quelques années plus tard, quand Austin était plus âgé. Ma mère lui parlait toujours d'Annie. Au début, j'ai cru qu'elle le faisait pour se souvenir d'elle et pour apaiser son chagrin. Par la suite, j'ai compris qu'elle cherchait à faire vivre l'esprit d'Annie pour Austin. Elle est douée pour ce genre de choses.

— Oui. C'est vraiment facile de parler avec elle.

— Exactement. Elle est maternelle jusqu'au bout des ongles.

Il marqua un temps puis reprit :

— Un soir, après qu'Austin avait passé la journée avec ma mère pendant que je travaillais, il m'a demandé si je n'aimais plus Annie.

Nora ouvrit de grands yeux.

— Il m'a demandé si c'était pour cela que je ne parlais jamais d'elle, continua-t-il. Après cela, tout a changé. Le fait qu'il veuille connaître sa mère m'a aidé à faire mon deuil. Partager mes merveilleux souvenirs d'elle m'a permis de me concentrer sur la femme exceptionnelle que j'avais connue, et non sur tout ce que j'avais perdu.

Une larme glissa sur la joue de Nora, qu'elle essuya du revers de la main.

— C'est très touchant. Austin et toi, vous vous êtes mutuellement aidés dans la peine.

— C'est vrai, et maintenant, tout va bien.

Il rassembla ses pensées. Il était important pour lui que Nora comprenne son état d'esprit.

— Peut-être est-ce une réaction normale, ou peut-être pas, mais au fil des ans, la douleur s'est atténuée. À présent, j'ai même du mal à me souvenir de l'homme que j'étais quand Annie était là. J'ai changé. Ma vie a changé. Si je rencontrais Annie aujourd'hui, elle ne me reconnaîtrait même pas.

— Et c'est pour cela que tu arrives à aller de l'avant ? Parce que tu es différent ? Parce que tu n'es plus l'homme qu'Annie a aimé ?

— Exactement.

Cela ne l'étonnait guère que Nora le comprenne. Leurs deux cœurs semblaient parler la même langue.

— Annie et moi avions un amour profond l'un pour l'autre. Mais l'amour que je veux offrir maintenant appartiendra à une autre, et c'est très bien ainsi.

Nora l'observa de longues secondes, puis elle poussa un grand soupir.

— Je ne sais pas comment tu fais. Je n'ai rien vécu d'aussi douloureux, et pourtant je veux rester loin, très loin de l'amour.

Il serra sa main dans la sienne.

— Quand on a goûté à l'amour vrai, le genre d'amour qui comble totalement, on ne veut qu'une chose, c'est y goûter à nouveau.

Elle scruta son regard, comme si elle y cherchait des réponses.

— Tu le penses vraiment ? demanda-t-elle, se pressant contre lui.

Il déposa un baiser sur son front.

— Oui, je le pense vraiment.

Le silence s'étira entre eux. Un silence confortable. Agréable, même.

Voilà pourquoi, quand Nora s'écarta comme si elle avait pris conscience qu'elle était un peu trop à l'aise, il ne fut pas surpris. Elle ne se permettait jamais d'oublier que leur liaison était temporaire. Et c'était sans doute mieux ainsi.

Elle se redressa et s'appuya sur un coude.

— J'ai réfléchi aux enterrements de vie de jeune fille et de vie de garçon que nous devons organiser. Je voulais te suggérer quelque chose.

Il écarta les mèches qui barraient son joli visage et la contempla, captivé par son regard noisette.

— Tu as une idée ?

— Peut-être. Que dirais-tu d'organiser une fête commune vie de jeune fille / vie de garçon à New York ?

Il se figea, stupéfait.

— Je ne sais même pas quoi répondre, dit-il.

Elle émit un petit rire.

— Je sais que ce n'est pas habituel, mais… je pense que ce serait une bonne chose d'intégrer la vie new-yorkaise d'Adeline dans son enterrement de vie de jeune fille, et je suis sûre qu'elle aimerait vivre cela avec Colter.

— Ce n'est pas une mauvaise idée, répondit-il après un instant.

— Vraiment ? Colter ne sera pas déçu s'il n'y a ni alcool ni strip-teaseuses ?

Beau s'esclaffa.

— Que la soirée soit commune ou non, il y aura de l'alcool, mais il n'y aura aucune strip-teaseuse.

— Pourquoi ? Les hommes aiment voir des femmes nues dans ce genre d'événements, non ?

— Si nous voulons voir des femmes nues, nous n'avons pas besoin de payer pour ça.

— Je suis sûre que tu n'as aucun problème dans ce domaine, plaisanta-t-elle.

Il donna une petite tape sur sa fesse nue.

— Pas en ce moment, non.

Elle mit une jambe sur la sienne.

— Je sais que ce voyage a un coût. Colter, Adeline et toi pourrez dormir chez moi, mais les autres devront aller à l'hôtel. À New York, les chambres sont chères, sans compter le prix des billets d'avion.

— Ce n'est pas un problème. Je paierai tous les frais.

Il la vit écarquiller les yeux, comme si elle avait oublié l'étendue de sa richesse.

— J'ai du mal à imaginer les amis de Colter dans une grande ville, commenta-t-il. Ça pourrait être amusant.

— Ce sera très divertissant, assura-t-elle, remontant la cuisse sur ses jambes. Alors, qu'en penses-tu ?

— Je pense que si tu continues de te frotter à moi comme tu le fais, il me sera impossible de te refuser quoi que ce soit.

— Ah, murmura-t-elle, ondulant les hanches. J'imagine que je vais obtenir ce que je veux, alors.

— Tu vas peut-être regretter ton choix. À mon avis, tu ne mesures pas la tâche que cela représente d'emmener un groupe de cow-boys à New York.

— On dirait que je me débrouille très bien avec le cow-boy à côté de moi.

Un grondement vibra en lui tandis que Nora passait la main sur son ventre, de plus en plus bas, jusqu'à ce qu'elle saisisse son sexe.

— Tu ne trouves pas ? susurra-t-elle.

Il effleura ses lèvres des siennes.

— Je dirai tout ce que tu veux pourvu que tu continues ce que tu es en train de faire.

Elle resserra son étreinte et lui offrit un sourire espiègle.

Un sourire plein de promesses.

9

Le lendemain matin, après avoir déposé Adeline en ville, Nora prit la route du ranch. Étant rédactrice en chef du journal local, Adeline n'avait pas le temps de participer aux réparations, mais Nora, si. Elle n'avait aucune intention de se tourner les pouces. Elle préférait de loin apporter son aide, afin que son amie ait le plus magique des mariages.

Elle ralentit avant d'emprunter un virage et se mit à bâiller, assaillie par la fatigue.

La veille, Colter était passé la prendre peu après 22 heures. Après les moments qu'elle avait passés avec Beau dans le grenier à foin, et bien qu'elle soit épuisée, elle était rentrée chez Colter et Adeline, car Beau ne voulait pas qu'Austin voie Nora chez eux à son réveil. Nora comprenait et respectait son choix.

Le véhicule heurta une bosse sur la route de gravier, mais cela ne suffit pas à détourner son attention de la beauté du domaine des Ward. Beau ne faisait pas étalage de son argent comme certains New Yorkais le faisaient parfois. Adeline avait dit un jour à Nora qu'il était facile d'oublier que Beau et Colter venaient d'une famille aisée. Et bien que Beau ait proposé de payer les frais de la fête à New York, Nora avait encore du mal à prendre conscience de sa richesse.

Les Ward étaient des personnes formidables, et elle aurait aimé que le blog qui les avait rendus célèbres malgré eux ait mis l'accent sur ce point.

Tandis qu'elle longeait un lac, son téléphone émit un bip,

indiquant qu'elle venait de recevoir un mail. Elle savait qu'il provenait de la compagnie d'assurances. Elle avait passé une heure au téléphone avec une opératrice, dans le bureau d'Adeline, pendant que celle-ci travaillait. Quand elle avait eu la confirmation que la compagnie rembourserait les réparations de la voiture de location, Nora s'était sentie soulagée. Au moins, elle ne serait pas plus endettée qu'elle ne l'était déjà.

Lorsque le navigateur de bord indiqua qu'elle était arrivée au ranch, elle ralentit puis s'engagea dans l'allée menant au ranch. Dans le rond de longe, un cow-boy montait un cheval brun, qui se cabrait et ruait pour le jeter à terre.

— Mon Dieu, murmura-t-elle.

Puis la surprise se mua en choc quand Nora comprit que ce cow-boy n'était pas n'importe quel cow-boy. *Beau.*

Inquiète, elle se gara à côté de la maison, ouvrit la portière et descendit sans bruit, pour ne pas perturber davantage le cheval. Elle n'y connaissait rien en équidés, mais elle se disait que faire des mouvements brusques n'était sans doute pas une bonne idée.

Le cheval continuait de s'agiter et de se débattre. Beau était secoué dans tous les sens mais restait sur la monture.

Soudain, l'animal s'arrêta, renâclant fort. Beau fit claquer sa langue, et le cheval fit le tour du rond de longe.

Nora était immobile et respirait à peine. Elle avait le téléphone à la main, au cas où elle devrait appeler les secours.

Après des minutes qui lui parurent interminables, Nora vit Beau tirer sur les rênes et caresser l'encolure du cheval. Comme s'il avait senti son regard, il tourna la tête vers elle. Le sourire éclatant qu'il lui offrit fit tressauter son cœur.

Il passa une jambe par-dessus la selle et descendit de cheval.

— Il a fini ! lança-t-il.

Un cow-boy dégingandé entra dans l'enclos et prit les rênes que Beau lui tendait.

— Vous pourrez le dresser ? demanda-t-il avec un fort accent texan.

— Ça ne devrait pas être un problème, répondit Beau. Je vais travailler avec lui pendant quelques jours.

— Bien, dit l'employé avant d'emmener le cheval vers l'écurie.

Beau reporta son attention sur Nora. Il retira son chapeau et essuya la sueur sur son front avant de remettre le couvre-chef en place.

Elle eut envie de s'éventer quand il se mit à marcher vers elle avec assurance. Avec son jean délavé, ses chaps de couleur claire, son T-shirt gris et sa barbe naissante, Beau était d'une virilité indéniable. Une onde de chaleur monta en elle tandis qu'elle l'admirait.

— Bonjour, dit-il en souriant, comme s'il savait exactement à quoi elle pensait.

— Bonjour, dit-elle avant de s'éclaircir la voix. Est-ce que tu es blessé ?

Il l'observa d'un air étonné.

— Pourquoi serais-je blessé ?

— Parce que ce cheval a failli te jeter à terre.

— Non, il était très loin de me faire tomber.

Il se pencha vers elle et lui fit un clin d'œil.

— Il était inoffensif. Il avait juste peur et il manquait de confiance en lui. Il ne me faudra pas longtemps pour corriger son comportement.

— Tu es en train de dire que ce cheval n'était pas dangereux ? s'étonna-t-elle.

— Tout cheval effrayé est dangereux, mais celui-là n'essayait pas de me faire du mal. Il ne comprenait pas que je voulais qu'il avance. Ça a l'air plus impressionnant que ça ne l'est en réalité, crois-moi.

— Si tu le dis, marmonna-t-elle.

— Tu étais venue voir ma mère ? demanda-t-il.

— Je ne m'attendais pas à te trouver ici, mais puisque tu es là, sache que ce matin, j'ai fait déguerpir un second journaliste.

— C'est vrai ?

— Oui. Je l'ai aperçu quand j'ai accompagné Adeline à son bureau. Tout ce que j'ai eu à faire, c'était lui montrer le dossier que j'avais sur lui. Il a rapidement regardé le contenu, et il a détalé.

— C'était aussi facile que ça ?

Nora hocha la tête.

— C'est fou comme de bonnes recherches produisent de bons résultats.

— En effet. Et je te suis très reconnaissant.

Elle sourit. Maintenant qu'elle connaissait Beau et Austin, elle était encore plus heureuse de les aider à protéger leur vie privée.

— Et la dernière journaliste ? demanda Beau. Tu as des nouvelles ?

— Je crois qu'elle a quitté la ville d'elle-même, dit-elle, s'appuyant contre le capot de la voiture d'Adeline. J'ai interrogé des gens en allant chercher des cafés. Personne ne l'a vue. Je suis allée à l'hôtel, et elle avait déjà rendu sa chambre.

— Tant mieux.

— C'est une très bonne nouvelle, approuva-t-elle. Mais ce n'est pas pour cela que je suis passée. Je suis ici pour aider à réparer les dégâts de la tempête.

— Tu ne plaisantais pas quand tu as proposé de participer aux travaux ?

— Bien sûr que non ! s'exclama-t-elle, plantant les mains sur ses hanches. Nous n'avons qu'une semaine et demie pour remettre le ranch en ordre avant le mariage. Je n'ai rien à faire aujourd'hui. Alors, utilise-moi de la façon qui te plaira.

Il afficha un sourire arrogant.

— La façon qui me plaira ?

— Pas cette façon-là, rétorqua-t-elle, donnant un petit coup de pied contre le sien. Je parlais des réparations.

Il gloussa.

— D'accord, si tu n'es pas partante pour *ça*, alors allons te mettre au travail.

Deux heures plus tard, elle plaisantait encore, non seulement avec Beau, mais aussi avec les cow-boys du ranch. Certains d'entre eux étaient de proches amis de Colter et viendraient à New York. Ni Colter ni Adeline n'étaient au courant, et Nora espérait que personne ne gâcherait la surprise.

À côté de l'écurie, Beau finissait de scier une grande branche sur un arbre arraché. Nora la saisit et la traîna sur le sol jusqu'à une grande pile de bois destinée à être brûlée.

Au moment où elle lâchait la branche, elle entendit Beverly agiter la cloche.

— Le déjeuner est prêt ! lança la matriarche.

Couverte de sueur et de poussière, des aiguilles de conifères dans les cheveux, Nora suivit les autres cow-boys qui se dirigeaient vers la maison. Beau la retrouva devant les marches du perron.

— Après le déjeuner, ça te dirait, une chevauchée ? demanda-t-il.

— Encore des avances, à ce que je vois.

Il se fendit d'un rire sonore.

— Je parlais d'une balade à cheval, mais je ne suis pas contre l'idée que tu me chevauches.

Elle lui donna un coup de coude.

— Chut ! Ta mère est à deux pas.

Imperturbable, il continua de sourire.

— Je ne suis jamais montée à cheval, avoua-t-elle.

— Ce n'est pas un problème, assura Beau, reprenant son sérieux. Fais-moi confiance, je veillerai sur toi.

Elle avait confiance en Beau, se rendit-elle compte. C'était sans doute l'une des personnes les plus fiables qu'elle connaisse. L'ancienne Nora n'aurait pas osé monter sur un cheval, surtout après en avoir vu un malmener Beau. Elle n'aurait pas non plus passé plus de temps avec Beau qu'elle ne l'avait déjà fait. Mais la nouvelle Nora voulait prendre un nouveau départ, et cela passait par de nouvelles expériences. Et puis, elle aimait passer du temps avec Beau. Un peu trop, même.

— Bien sûr, j'adorerais faire une balade à cheval.

Elle effaça la distance qui les séparait.

— Tant que je peux te chevaucher après la balade, ajouta-t-elle.

Le regard de Beau s'embrasa.

— C'est promis, ma belle.

Beau avait oublié à quel point il était agréable de partager un moment de détente avec une femme. De parcourir à cheval ces prairies sauvages, de respirer, de contempler la nature.

Perché sur un Quarter Horse bai dun, il se cala sur sa selle, observant les terres de sa famille. Des terres que son père avait adorées et respectées. Grant Ward manquait terriblement à Beau. Sa sagesse, ses plaisanteries lui manquaient. Son absence avait laissé un grand vide que Beau essayait désespérément de combler.

La mort était sans pitié.

Beau avait aussi subi la cruauté de la mort à travers la disparition d'Annie. Elle ne cesserait jamais de lui manquer, mais quand il regardait Nora, qui montait un petit cheval bai, il ne voyait qu'elle. Son père l'aurait sûrement adorée.

— Détends les hanches, expliqua-t-il avec douceur.

Elle tenait les rênes de manière adéquate, une main posée sur le pommeau de la selle. En revanche, elle était raide comme un piquet.

— Il faut que tu sentes les mouvements du cheval.

Elle ricana et leva les yeux au ciel.

— Pour ton information, cow-boy, je ne sais même pas de quoi tu parles.

— Mensonges, répliqua-t-il en souriant. Tu sais très bien comment me chevaucher.

Elle s'esclaffa.

— Ce n'est pas la même chose !

Il posa le regard sur ses hanches qu'elle balançait maintenant d'avant en arrière. Voilà qui était mieux.

— Crois-moi, chérie, je t'ai vue bouger exactement comme ça. Ce n'est pas quelque chose que je peux oublier.

Elle rougit et détourna les yeux.

— Eh bien, ça signifie que je commence à m'améliorer.

— Je trouve aussi, approuva-t-il, bougeant sur la selle pour tenter de dissiper la chaleur qui avait envahi son aine.

Un silence agréable les enveloppa. L'herbe de la prairie bruissait sous les sabots des chevaux. La beauté de la nature était impressionnante, mais elle était bien pâle comparée à la beauté de Nora. Le soleil de l'après-midi illuminait son teint hâlé et ses cheveux aux reflets dorés.

— Ça te plaît ? demanda-t-il.

Son tendre regard croisa le sien.

— Tu veux la vérité ? Oui, ça me plaît.

Elle poussa un long soupir et détendit les épaules.

— J'apprécie mon séjour. J'aime le calme qui règne ici. Et j'aime ta famille. Elle est exceptionnelle.

— C'est vrai.

— En fait, je pourrais m'habituer à tout cela.

Il ne parvint pas à cacher sa surprise.

— Pourquoi cet air étonné ? demanda-t-elle, amusée.

— Je n'aurais jamais cru entendre ces mots d'une citadine telle que toi.

Elle sourit et son regard pétilla.

— Avant de venir ici, je n'aurais jamais cru que la vie au grand air me séduirait, mais maintenant, je comprends tout à fait pourquoi Adeline est restée. À New York, on veut toujours faire plus, faire mieux, dans chaque aspect de sa vie, mais ici...

— Ici ?

— Ici, j'ai l'impression que je peux respirer.

— C'est drôle, je pensais à la même chose il y a quelques minutes.

Elle afficha un petit sourire, puis regarda droit devant elle. Il y avait une certaine sérénité dans son expression, qu'il n'avait pas encore vue chez elle.

Un autre silence agréable s'instaura, émaillé par le bruit des sabots.

— Est-ce difficile d'élever Austin seul ? demanda-t-elle à brûle-pourpoint.

Elle avait fait très attention à ne pas franchir trop de limites personnelles, et lui-même ne voulait pas compliquer la situation. Mais pour l'heure, rien ne semblait compliqué. Au contraire, tout semblait... aisé.

— Quand il était bébé, oui, mais maintenant, il est une

version miniature de moi. Je suis soulagé qu'il ne soit pas une fille. J'aurais été perdu.

— C'est un gamin formidable. Je suis sûre que cela aide.

Beau acquiesça d'un signe de tête.

Elle scruta son regard. Puis elle le surprit pour la troisième fois en l'espace de quelques minutes.

— Je ne connaissais pas Annie, mais je pense qu'elle serait fière de toi et de la manière dont tu as élevé Austin. Tu es un père exceptionnel.

Un tourbillon d'émotions vrilla dans sa poitrine.

— Merci pour ces paroles, Nora.

— Je ne dis que la vérité.

Elle se détendit davantage sur la selle. On aurait dit qu'elle avait monté à cheval des dizaines de fois. Elle ne ressemblait pas à une citadine pure et dure à cet instant.

— Ta famille et toi avez surmonté les épreuves avec beaucoup d'élégance. Je me sens ridicule à côté de vous, moi qui me plains de mon minable petit ami qui m'a brisé le cœur.

— Une épreuve est une épreuve. Ne minimise pas la tienne. Il y a une grande différence dans nos situations respectives. Moi, j'ai perdu une femme qui m'aimait. Toi, tu as été victime d'un homme qui a malmené ton cœur. Il voulait te briser. C'est tout à fait différent.

Ils se regardèrent, incapables de détourner les yeux. Car il y avait quelque chose entre eux. Quelque chose qui dépassait leur attirance physique. Quelque chose qui devenait plus fort chaque jour, malgré eux.

Pendant le reste de leur randonnée, Nora ne cessa pas de lui lancer des regards furtifs et des sourires sensuels.

Quelques heures plus tard, assis sur un tronc d'arbre à côté de son frère, Beau regardait brûler les flammes du feu de joie.

— Ce n'est pas une bonne idée, hein ? avança Colter.

Beau arqua un sourcil.

— Qu'est-ce qui n'est pas une bonne idée ?

Colter désigna d'un signe de tête Nora, qui se dirigeait vers la maison avec Adeline.

Beau se fendit d'un rire ironique. Il appréciait Nora. Beaucoup. Et il ne savait pas vraiment comment réagir. Il s'était promis de ne pas s'engager dans une relation compliquée, afin de préserver Austin, mais maintenant, il s'interrogeait... Et si Nora changeait d'avis et s'installait à Devil's Bluffs au lieu de Paris ? Après tout, sa meilleure amie vivait ici. Et lui aussi.

— Apparemment, j'ai agi de manière inconsidérée.

— Ce ne serait pas la première fois, plaisanta Colter.

— Et sans doute pas la dernière, ajouta Beau d'un ton placide.

Autour du feu, un des cow-boys jouait de la guitare. Austin était en train de visionner un DVD avec sa grand-mère. Beau entendit le rire de son fils juste avant que Nora et Adeline ne sortent de la maison.

Adeline revint s'asseoir entre les jambes de Colter tandis que Nora prenait place à côté de Beau.

— Austin regarde *Madagascar*. Je crois que je n'ai jamais entendu un enfant rire autant devant un dessin animé.

— C'était le passage où la vieille dame frappe le lion, n'est-ce pas ? demanda Beau.

— Comment le sais-tu ? demanda Nora en souriant.

Il adore cette scène. Il rit toujours autant à chaque fois.

— C'est mignon et horrible à la fois, commenta-t-elle.

Beau hocha la tête, portant le regard sur le feu, dont les braises s'elevaient dans le ciel.

Colter prit la parole :

— Nora, il paraît que tu es devenue une cow-girl.

— Loin de là, répliqua-t-elle. Je suis juste une fille de la ville qui a chaussé des bottes de cow-girl.

Des bottes qu'elle avait empruntées à Beverly.

— Et qui est fichtrement jolie dans ces bottes, enchérit Beau.

Il était en train de flirter ouvertement avec elle, en public. Il crut qu'elle allait ignorer sa réplique, mais elle le surprit une fois de plus en lui offrant un sourire sensuel, devant tout le monde.

Elle soutint son regard, et il ne baissa pas les yeux. Ils étaient en train de montrer à toutes les personnes présentes que quelque chose se passait entre eux. Beau était très content de faire passer ce message. Mais combien de temps leur relation durerait-elle ?

Nora semblait être du genre à faire un pas en avant et deux pas en arrière. Néanmoins, il espérait que leur histoire durerait plus que quelques jours. S'interrogeait-elle sur leur relation, elle aussi ? Il l'espérait.

Brisant sans le savoir le charme du moment, Adeline bâilla bruyamment.

— C'est le signe qu'il est temps d'aller se coucher, déclara Colter, se levant et aidant Adeline à se mettre debout.

Beau et Nora se levèrent aussi et suivirent Adeline et Colter jusqu'à leur véhicule.

Beau avait tenu sa promesse. Nora l'avait chevauché dans la prairie, avec le ciel et le soleil pour témoins, avant qu'il ne la chevauche à son tour jusqu'à ce qu'elle soit satisfaite. Mais il n'était pas rassasié, et l'idée de la quitter ce soir lui serrait le cœur.

Les notes de guitare s'évanouirent lentement tandis qu'ils longeaient l'écurie. Lorsqu'ils parvinrent dans une zone non éclairée, Beau saisit Nora par le poignet et l'attira vers lui.

— Je n'en ai pas eu assez, gronda-t-il contre ses lèvres.

— Pourquoi tout ce temps avant de te resservir, alors ?

Elle entrouvrit les lèvres et s'abandonna entre ses bras. Le baiser qu'ils échangèrent, brûlant et impérieux, les laissa tous deux à bout de souffle.

Beau recula et demanda :

— À quoi penses-tu ?

— Je me disais que je devrais rentrer chez Adeline.

— Tu as changé d'avis ?

Elle tira sur sa chemise pour l'attirer vers elle.

— Oui, maintenant, je me dis que j'ai envie de rester ici.

— Bien, murmura-t-il, lui mordillant la lèvre inférieure. Car c'est exactement ici que j'ai envie que tu sois.

10

Pendant les dix jours suivants, les travaux au ranch s'enchaînèrent à un rythme effréné. À chaque réparation achevée, Nora avait le cœur plus léger. Monter à cheval, passer du temps avec Beau et explorer la magnifique campagne texane lui procurait une joie inattendue, et l'aidait à panser ses plaies. Elle aimait aussi les moments partagés avec Austin. Elle lui faisait la lecture le soir et jouait même à des jeux de société en famille. Et elle adorait être avec Adeline à nouveau.

Elle se sentait... heureuse.

Et cela dura jusqu'à la soirée commune d'enterrement de vie de jeune fille / vie de garçon, où tout le monde – y compris le meilleur ami de Colter, Riggs, et une douzaine de cow-boys du ranch – prit l'avion pour New York. À son grand désarroi, Nora découvrit que la ville qu'elle adorait lui paraissait maintenant plus froide, plus bruyante et plus superficielle qu'elle ne l'aurait jamais imaginé.

Ce sentiment ne disparut pas quand elle accompagna tous les cow-boys à leur hôtel face à son immeuble afin qu'ils récupèrent leurs clés. Ni lorsqu'ils furent dans son appartement et qu'elle les laissa dans le salon à boire des bières.

Être assise à son bureau, dans la chambre qu'elle avait partagée avec Scott, la remettait face à la réalité douloureuse. Elle était à court d'argent, et le couple solide qu'elle avait cru former avec Scott n'était rien d'autre qu'un mensonge.

Elle regarda par la fenêtre les boutiques et les restaurants bondés en bas de la rue. Le week-end commençait. Les gens étaient prêts à faire la fête et à oublier leur semaine de travail.

— C'est ici que tu travailles ?

La voix de Beau la fit sursauter. Elle jeta un coup d'œil vers lui. Il était appuyé contre le cadre de la porte.

— Seulement quand je travaille de chez moi, dit-elle. Il y a un charmant café au coin de la rue dans lequel je vais souvent.

Il parcourut la pièce du regard.

— Je ne suis pas sûr que je pourrais m'habituer à la taille des logements new-yorkais.

Elle ne pouvait guère le lui reprocher. S'il y avait un point négatif à New York, c'était bien le manque d'espace.

— Avant, je ne m'étais jamais sentie à l'étroit ici. Mais je dois l'avouer, la campagne et ses vastes espaces procurent un sentiment de liberté.

Il hocha la tête. Semblant même trop grand pour son appartement, Beau entra dans la chambre et s'assit sur le lit.

— J'aime ta chambre. Elle porte ton empreinte.

— Ah ? Comment ça ? demanda-t-elle.

— Elle est chaleureuse et pleine de vie.

Ses mots dissipèrent le froid qui l'avait envahie depuis son retour.

— Tu trouves que je suis chaleureuse et pleine de vie ?

— Oui. Tu ne te décrirais pas de cette façon ?

Elle réprima un soupir. Elle ne savait même plus comment se définir, et maintenant qu'elle était de retour à New York, elle se sentait encore plus perdue.

— Quelque chose te perturbe. Tu as envie d'en parler ?

Nora émit un petit rire.

— Ça se voit tant que ça ? demanda-t-elle.

— Juste un peu.

Il saisit sa main et la serra fort.

— Que se passe-t-il, Nora ?

Elle se leva et alla fermer la porte. Adeline était dans le salon avec les autres, et Nora ne voulait pas qu'elle entende ce qu'elle s'apprêtait à dire.

Elle alla s'asseoir à côté de Beau.

— Scott et moi louions cet appartement ensemble, dit-elle. Depuis qu'il m'a quittée, je paie seule le loyer et les factures, et je suis officiellement fauchée.

L'inquiétude lui nouait la gorge, menaçant de l'étouffer.

— J'ai utilisé presque toutes mes économies pour me rendre à Devil's Bluffs et pour acheter ma robe de demoiselle d'honneur.

Il reprit sa main dans la sienne.

— J'espérais vraiment que l'un des entretiens que j'ai passés déboucherait sur un emploi à Paris

— Tu n'as toujours pas de nouvelles ?

— Non. Je n'arrête pas de consulter ma boîte de réception, mais il n'y a absolument rien. Je ne sais pas ce que je vais faire.

— Et ton emploi actuel ?

— Mon salaire ne suffit pas à payer mes dépenses ici. Je puise dans mes économies depuis que Scott est parti.

Sa douleur se lisait sans doute sur son visage car elle vit le regard de Beau s'adoucir.

— Si rien n'aboutit à Paris, je vais devoir retourner vivre chez ma mère.

Il plissa le nez.

— J'imagine que c'est une solution déplaisante ?

— Ce sera l'enfer sur terre. Il vaut mieux que je ne vive pas trop près de mes parents, sinon la compétition entre eux va reprendre.

Elle soupira.

— J'ai besoin de décrocher un emploi à Paris, ou alors, de gagner à la loterie.

Beau allait répondre quand quelqu'un frappa à la porte.

Refusant de laisser son humeur gâcher la fête, Nora prit une voix neutre.

— Entrez.

La porte s'ouvrit et Adeline apparut. Ses joues étaient déjà rosies après les deux verres de vin qu'elle avait bus.

— Désolée de vous interrompre, dit-elle. Nora, nous devons nous changer et nous maquiller.

Elle regarda Beau et lui montra la porte.

— Allez, ouste !

— Bien, madame, répondit Beau.

Il fit un clin d'œil à Nora avant de quitter la pièce. Elle tenta d'ignorer le tressautement de son cœur, en vain.

— Maquillage ou vêtements d'abord ? demanda-t-elle à Adeline.

— Maquillage.

— Entendu.

Décidant de ne plus penser aux choses sur lesquelles elle n'avait pas de prise, elle alla chercher dans son dressing des vêtements adaptés à une soirée dans un bar de cow-boys.

Quand elle revint, Adeline était déjà dans la salle de bains adjacente à sa chambre. Nora la rejoignit.

— Tu vas me dire ce qui te met dans cet état ? demanda Adeline tout en appliquant du fond de teint sur son visage.

Nora mit un bandeau sur ses cheveux pour les maintenir en arrière. Elle prit le fond de teint des mains d'Adeline et commença à en appliquer sur son propre visage.

— Je vais bien, éluda-t-elle. C'est juste un peu bizarre d'être de retour chez moi.

Adeline croisa son regard dans le miroir.

— Beau a quelque chose à voir là-dedans ?

— Beau est une excellente surprise, c'est sûr.

Adeline appliqua du fard sur ses joues à l'aide d'un pinceau.

— Toute sa famille est extraordinaire.

— C'est vrai, admit Nora. Simplement, je ne m'attendais pas à ce que mon séjour soit si...

— Merveilleux ? suggéra Adeline.

Quand Nora hocha la tête, elle ajouta :

— Les Ward savent gagner le cœur des gens.

Nora sourit.

— Je n'aurais pas pu mieux dire.

Adeline glissa un bras autour d'elle et appuya la tête contre la sienne.

— Je suis désolée que tout soit un peu chamboulé au ranch, mais c'était très agréable de te voir si heureuse.

— Merci, Addie. Je t'adore.

— Je t'adore aussi.

Adeline embrassa Nora sur la joue avant de prendre une palette de fards à paupières.

— À présent, finissons de nous faire belles.

Nora chassa son inquiétude et ses sentiments conflictuels pour se concentrer sur la soirée d'Adeline et de Colter. Il fallait que la fête soit réussie.

Quelques instants plus tard, Adeline portait un short en jean, un caraco noir et des bottes noires. Un maquillage charbonneux mettait en valeur ses jolis yeux. Nora, quant à elle, avait opté pour une minijupe en jean et un T-shirt rouge qui exposait juste assez son décolleté et son nombril, ainsi que des bottes rouges empruntées à Adeline.

Quand elles arrivèrent dans le salon, où les cow-boys discutaient et riaient bruyamment, le silence se fit soudainement.

Tous les regards étaient braqués sur Adeline et elle.

— Bon sang, Adeline, murmura Colter.

Il se leva et avança vers elle. Lui prenant la main, il la fit tourner sur elle-même.

— Je suis un homme très, *très* chanceux.

Adeline rougit, lui donnant une tape joueuse sur le bras.

— Quel flatteur tu fais. Allons, mettons-nous en route.

Les cow-boys sortirent de l'appartement, suivis d'Adeline et de Colter. Beau était le seul à être encore assis dans le salon.

Il détailla Nora des pieds à la tête, puis ébaucha un sourire. Lorsqu'il se leva et avança vers elle, chacun de ses pas sembla réduire l'air dans la pièce. Quand il fut face à elle et prit son visage en coupe, elle pouvait à peine respirer.

— Tu essaies de me tuer ce soir ? demanda-t-il, l'air très sérieux.

— Je te demande pardon ?

— Cette tenue, précisa-t-il, posant les yeux sur son décolleté. C'est un moyen sûr de me tuer.

— Non, ça ne m'arrangerait pas de te tuer tout de suite. Je n'en ai pas encore fini avec toi.

Elle lui donna un baiser avant de se diriger vers la porte. Beau ne bougea pas.

— Tu viens ? demanda-t-elle.

— Je préférerais rester seul ici avec toi, marmonna-t-il.

À contrecœur, il finit par la suivre.

Beau avait vu bien des choses dans sa vie, mais rien qui ressemble aux barmaids en corset et pantalon de cuir moulant qui dansaient sur le bar. Des femmes et des hommes étaient assis sur les tabourets, et les barmaids versaient des doses d'alcool directement dans leur bouche ouverte. Au fond de la salle, un groupe de musiciens jouait les tubes du moment. Mais c'étaient les femmes légèrement vêtues, incitant les hommes à dépenser leur argent, qui attiraient tous les regards.

— Tu as l'air de te plaire, ici.

Beau se tourna vers Nora et gloussa. Elle avait dansé avec Adeline sur une douzaine de chansons pendant que lui avait bu des verres avec Colter. Le groupe était installé à une table ronde. Colter était déjà à moitié ivre, comme une bonne partie de la troupe. Beau avait décidé d'arrêter de boire afin de surveiller tout le monde.

— C'est vrai. Cet endroit est stupéfiant.

Elle sourit.

— C'est pour ça que je l'ai choisi. L'ambiance est country, mais un peu new-yorkaise aussi.

Sur la piste, quelques cow-boys dansaient avec des femmes qui semblaient au bord de la pâmoison.

— Je me suis dit que c'était l'endroit où vous vous sentiriez le mieux, et il s'avère que j'avais raison.

— Tu n'aurais pas pu mieux choisir, approuva Beau.

Il regarda son frère faire tourner Adeline sur la piste.

— Ils s'amusent comme des fous, tous les deux, nota-t-il.

— C'était le but, répondit Nora en souriant tendrement.

Beau glissa un doigt sous la taille de sa jupe et l'attira vers lui.

— Cependant, je suis curieux. Pourquoi cet endroit en particulier ?

— Eh bien, Adeline et moi avons déjà fait tous les clubs de New York. Mais elle n'est plus la noceuse avec laquelle je sortais beaucoup. Elle a un peu de campagne en elle maintenant, alors j'ai pensé que ce bar lui conviendrait mieux.

Beau lui donna un bref baiser.

— Et toi, as-tu envie d'avoir un peu de campagne en toi ? glissa-t-il d'un ton séducteur.

Le désir assombrit son regard.

— Volontiers, cow-boy.

Il posa les lèvres sur les siennes mais ne s'attarda pas, pour éviter d'aller trop loin. Il jeta un rapide coup d'œil vers la piste, s'assurant qu'Adeline et Colter étaient hors de portée de voix, puis demanda :

— Ta vie à New York va te manquer quand tu seras à Paris ?

— Je suis assez partagée sur New York en ce moment, avoua-t-elle. D'un côté, tout est très vivant ici, mais Paris est une ville romantique, chargée d'histoire. C'est une nouvelle expérience, et j'ai hâte de la vivre. Mais cela n'arrivera que si j'obtiens une proposition d'emploi.

Il caressa ses hanches voluptueuses.

— Tu vas recevoir une réponse positive.

— Comment peux-tu en être aussi sûr ?

— Parce que je t'engagerais en une seconde. Tu es brillante, maligne et pleine de ressources. Les recruteurs s'en rendront bientôt compte.

Elle noua les bras autour de son cou.

— Merci.

Alors qu'elle allait l'embrasser, des cris et des sifflements résonnèrent derrière eux. Beau se retourna et éclata de rire. Les amis de Colter faisaient danser leurs partenaires à la manière texane. Ce bar était intéressant, mais Beau devinait que les seuls vrais cow-boys présents ce soir étaient ceux de leur groupe.

Et les femmes les dévoraient des yeux.

Beau lança un regard vers Nora. Son sourire chaleureux le

captiva. Étrangement, en sa compagnie, il éprouvait un sentiment de sérénité qu'il n'avait pas connu depuis le décès d'Annie. Avec Nora, il avait une relation différente, qui convenait à l'homme qu'il était aujourd'hui, et non à l'homme plus jeune qu'il avait été avec Annie.

Il l'observa. Elle ne voulait qu'une brève liaison, et maintenant, il comprenait qu'elle avait choisi ce bar parce qu'il convenait aux personnes qu'Adeline et elle étaient devenues. Nora ne voulait plus de son image de jeune femme convenable. Ce qui lui donna une idée.

— Tu veux danser ? demanda-t-elle.

— Non, j'ai une meilleure idée.

Avant qu'elle puisse protester, il la prit par la main et l'entraîna vers le bar.

— Où allons-nous ? cria-t-elle par-dessus la musique.

Lorsqu'ils arrivèrent au bar, la barmaid lui offrit un sourire sensuel.

— Je vais prendre un *body shot* de tequila.

La jeune femme sourit de plus belle, mais Beau saisit Nora par les hanches et la hissa sur le bar.

— Mais je vais le boire sur *ce* corps, dit-il en regardant Nora dans les yeux.

— Non, tu ne vas pas faire ça, s'exclama Nora en rougissant.

— Oh ! si, assura-t-il.

Des acclamations fusèrent autour d'eux, lui indiquant que tous les membres de leur groupe les observaient.

Il se cala entre les jambes de Nora et les écarta.

— Oh ! mon Dieu..., murmura-t-elle.

— Allons, ma belle. C'est toi qui as voulu venir ici, et tu voulais un peu d'aventure, non ?

Elle marmonna un juron et enfouit le visage dans ses mains.

La barmaid posa le verre de tequila surmonté d'un quartier de citron et le sel sur le bar. Sans quitter Nora des yeux, il remonta légèrement sa jupe sur ses cuisses.

Il crut qu'elle allait l'arrêter. Mais bien que son visage s'empourpre davantage, son regard brillait de désir. Bon sang, il l'adorait.

Elle était douce et aventureuse à la fois. Jusqu'à cet instant, il ne s'était pas rendu compte que c'était la combinaison idéale.

Il repoussa encore sa jupe. Elle retint son souffle quand il passa les pouces entre ses cuisses.

Ayant exposé suffisamment de peau, il prit le sel et baissa la tête pour lécher le dessus de son genou. Le frisson qui la traversa mit à mal sa retenue.

Levant les yeux vers elle, il sourit en la voyant se mordiller la lèvre. Il se concentra uniquement sur sa bouche, tandis qu'il versait du sel sur sa peau nue. Il prit le morceau de citron et le passa sur ses jolies lèvres.

— Ouvre, chérie, murmura-t-il.

Son sourire sensuel faillit avoir raison de lui. Elle entrouvrit les lèvres, entre lesquelles il plaça le quartier d'agrume.

— Aspire le jus.

Elle obéit et fronça le nez quand le goût acide atteignit ses papilles.

Il passa le doigt sur sa lèvre inférieure, la poussant à relâcher le quartier de citron. Puis il lécha le sel sur sa jambe, ressentant chacun de ses frissons sous sa langue. Quand il atteignit l'ourlet de sa jupe, il se redressa et empoigna sa chevelure, sachant à quel point elle aimait ça.

Il but l'alcool amer d'un trait. Et il scella leurs lèvres, goûtant le citron sur sa langue et avalant le gémissement qu'elle poussa.

Le baiser devint torride très vite. Trop vite.

Elle s'accrocha à lui pour en réclamer plus, beaucoup plus. Il s'apprêta à lui donner ce qu'elle voulait, mais les applaudissements et les cris autour d'eux le ramenèrent au moment présent. Il s'écarta, remarquant que Nora avait les lèvres enflées par leur baiser.

Au lieu de rougir, elle noua les bras autour de son cou et le ramena vers elle.

— Ne t'arrête pas en si bon chemin, cow-boy. Laisse-moi te goûter encore une fois.

Et il la laissa faire.

11

Pendant les jours suivants, les dernières réparations au ranch furent faites. Tout le monde s'était lentement remis de la soirée à New York. Nora avait continué de cocher des cases sur sa liste de choses à faire, et tout était prêt quand l'organisatrice de mariage et son équipe arrivèrent. Les employés apportèrent des fleurs en abondance, montèrent un chapiteau pour la réception et installèrent des tables, des chaises et des décorations. Depuis la terrasse à l'arrière de la maison, Nora les regardait s'affairer. Le mariage aurait lieu le lendemain.

Adeline aurait sa journée de rêve, se dit-elle, soulagée.

Tout semblait parfait. Et pourtant, dans son esprit, la plus grande confusion régnait.

Les jours qu'elle avait passés avec Beau étaient tous plus merveilleux les uns que les autres. Il la faisait rire. Il lui donnait le sentiment d'être plus vivante. Et sur le plan charnel, il comblait tous ses désirs.

Mais ce n'était pas la vie qu'elle souhaitait. Il n'avait jamais été question qu'elle reste à Devil's Bluffs. Elle ne pourrait pas rester quand bien même elle le voudrait – elle n'avait pas d'argent, et son poste se trouvait à New York. Elle consultait ses mails chaque jour, chaque heure, pour vérifier s'il y avait un message de Paris.

Toujours rien.

Le désespoir menaçait de l'abattre, mais elle résistait. *Adeline.* C'était la seule personne qui comptait aujourd'hui. Sa meilleure amie méritait d'avoir le plus beau des mariages. Il aurait lieu, et il serait fabuleux.

Au loin, elle remarqua Austin, assis sur une balançoire attachée à un arbre. Mais il ne se balançait pas. Il avait la tête baissée et frottait la terre avec ses bottes.

Malgré la distance, elle devinait que quelque chose n'allait pas. Ses petites épaules étaient affaissées. Elle regarda autour d'elle pour voir si Beau ou un autre membre de la famille étaient dans les parages. Mais elle ne vit que des employés occupés. Elle eut de la peine pour Austin, dont elle s'était beaucoup rapprochée ces derniers jours.

Austin était un enfant attachant. Il était drôle, plein de vie, et il la faisait souvent rire.

Elle marcha vers lui d'un pas alerte.

— Ça va, Austin ? demanda-t-elle avec douceur.

La tête toujours baissée, il haussa les épaules.

Elle s'assit sur la balançoire à côté de la sienne et laissa la brise la balancer légèrement.

— Tu as envie de me dire ce qui te tracasse ? demanda-t-elle.

De longues secondes s'écoulèrent. Nora crut qu'Austin ne répondrait pas. Mais il finit par déclarer :

— Aujourd'hui, c'est l'anniversaire de ma mère.

— C'est vrai ?

Austin hocha la tête lentement.

— Oui. Papa et moi, on va au cimetière tout à l'heure. Nous y allons toujours pour son anniversaire.

— C'est très bien. Se souvenir des gens qui ne sont plus avec nous est une bonne chose.

— Je déteste y aller, affirma Austin.

Décontenancée, Nora arrêta la balançoire en enfonçant ses tongs dans le sol.

— Pourquoi ?

— Parce que ma mère n'est pas là-bas. Il n'y a qu'une pierre avec son nom dessus.

Nora regarda au loin, espérant voir Beau ou quelqu'un de la famille qui saurait exactement quoi dire. Comme elle ne vit personne, elle ravala la boule d'émotion dans sa gorge et chercha une réponse adéquate.

Avant qu'elle puisse en trouver une, Austin continua :

— Mon grand-père m'a dit que quand on meurt, on va au ciel. C'est là-bas que ma mère est. Avec mon grand-père.

— Je suis sûre que c'est le cas, avança-t-elle, prenant la main d'Austin.

Ce n'était pas à elle de lui parler de sa mère, mais elle ne pouvait pas le regarder souffrir sans rien faire.

— Parfois, les gens ont besoin d'un endroit où se rendre, c'est pour ça qu'ils vont au cimetière.

— Mais maman sait où nous sommes, objecta-t-il d'une voix tremblante, le regard brillant de larmes. Elle peut venir à la maison.

Elle serra sa petite main.

— Tu as raison, elle le peut tout à fait. Je suis sûre qu'elle passe vous voir souvent.

Son regard bleu s'éclaira légèrement.

— Tu crois ?

— J'en suis certaine. Ma grand-mère est décédée il y a quelques années. Elle adorait les papillons, alors, quand j'en vois un, je me dis toujours qu'elle passe me voir. Je parie que ta mère fait la même chose.

Le sourire chaleureux qu'Austin lui offrit lui réchauffa le cœur.

— Austin ! appela Beau.

Nora releva brusquement la tête. Elle vit Beau marcher vers eux. Vêtu d'un jean et d'un T-shirt blanc, il portait un bouquet de fleurs. Nora sentit son cœur s'emplir de joie. Jusqu'à ce que Beau soit assez près pour qu'elle remarque son air sombre.

Ces fleurs n'étaient pas pour elle.

— Il faut qu'on y aille, dit Beau à son fils.

Austin descendit de la balançoire et, à la grande surprise de Nora, se précipita vers elle et l'étreignit de toutes ses forces.

— À tout à l'heure, Nora.

Nora ferma ses yeux mouillés de larmes. Elle serra Austin dans ses bras avant de le relâcher.

— Je te vois au dîner de répétition, dit-elle.

Austin courut vers son père, qui lui donna les fleurs.

— Apporte-les dans le pick-up. J'arrive dans une minute.

— D'accord, dit Austin, et il courut vers le véhicule.

Cette tristesse dans les yeux de Beau, Nora ne l'avait jamais vue auparavant. Elle avait de la peine pour lui. Et pour Austin.

Beau mit les mains dans ses poches.

— Bonjour, Nora.

— Bonjour, dit-elle avec un petit sourire forcé.

Il soupira et fixa le bout de ses bottes.

— Austin t'a dit quel jour nous étions ? demanda-t-il.

— Oui.

Il croisa son regard.

— Je suis navré. J'aurais dû t'avertir. Je n'ai pas pensé à...

— Tu n'as pas à t'excuser, il n'y a pas de mal. J'imagine que ce doit être difficile de parler d'Annie parfois. Tu ne me dois rien.

— Je ne te dois rien ?

Les faits venaient de lui rappeler fermement que Beau n'était qu'un fantasme, un séduisant cow-boy qui ne pouvait rien ressentir pour elle parce que son cœur appartenait à Annie. Et qu'elle-même n'était pas censée développer des sentiments pour lui.

— Bien sûr que non, et c'est très bien ainsi.

Il sonda son regard pendant un instant. Puis il finit par baisser les yeux.

— Austin était-il triste ?

— Un peu, avoua-t-elle.

— Vous avez parlé d'Annie ?

— Oui. J'espère que ça ne te dérange pas. Je ne voulais pas me mêler de...

— C'est très bien, l'interrompit-il avec douceur. Je suis content qu'Austin se soit senti suffisamment en confiance pour te parler. Que t'a-t-il dit ?

Nora prit une grande inspiration.

— Je crois qu'il vaut mieux que tu le lui demandes. J'ai le sentiment...

Elle marqua un temps puis continua :

— Cette discussion nous appartient. Ça ne me semble pas juste de dévoiler ce qu'il m'a dit. J'espère que ça ne t'ennuie pas.

Beau l'étudia à nouveau.

— Non, ça ne m'ennuie pas, finit-il par répondre.

Elle avait très envie de dire quelque chose. Quelque chose qui ait du sens. Mais elle ne trouva pas les mots.

— Je te vois tout à l'heure au dîner de répétition ? se contenta-t-elle de demander.

Il hocha la tête.

— Entendu. Je suis désolé, Nora.

— Je te l'ai dit, il ne faut pas. Tout va bien.

Parce qu'elle avait besoin d'échapper à la tension qui saturait l'air, elle descendit de la balançoire.

— À plus tard, dit-elle.

Elle prit la direction de la maison, consciente que Beau la suivait du regard.

Comme chaque année, Beau déposa un bouquet sur la tombe d'Annie au cimetière de Devil's Bluffs. Le lieu était beau, paisible, même, avec ses arbres centenaires et ses fleurs en abondance. Un peu plus loin se trouvait la tombe de son père.

L'émotion le gagna quand il lut l'inscription : « Épouse et mère bien-aimée ». Annie avait été bien plus que cela. Beau avait gardé le contact avec sa belle-famille, et Austin rendait visite à ses grands-parents maternels dans le Montana au moins deux fois par an. Mais chaque fois que Beau venait sur la tombe d'Annie, il se disait qu'il devrait en faire davantage pour entretenir sa mémoire. Il se sentait coupable de continuer à vivre sans elle. Puis, comme à chaque visite, il se ressaisissait, et le pardon venait ensuite.

Annie aurait voulu qu'il ait une vie heureuse et pleine d'amour.

Il porta son attention sur Austin, qui avait la tête baissée et frottait le sol avec ses bottes. Un signe que quelque chose le perturbait.

— Nora n'a pas voulu me raconter ce dont vous avez discuté. Vous êtes devenus très amis tous les deux, n'est-ce pas ?

Austin releva la tête.

— Oui. Je l'aime bien.

— Moi aussi.

Beau sourit à son fils. Il laissa quelques secondes passer, puis reprit la parole :

— Je vois que quelque chose te perturbe. Tu veux bien me dire de quoi vous avez parlé, tous les deux ?

Austin frotta le sol avec un peu plus de force.

— Je ne veux pas que tu te fâches.

Beau posa la main sur l'épaule de son fils, percevant la tension qui émanait de son petit corps.

— Je ne vais pas me fâcher.

— Promis ?

— Promis.

Austin attendit un long moment, les yeux rivés au sol.

— Je ne veux plus venir ici, dit-il enfin.

Beau se raidit. Ces mots étaient comme un coup de poing en plein ventre.

— Pour quelle raison ? demanda-t-il d'une voix qu'il espérait neutre.

Austin haussa les épaules et garda le silence.

— N'aie pas peur, mon fils. Dis-moi ce que tu as sur le cœur.

Austin l'observa, le regard triste et le menton tremblant.

— On pourrait faire quelque chose d'autre au lieu de venir ici et d'apporter des fleurs à maman ? Avant que grand-père soit malade et qu'il oublie les choses, il m'a dit de ne pas être triste pour lui quand il mourrait.

Beau se figea, le souffle coupé. Le décès du patriarche de la famille les avait tous bouleversés ; cependant, Austin avait semblé moins touché par la mort de son aïeul. Beau s'était demandé si c'était parce qu'il avait déjà perdu sa maman. Mais il semblait qu'il y ait une autre explication.

— J'ignorais qu'il avait discuté avec toi.

— Il m'a dit de ne pas t'en parler.

— C'est une bonne chose que tu aies tant de gens à qui te confier. Nous avons tous besoin de parler, et grand-père aurait voulu que tu sois heureux. Que t'a-t-il dit d'autre ?

— Que je ne devais pas m'inquiéter, parce qu'il serait avec maman après sa mort.

Son fils le regarda, des larmes emplissant ses yeux.

— Tu crois qu'il est avec maman ?

— Oui, je le pense.

Beau ne put lutter contre les émotions qui lui nouaient la gorge. Ou contre les larmes qui lui montaient aux yeux. Il s'accroupit et prit Austin par les épaules.

— Je parie qu'ils sont ensemble, qu'ils veillent sur nous, et qu'ils nous protègent, dit-il. À ton avis, que devrions-nous faire pour nous souvenir de maman ?

— Un barbecue et des jeux de société ? suggéra Austin après un instant de réflexion. Tu m'as dit qu'elle aimait ces choses-là.

— C'est vrai.

— Alors on devrait faire ça, conclut Austin en souriant.

Beau se leva et regarda la tombe de son épouse. Annie serait fière de leur fils. Il avait un grand cœur. Il était intelligent. Et il était assez fort pour exprimer ses pensées.

— Tu as raison, maman et grand-père adoreraient nous voir nous amuser.

Austin se jeta dans ses bras, et Beau l'étreignit.

— Papa ?

Beau caressa les cheveux d'Austin.

— Oui, mon bonhomme ?

— Nora est gentille.

Beau déposa un baiser sur sa tête.

— Oui, c'est vrai.

En quittant le cimetière, Beau se sentit plus léger qu'à leur arrivée. Mais sa conversation avec Austin le tarauda toute la journée, jusqu'au dîner de répétition, qui avait lieu dans le restaurant du golf de la ville. Pendant tout le repas, Nora le regarda à peine. Beau savait qu'il avait mal agi. Il aurait dû parler à Nora de sa traditionnelle visite au cimetière. Lorsqu'il l'avait vue sur la balançoire tout à l'heure, elle avait cru que les fleurs destinées à Annie étaient pour elle. Il l'avait deviné à son air déçu.

Quel idiot !

Lorsqu'elle alla se servir un verre au bar, Beau n'y tint plus. Il fallait qu'il lui parle. Il se leva d'un bond et la suivit.

— Cesse de m'ignorer, dit-il quand il fut face à elle.

Le ton était plus dur qu'il ne l'avait voulu.

Nora se tourna vers lui, l'air surpris. Elle jeta un rapide regard circulaire, et lorsqu'elle constata qu'Adeline et Colter étaient hors de portée de voix, elle parut soulagée. Elle le prit par le bras et l'entraîna dans un couloir.

— Qu'est-ce que tu fais ? demanda-t-elle, l'air agacé.

Il croisa les bras.

— Pourquoi m'ignores-tu ?

— Je ne t'ignore pas. Il n'y a aucune raison pour que tu fasses une scène.

— Je ne fais pas de scène. Je fais un constat.

Elle croisa les bras à son tour.

— Tu as l'air grincheux.

— Je suis grincheux. Parce que tu m'ignores.

— Je ne t'ignore pas, répéta-t-elle, mais son regard contredisait ses paroles. Je me concentre sur Adeline et Colter, c'est tout.

Il se pencha pour la regarder dans les yeux.

— Menteuse.

Elle émit un son incrédule.

— Nora, je sais que j'ai mal agi aujourd'hui.

— Tu n'as rien fait de mal, répliqua-t-elle, détournant le regard. Je te l'ai déjà dit.

Il glissa l'index sous son menton pour la forcer à le regarder.

— Si, j'ai mal agi. J'aurais dû te parler de l'anniversaire d'Annie. J'aurais dû laisser le bouquet de fleurs dans mon pick-up au lieu de le donner à Austin. J'aurais dû faire les choses différemment, et je suis désolé.

— Tu n'as pas à être désolé, dit-elle avec douceur.

— Je t'ai blessée, c'est évident.

— Tu ne m'as pas blessée, tu m'as plutôt rappelé notre accord d'origine. Je me suis laissé dépasser par les événements. C'est ma faute.

Il la prit dans ses bras, espérant retrouver leur complicité de la veille. Chaque jour avec elle était plus merveilleux que le précédent. Avec, elle, il était... heureux. Plus heureux que depuis bien longtemps. À son grand soulagement, Nora ne s'écarta pas.

— Je suis aussi dépassé que toi.

— C'est vrai ?

— Oui, c'est vrai.

Il glissa un bras autour de sa taille et lui caressa la joue.

— S'il te plaît, pardonne-moi, Nora.

— Je n'ai rien à te pardonner.

— Tu en es sûre ?

Elle lui offrit un sourire franc et hocha la tête.

— J'en suis certaine. Les mariages exacerbent les émotions, c'est tout.

Néanmoins, en remarquant son air tendu, il sut que le mal était fait. Nora était à nouveau sur ses gardes.

À la perspective de son départ prochain, il eut le ventre noué. Prenant son visage en coupe, il l'embrassa. Il n'était pas prêt à ce que leur liaison se termine. Une liaison qui ressemblait de moins en moins à une brève aventure. Il appréciait Nora. Il aimait l'homme qu'il était en sa compagnie. Il adorait la façon dont elle se comportait avec Austin. Et il se réjouissait qu'Austin l'apprécie. Elle s'était si parfaitement intégrée dans leur vie qu'il ne voyait pas comment leur relation pourrait ne pas fonctionner.

Il resserra son étreinte, leur baiser devenant de plus en plus ardent.

Près d'eux, quelqu'un s'éclaircit la voix.

— Si vous avez fini de vous embrasser à perdre haleine, il est temps pour moi de prononcer mon discours, déclara Colter d'une voix amusée.

Beau interrompit le baiser. Pendant qu'il tentait de reprendre son souffle, Nora rit. Lui n'avait aucune envie de rire. Car il avait l'impression que la seule chose positive qui lui soit arrivée depuis bien longtemps était en train de lui filer entre les doigts.

12

Le lendemain matin, un beau ciel bleu ensoleillé avait accueilli Nora quand elle s'était réveillée dans l'ancienne chambre de Beau, après avoir passé la nuit chez Beverly avec Adeline. Tout se déroulait au mieux. Adeline était coiffée, maquillée et habillée. Ses cheveux étaient relevés en un chignon romantique, et un voile recouvrait son visage ainsi que le décolleté en forme de cœur de sa robe de dentelle ancienne. C'était une mariée tout à fait splendide. Nora et elle étaient sur le point de quitter la chambre pour rejoindre la cérémonie, à laquelle assisteraient la famille et les amis.

Juste avant qu'Adeline ne sorte, elle se tourna vers Nora et ferma la porte.

— Avant que je n'aille prononcer mes vœux, dis-moi ce que tu me caches.

Décontenancée, Nora bredouilla :

— Euh... de quoi parles-tu ?

Adeline soupira.

— Je vois bien que tu me caches quelque chose, alors, s'il te plaît, parle-moi. Tu crois que je commets une erreur en épousant Colter ?

— Seigneur, non ! s'exclama Nora. Non, ça n'a rien à voir avec ton mariage.

Nora et Adeline n'avaient jamais eu de secrets l'une pour l'autre, jusqu'à récemment. Il était donc normal que son amie sente que quelque chose n'allait pas.

— Alors, qu'est-ce que c'est ? insista Adeline. Que t'arrive-t-il ces derniers temps ? Je ne peux pas me marier sans savoir ce qui ne va pas.

Face à son silence, Adeline lui prit les mains et les serra.

— S'il te plaît, parle-moi. Tu me connais mieux que personne. Je vois bien que tu me caches quelque chose. Je ne veux pas faire d'erreur.

Nora ferma les yeux une seconde, espérant ne pas tout gâcher.

— Colter et toi êtes parfaits l'un pour l'autre, assura-t-elle. Tu n'aurais pas pu trouver de meilleur mari.

— Ça concerne Beau, alors ?

— Non, Beau est... Eh bien, ce sera le sujet d'une autre conversation.

Car elle ne savait plus vraiment où elle en était avec Beau. L'anniversaire d'Annie n'aurait pas dû la perturber. Nora n'était pas attachée à Beau, non ? Mais dans ce cas, pourquoi le fait qu'il ne lui ait pas parlé de cet anniversaire l'avait-il secouée à ce point ? Pourquoi s'était-elle sentie exclue ? Peut-être aurait-elle pu aider Austin à écrire une carte pour sa maman.

Elle savait pourquoi elle était dans cet état. Parce qu'elle tenait à Beau. Énormément, si elle se montrait honnête avec elle-même.

Consciente que l'honnêteté était la seule option à présent, elle décida de passer aux aveux.

— Je ne comptais pas te le dire avant que tu ne reviennes de ta lune de miel, parce que je tenais à ce que rien ne gâche ton mariage. Mais je ne veux pas que tu t'inquiètes, alors...

Elle prit une grande inspiration.

— J'ai postulé pour des emplois à Paris. Je veux aller vivre là-bas.

Adeline ouvrit de grands yeux.

— Paris, en France ?

— Oui, dit-elle avec un petit rire. Ce Paris-là.

— Oh ! fit Adeline, ses épaules s'affaissant un peu. Quand as-tu décidé cela ?

— Ce n'était pas un choix soudain. Pour tout te dire, New York n'est plus pareille sans toi. Je ne peux plus rester là-bas. Et puis, depuis le départ de Scott, j'ai des problèmes financiers. En ce moment, je suis à court d'argent et j'ai besoin d'un nouveau départ. Et puis, tu sais que j'ai toujours rêvé de vivre à Paris.

— Je le sais.

Adeline marqua une longue pause.

— J'ignorais que tes problèmes d'argent étaient si graves, ajouta-t-elle.

— Je ne voulais pas t'ennuyer avec ça, avoua Nora. Je suis un peu anxieuse car je n'ai eu aucun retour après les entretiens que j'ai passés. Apparemment, je vais devoir aller vivre chez ma mère quelque temps. Je n'ai plus les moyens de payer mon loyer.

— D'accord, c'est déprimant, mais j'aurais aimé que tu m'en parles. J'aurais pu t'aider.

— Il n'y a rien que tu aurais pu faire, assura Nora.

— Je pense que si. J'aurais pu t'aider financièrement. Tu aurais pu t'installer ici quelque temps.

— Mon travail est à New York. Mais je te remercie. Je sais que je peux compter sur toi.

Adeline l'observa un instant.

— Eh bien, je suis contente que tu n'aies pas vu un défaut chez Colter que je n'avais pas remarqué.

Nora rit.

— Je ne te laisserais jamais épouser quelqu'un qui n'est pas parfait pour toi, tu devrais le savoir.

— Je le sais.

Adeline afficha un sourire, mais il était teinté de tristesse.

— Je sais que ce serait très égoïste de ma part de ne pas être folle de bonheur pour toi. Mais Paris, c'est si loin...

— C'est vrai, approuva Nora. Mais je pourrai revenir pour les vacances, et tu pourras me rendre visite. Qui plus est, nous pourrons continuer les appels vidéo.

— C'est vrai, concéda son amie.

Elle émit un petit rire.

— Je pensais vraiment que tu n'aimais pas Colter ! Ça ne te ressemble pas de ne pas dire ce que tu penses.

— J'adore Colter. Vous êtes faits l'un pour l'autre. Je ne voulais pas que tu t'inquiètes pour moi ces dernières semaines, alors que tu t'apprêtais à te marier.

Adeline parut soulagée.

— Je te suis reconnaissante d'avoir voulu me préserver. Mais je suis heureuse que tu m'aies dit la vérité.

Elle redressa les épaules et ajusta son voile.

— Je compte pleurer plus tard, puisque tu seras très loin de moi. Mais maintenant, ce n'est pas le moment.

— Non, en effet. Si nous allions te marier, maintenant ?

— Avec plaisir.

Adeline sortit de la chambre. Nora la suivit, tenant sa longue traîne pendant qu'elles descendaient l'escalier pour rejoindre le rez-de-chaussée.

À travers la fenêtre du salon, Nora vit les invités installés sur les chaises blanches, face à une magnifique tonnelle ornée de fleurs colorées. Mais le monde sembla se réduire à une seule personne.

Se tenant à côté de Colter, Beau souriait à Austin, qui marchait dans l'allée en portant les alliances sur un petit coussin. Les trois hommes de la famille étaient très élégants avec leurs smokings et leurs chapeaux noirs tout neufs. Mais Nora n'avait d'yeux que pour Beau. Son sourire lui coupa le souffle et la joie dans ses yeux fit tressauter son cœur.

— Tu regardes quelque chose en particulier ? plaisanta Adeline.

— Oh ! juste un cow-boy très séduisant, murmura Nora.

Adeline haussa les sourcils.

— Tu es sûre que tu veux aller à Paris et non rester ici, à Devil's Bluffs ?

Nora réfléchit. Comme s'il avait senti son regard sur lui, Beau tourna la tête vers elle. Elle avait envie d'effacer la distance qui les séparait. C'était peut-être insensé, mais elle s'imaginait très bien vivre ici. Elle se voyait savourer la vie tranquille qu'elle s'était surprise à apprécier ces deux dernières semaines. Elle s'imaginait faire partie de la famille Ward. Mais ces pensées compliquaient une situation déjà insoluble.

Heureusement, elle n'eut pas à répondre car l'organisatrice de mariage passa la tête par l'embrasure de la porte.

— Nous sommes prêts, Nora.

Nora se tourna vers Adeline et la serra dans ses bras.

— Je suis très, très heureuse pour toi, Adeline. Tu es absolument renversante.

— Merci, Nora, dit-elle, remettant son voile en place. Je te retrouve au bout de l'allée.

— Tu ne pourras pas me manquer, je serai la jeune femme en train de pleurer.

Adeline rit. Nora n'avait jamais vu son amie si sûre d'elle, si heureuse, si *prête*.

Nora se dirigea vers la porte de service qui donnait sur le jardin. Une douce musique accompagna ses pas sur le chemin bordé de fleurs.

Elle observa la foule. Elle connaissait certains invités, parmi lesquels la mère d'Adeline, et son père, Eric, dont Adeline avait récemment fait la connaissance. Nora ne pouvait pas imaginer ses parents se réconcilier un jour, quelle que soit la raison.

L'amour flottait dans l'air. Plus elle approchait, plus elle se sentait irrésistiblement attirée vers Beau. Elle risqua un regard vers lui, et son air ému la bouleversa. Elle n'avait pas l'impression de marcher vers l'autel pour soutenir la future mariée.

Elle avait l'impression de marcher vers son avenir.

La musique s'élevait dans l'air du soir. Sous le chapiteau blanc, de nombreux invités dansaient encore. La plupart profitaient de l'open bar, et Beau s'en réjouissait. Sa mère n'avait pas regardé à la dépense, considérant cette fête comme le dernier cadeau de son mari à Colter. Après avoir insisté pour payer lui-même son mariage, Colter avait cédé. Ni lui ni Beau n'étaient de taille face à leur mère.

Il alla rejoindre Austin sur la piste. Son fils dansait avec la petite amie de l'un des cow-boys du ranch et s'amusait beaucoup. Adeline et Colter étaient déjà partis, sous les acclamations et les applaudissements des invités dans le pick-up que Beau et Austin avaient décoré de banderoles et de boîtes de conserve.

Beau tira sur la chemise de son fils pour attirer son attention.

— C'est l'heure d'aller dormir, Austin, dit-il par-dessus la musique du groupe qui jouait des morceaux de musique country.

— Déjà ? s'exclama Austin, l'air déçu.

— Il est plus de minuit, répliqua Beau. Tu as largement dépassé l'heure habituelle. Remercie ta partenaire pour cette danse.

Austin s'adressa à la jeune femme :

— Merci pour la danse, madame.

— Pas de quoi, mon petit, répondit-elle en donnant une petite tape sur le chapeau d'Austin.

L'enfant sourit jusqu'aux oreilles puis fila vers la maison. Beau lui emboîta le pas et remarqua que sa mère l'attendait. Il lui offrit son bras, et tous deux marchèrent sur le chemin menant à la terrasse.

— C'était une belle journée, souligna-t-il.

Bien que la fatigue marque ses traits, Beverly se fendit d'un sourire chaleureux.

— Oui, très belle. Ton père aurait été ravi.

Beau sentit son cœur se serrer. L'absence de Grant Ward ne lui avait jamais paru aussi criante qu'aujourd'hui.

— J'espère lui avoir rendu justice dans mon discours, dit-il.

Beverly lui tapota le bras.

— Bien sûr, chéri. Tu as su être drôle et sentimental quand tu as parlé de ton frère, et tu as rendu un merveilleux hommage à ton père. Il serait très fier de toi. Moi aussi, je suis très fière de toi.

— Merci, maman.

Tandis qu'ils approchaient de la terrasse, Beverly lança :

— Nora est une gentille fille. Je l'apprécie vraiment.

— Je me demandais quand tu allais aborder le sujet, railla Beau.

— Impossible pour moi de ne rien dire alors que tu la regardais comme si vous étiez les futurs mariés.

La situation avec Nora était compliquée, et Beau n'avait aucune envie d'en discuter avec sa mère. Il s'arrêta devant les marches de la terrasse et l'embrassa sur les deux joues.

— Merci de garder Austin ce soir, maman.

Sa mère haussa les sourcils.

— Tu ne vas pas commenter ce que je viens de dire ?

Elle adorerait savoir ce qu'il pensait, il en était sûr, mais lui-même ne le savait pas.

— Non, maman, je ne ferai aucun commentaire.

Elle secoua la tête d'un air maternel. Heureusement, elle n'insista pas.

— Ça ne m'ennuie pas de garder mon petit-fils. Va t'amuser.

Austin vint se jeter dans les bras de son père. Beau l'étreignit.

— Sois sage avec ta grand-mère.

— Promis.

Austin prit sa grand-mère par la main. Dès qu'ils furent entrés dans la maison, Beau retourna à la fête, en songeant aux paroles de sa mère. Lui-même ne cessait de penser à ce moment, quand Nora était apparue dans sa robe de demoiselle d'honneur. D'une beauté renversante, elle l'avait stupéfié.

Parce qu'il avait très envie de la contempler encore, il la chercha dans la foule. Elle n'était ni sur la piste de danse, ni au bar. Il finit par la repérer au loin. Elle marchait sur le chemin éclairé qui longeait le lac.

Il hâta le pas pour la rejoindre.

Lorsqu'il fut à côté d'elle, il remarqua son air triste tandis qu'elle contemplait les eaux sombres sur lesquelles la lune se reflétait. Elle pensait sans doute à la même chose que lui. Son prochain départ.

— À quelle heure est ton avion demain ? demanda-t-il.

Elle déglutit puis lui lança un regard.

— 20 heures.

— Je peux te déposer à l'aéroport.

— Ce serait très gentil.

Elle lui offrit un sourire, mais il semblait forcé.

Il avait tant de choses à lui dire, tout à coup. Pourtant, les mots lui manquaient. Un long silence passa.

— Nora, dit-il enfin.

— Non, protesta-t-elle, la voix rauque d'émotion. Je n'ai pas envie de parler de *ça*.

— Tu ne crois pas que nous devrions en parler, justement ?

— Ça ne ferait que compliquer la situation.

Sans crier gare, elle prit son visage en coupe et amena sa bouche sur la sienne. Et il comprit très bien son impulsion. Parler compliquerait les choses. Dire à voix haute ce qui semblait si évident changerait irrémédiablement leur vie.

Le baiser de Nora était plein de désir, de passion et de tendresse à la fois. Beau saisit son postérieur et la plaqua contre son sexe gorgé de désir.

Mais ce n'était pas suffisant. Loin de là.

Parce qu'il avait besoin d'être en elle, il l'entraîna plus loin, jusqu'à ce qu'ils soient à l'abri des regards. Les lèvres pressées contre les siennes, il murmura :

— Tu as envie de moi, Nora ?

— Oui. Maintenant, ici, déclara-t-elle d'une voix râpeuse.

La faisant pivoter, il souleva sa robe et écarta sa culotte.

— Ne bouge pas, lui intima-t-il.

Il sortit un préservatif de son portefeuille et le mit rapidement en place. Passant les mains sur ses fesses rondes, il émit un grondement d'excitation.

— Regarde ce que tu me fais, chérie.

Tenant la base de son sexe durci, il entra lentement en elle. Le doux gémissement qu'elle poussa faillit le faire exploser tandis qu'il glissait une main sur son ventre et l'autre sur sa hanche afin de la maintenir en place.

— Et ce que tu me fais aussi, murmura-t-elle, agrippant ses avant-bras et enfonçant les ongles dans sa peau.

La pressant contre lui, il appuya la tête contre son cou, respirant son parfum floral, et se mit à aller et venir en elle avec énergie. Ses coups de reins rapides l'amenèrent rapidement au bord de la jouissance. Il serra les dents pour réprimer ses gémissements.

— Beau, murmura-t-elle.

— Je veux te garder, dit-il. Juste ici, dans mes bras.

Il ondula en elle, prenant possession de ce corps qui semblait lui appartenir. Bien vite, il la sentit chanceler contre lui. Il fut secoué par les mêmes sensations, chaque va-et-vient entre ses muscles tremblants le rapprochant du précipice.

Quand elle s'atomisa contre lui, et qu'il la suivit, tremblant de plaisir, il s'accrocha à elle, voulant désespérément la garder près de lui.

Car, demain, elle s'en irait.

Tout ce qu'il avait à faire, c'était trouver un moyen de la retenir.

13

Le lendemain matin, assise sur son lit, Nora fixait son téléphone, incrédule. Elle cligna des yeux pour être sûre qu'elle n'était pas en train de rêver. Le message était toujours là.

Nous sommes heureux de vous offrir le poste de directrice du marketing chez Monet.

Ensuite, tout le reste du message se brouilla, mais Nora avait saisi l'essentiel. Elle était attendue à Paris dans quelques jours. Les mains tremblantes, elle posa son téléphone et jeta un coup d'œil à son sac de voyage.

Cela faisait des semaines qu'elle attendait une proposition d'emploi. Et pourtant, elle se sentait tiraillée.

Beau.

Il était une surprise qu'elle n'avait pas vue venir. Au fond de son cœur, elle savait que si Beau vivait à New York, elle n'irait sans doute pas à Paris, bien que sa raison lui souffle de ne pas répéter ses erreurs. Mais Beau n'était pas comme les autres. Ces deux dernières semaines en sa compagnie étaient les plus heureuses qu'elle ait vécues avec un homme.

— Nora ! appela Beau depuis le salon. Ils vont partir !

Elle sortit de la chambre et fut accueillie par le sourire chaleureux de Beau. Bon sang, elle adorait quand il la regardait ainsi. Tout son visage s'éclairait, et elle avait l'impression de le rendre heureux. Comment allait-elle pouvoir le quitter ? Elle n'en avait aucune idée.

— Viens, dit-il, la prenant par la main.

Elle le suivit à l'extérieur de la maison. Se tenant à côté d'un SUV qui les emmènerait à l'aéroport afin qu'ils prennent un avion pour la Grèce, Adeline et Colter leur sourirent.

— Prête à partir ? demanda Nora à sa meilleure amie.

— Oh ! oui ! fit Adeline. Il me tarde de commencer ma lune de miel.

— Prends beaucoup de photos, dit Nora. J'ai besoin de vivre ce voyage par procuration.

— C'est promis.

Adeline lui donna une accolade puis demanda :

— Des nouvelles de Paris ?

— Aucune décision n'a été prise pour l'instant, esquiva-t-elle.

Ce n'était pas le moment d'évoquer ses hésitations.

— Tu pourrais rester ici, suggéra Adeline. Tu pourrais vivre avec Colter et moi jusqu'à ce que tu trouves un emploi et que tu renfloues ton compte en banque.

— Bon sang, je t'adore, avoua Nora.

— Tant que tu ne dis pas non, j'ai encore de l'espoir. Mais je serai follement heureuse pour toi si tu vas à Paris.

— Merci, dit Nora, la gorge nouée. Profite bien de ton voyage. Tu me raconteras tout à ton retour.

— N'hésite pas à m'appeler si tu as besoin de parler.

Nora se contenta de sourire. Elle ne dérangerait certainement pas Adeline pendant sa lune de miel.

Adeline prit Beau dans ses bras pendant que Colter faisait de même avec Nora.

— Nous n'aurions pas pu réaliser tout ça sans toi, Nora, dit-il. Merci.

— Il n'y a pas de quoi. C'était un plaisir. Prends bien soin de mon amie en Grèce.

Colter lui fit un clin d'œil.

— Tu sais que tu peux compter sur moi.

Nora sourit. Et elle continua de sourire jusqu'à ce qu'Adeline et Colter prennent place dans le taxi et leur fassent des signes de la main.

— Nous avons réussi, déclara Nora quand le véhicule ne fut plus qu'un point au loin.

— Réussi quoi ? questionna Beau.

— Nous avons réussi à ne pas tout gâcher, et maintenant, ils sont mariés et en route pour la Grèce.

Glissant le bras autour de son cou, il déposa un baiser sur ses cheveux.

— Oui, nous avons fait des merveilles. Tu avais des doutes ?

— Non. Même une tempête tropicale n'aurait pas pu nous arrêter.

Elle contempla son sourire splendide, son regard pénétrant. Être ici, avec lui, sur ces terres – cela ne devrait pas lui sembler si naturel. C'était pourtant le cas. À dire vrai, tout semblait parfait.

Trop parfait.

— Je devrais finir de faire mes bagages, lança-t-elle en s'écartant de lui.

Elle remarqua la soudaine tension au coin de ses yeux.

— D'accord. Pendant ce temps, je vais voir si Austin ne fait pas de bêtises.

— D'accord, je te vois tout à l'heure.

Nora regagna sa chambre et s'assit sur le lit. Elle s'apprêtait à répondre au mail de la société Monet quand son téléphone se mit à sonner. Le numéro n'était pas dans son répertoire, mais l'indicatif était new-yorkais. Nora accepta l'appel.

— Allô ?

— Nora Keller ?

— Oui.

— Bonjour, Nora. C'est Claire, l'ancienne rédactrice en chef d'Adeline.

Claire dirigeait le blog qui avait publié la photo de Colter et de Beau en train de sauver un veau. Le cliché qui avait fait des frères Ward des vedettes.

— Euh, oui, bonjour, bredouilla-t-elle. Je suis désolée, Claire, Adeline vient de partir en lune de miel.

— Ce n'est pas pour lui parler que je vous téléphone.

Nora se figea.

— En quoi puis-je vous aider ? demanda-t-elle.

— J'ai une proposition à vous faire.

Une douzaine de possibilités se bousculèrent dans son esprit. Mais aucune n'avait de sens.

— Quelle proposition ?

— J'ai appris que vous étiez proche de Beau Ward.

Des alarmes retentirent aussitôt dans la tête de Nora. Elle se leva et alla se camper devant la fenêtre, posant le regard sur les chevaux qui broutaient dans la prairie.

— Auriez-vous l'obligeance de me dire comment vous le savez, et en quoi cela vous concerne ?

La voix de Claire était teintée d'amusement et non de honte quand elle répondit :

— Je suppose qu'avant de vous présenter mon offre, je devrais m'expliquer.

— Oui, je pense que vous devriez, répliqua Nora d'un ton brusque.

— Il y a une semaine, l'un des journalistes que j'avais envoyé à Devil's Bluffs est revenu en affirmant que la vie de Beau n'intéressait plus personne. J'avais le sentiment qu'il ne me disait pas tout, alors j'ai envoyé un détective privé à Devil's Bluffs.

Nora serra les dents.

— Où voulez-vous en venir ? lâcha-t-elle.

— J'ai appris votre proximité avec Beau Ward par mon détective privé. Voici ma proposition : je veux en savoir plus sur Beau. Je veux connaître toute son histoire. Je sais que vous êtes personnellement attachée à lui, mais je sais aussi que vous retournez à New York ce soir. C'est donc que votre lien n'est pas si solide que cela.

— Si vous croyez que je vais vous révéler des détails privés, vous vous trompez lourdement.

— Oh ! je sais que vous ne le ferez pas gratuitement.

Claire marqua une pause. Puis elle annonça :

— C'est pourquoi je vous paierai vingt mille dollars pour ce scoop. Je veux les détails que mon journaliste n'a pas su obtenir.

Nora n'en croyait pas ses oreilles.

— Vous me paierez vingt mille dollars pour raconter toute l'histoire de Beau ?

— Ce n'est pas votre petit ami, n'est-ce pas ?

— Non, nous ne sommes pas en couple.

— Cet argent vous serait-il utile ?

Nora ricana.

— Oh ! oui, cet argent me changerait la vie.

— Quelle est votre réponse, dans ce cas ? Oui ou non ?

Nora ne répondit pas tout de suite. Elle ne trahirait jamais personne, mais la somme d'argent que Claire offrait l'inquiétait. Cette femme n'avait aucune intention d'abandonner cette histoire. Les efforts de Nora pour contrecarrer ses plans avaient échoué.

— Non, je ne dis pas non.

— Ah, c'est une excellente nouvelle ! se réjouit Claire.

Son interlocutrice commença à exposer son plan. Un chauffeur passerait prendre Nora ce soir dès son arrivée à New York. Il lui faudrait signer un contrat avant d'obtenir son chèque.

— Vous m'avez mal comprise, l'interrompit Nora.

Le toupet de cette femme était incroyable.

— Ma réponse est : *jamais de la vie*. Je n'accepterai aucune somme d'argent pour dévoiler la vie privée de Beau. Vous devriez avoir honte de vous.

— Les affaires sont les affaires, ma chère.

Nora réprima les jurons qui lui brûlaient les lèvres.

— Vous n'obtiendrez rien de moi, asséna-t-elle.

— C'est dommage, conclut Claire après un moment. Transmettez mes félicitations à Adeline.

Et la ligne fut coupée.

— Quelle garce, marmonna Nora en fixant son téléphone.

Comment Adeline avait-elle pu travailler pour cette femme pendant des années ?

Nora craignait que Beau et Austin ne soient jamais tranquilles à cause de ce maudit blog. Elle sortit de la chambre en trombe pour aller retrouver Beau. Une fois dehors, elle croisa un employé du ranch.

— Avez-vous vu Beau et Austin ?

— Ils sont partis, madame.

— Partis ? Où ça ?

Comment se faisait-il que Beau ne l'ait pas prévenue ?

— Je ne sais pas, madame. Je sais seulement qu'ils sont partis il y a quelques minutes.

— D'accord, merci.

Nora retourna dans sa chambre. Elle saisit son téléphone et appela Beau. Pas de réponse. Se demandant s'il était arrivé quelque chose, elle téléphona à Beverly, dont elle avait enregistré le numéro dans sa liste de contacts.

— Bonjour, Nora, répondit Beverly d'une voix inhabituellement tendue.

— Bonjour, Beverly. Je ne veux pas vous inquiéter, mais savez-vous où sont Beau et Austin ?

— Je suis désolée, Nora, Beau m'a demandé de ne pas vous le dire.

Nora se sentit pâlir. Elle se laissa tomber sur le lit.

— A-t-il dit pourquoi ?

— Oh ! ma chère, il vous a entendue parler au téléphone.

Ces mots lui firent l'effet d'un coup de massue. Elle se rappela ses paroles. *Vous me paierez vingt mille dollars pour raconter toute l'histoire de Beau ? Non, nous ne sommes pas en couple. Non, je ne dis pas non.*

Beau savait qu'elle avait besoin d'argent et, à l'évidence, il ne l'avait pas entendue refuser l'offre de Claire.

— Je... il m'a mal comprise.

Non, rectifia-t-elle, le cœur lourd. Il l'avait crue capable de le trahir.

— Je lui ai dit que c'était probablement le cas, répondit Beverly. Parlez avec lui, trésor.

Nora était sur le point de s'effondrer quand elle dit au revoir à Beverly et raccrocha. Elle téléphona à Beau. Une fois. Deux fois. Trois fois. Jusqu'à ce que la réalité s'impose à elle. Beau avait eu une porte de sortie, et il l'avait prise. Il fallait que Nora en fasse autant.

Des larmes tombèrent sur son bras quand elle reprit son

téléphone et répondit au mail de la société Monet.

Je suis ravie d'accepter officiellement votre offre, et je me réjouis de rejoindre votre équipe. Puis-je vous appeler demain à 9 heures, heure de Paris ?

14

Une semaine s'était écoulée, et les paroles de Nora tournaient encore en boucle dans la tête de Beau. Chaque jour. Chaque minute.

« Vous me paierez vingt mille dollars pour raconter toute l'histoire de Beau ? Non, nous ne sommes pas en couple. Non, je ne dis pas non. »

Il n'aurait jamais cru Nora capable de vendre les détails de sa vie privée, mais il avait entendu chaque mot accablant. Sans réfléchir, il avait quitté la maison avec Austin et s'était rendu directement chez sa mère. Beverly l'avait encouragé à parler à Nora. Plutôt que de l'écouter, il était allé faire une balade à cheval avec Austin.

Au fil des jours, il avait commencé à se dire qu'il avait peut-être mal interprété les paroles de Nora. Néanmoins, c'était un mal pour un bien. Leur relation n'aurait jamais pu fonctionner, de toute façon. Beau avait assuré à Nora qu'il ne voulait pas de complications, pourtant la situation était devenue très complexe.

Au lieu de suivre les conseils de sa mère et de téléphoner à Nora, il l'avait laissée partir.

Maintenant que le week-end était enfin arrivé, Beau avait décidé de faire du camping avec Austin. Il prit des bûches de bois dans le véhicule tout-terrain qu'il avait utilisé afin de parcourir les terres du ranch et de trouver le meilleur endroit pour installer leur tente.

Quand il revint, Austin était assis près du feu de camp, qu'il tisonnait avec un bâton. Il semblait triste, comme cela avait été le cas toute la semaine.

— Qu'est-ce qui se passe, mon bonhomme ? demanda Beau, s'asseyant à côté de son fils sur un rondin de bois.

En guise de réponse, Austin haussa les épaules.

— Allez, crache le morceau. Ça ne résout rien de tout garder pour soi.

Austin leva les yeux vers lui.

— Nora me manque.

Beau sentit son cœur se serrer.

— Elle me manque aussi, avoua-t-il.

Plus rien ne semblait pareil à Devil's Bluffs à présent.

— Elle n'a même pas dit au revoir, dit l'enfant d'un ton triste.

Beau mit un bras autour de ses épaules.

— Parfois, la vie sépare les gens.

— Est-ce qu'on pourrait lui téléphoner ?

En voyant l'espoir et le désarroi sur le visage d'Austin, Beau se rappela pourquoi il choisissait avec soin les femmes qu'il laissait entrer dans leur vie. Austin avait manifestement noué un lien fort avec Nora, et maintenant, il souffrait de son absence.

— La prochaine fois que tu verras Adeline, tu pourras lui demander si tu peux passer un appel vidéo avec Nora.

Austin attisa le feu.

— Elle voudra me parler, je pense.

Beau ferma les yeux, ébranlé par l'assurance dans la voix de son fils. Austin avait raison, Nora aimerait sûrement lui parler – elle s'était beaucoup attachée à lui. Beau était tiraillé. Il ne pouvait pas oublier ce qu'il avait entendu. Mais il ne pouvait pas non plus occulter le fait qu'il avait peut-être tiré des conclusions hâtives. D'un autre côté, Nora n'avait même pas voulu évoquer la possibilité d'une relation durable. Elle ne souhaitait pas vivre ici, avec lui. Depuis que Beau s'était réveillé ce matin, et bien qu'Austin et lui aient passé la journée à randonner, à se baigner dans le lac et à faire rôtir des marshmallows au-dessus du feu de camp, il avait l'impression que tout allait de travers.

Lui qui avait voulu éviter les complications, il faisait face à la plus grande complication de toutes. L'amour. Oui, il aimait

Nora, il en était certain. Seul l'amour pouvait expliquer qu'il se sente si perdu sans elle.

Un hélicoptère apparut au loin, se rapprochant au fil des minutes. L'appareil noir traça des cercles au-dessus d'eux avant d'amorcer sa descente vers le sol.

Beau se leva.

— Qui est-ce ? demanda Austin.

— Oncle Colter. Reste là.

Il savait que son frère et Adeline revenaient de leur lune de miel aujourd'hui. Mais il ne s'était pas attendu à une visite sur leur lieu de camping. Pourquoi Colter ne l'avait-il pas prévenu ? Beau n'avait pourtant pas éteint son téléphone. Les seuls appels récents qu'il avait reçus étaient les nombreux coups de fil de Nora avant qu'elle ne quitte Devil's Bluffs.

Beau courut vers l'hélicoptère. Son frère coupa le moteur et descendit de l'appareil. Lorsque Beau ne fut plus qu'à quelques mètres, il se rendit compte que son frère n'était pas seul. Adeline l'accompagnait. Et elle marchait vers Beau en le fusillant du regard.

Mince !

Il s'arrêta net.

— Qu'est-ce qui ne va pas chez toi ? tonna Adeline quand elle fut face à lui.

— Je n'en sais rien, répliqua Beau, jetant un coup d'œil vers son frère.

Colter croisa les bras et secoua la tête d'un air réprobateur. Beau grimaça et reporta son attention sur Adeline.

— Mais je suppose que tu vas me le dire.

— Oh ! oui, je vais te le dire ! répondit Adeline. Je n'arrive toujours pas à croire que tu aies fait ça !

— Je pourrais sans doute m'expliquer si tu voulais bien me dire de quoi il s'agit.

— Beverly nous a raconté ce qui s'est passé avec Nora.

Bien, cela lui évitait de le faire, songea Beau.

— Et c'est contre *moi* que tu es fâchée ?

Adeline écarquilla les yeux.

— Contre qui d'autre, sinon ?

— C'est compliqué, esquiva Beau.

— Non, c'est tout sauf compliqué. Tu as entendu une partie de la conversation, et tu n'es pas resté jusqu'à la fin. Au lieu de te comporter en homme et de parler avec Nora, tu l'as laissée partir. Mais où avais-tu la tête, bon sang ?

Beau se rembrunit.

— Je lui ai offert la porte de sortie qu'elle cherchait.

— Comment sais-tu qu'elle voulait une porte de sortie ? intervint Colter.

Beau soupira et se passa la main dans les cheveux.

— Parce que je le sentais.

— C'est une réponse stupide ! fulmina Adeline en le pointant du doigt. Tous les deux, vous avez peur d'être dans une relation qui vous oblige à changer. Au moins, reconnais-le. Tu ne t'attendais pas à retrouver le bonheur. Et Nora est si terrifiée qu'elle ne peut pas croire que votre histoire soit bien réelle. Pour elle, l'amour est une mascarade.

— Je n'ai pas peur, se défendit Beau en croisant les bras.

— Dans ce cas, pourquoi ne l'as-tu pas suppliée de rester ? demanda Adeline. Alors que nous voyons tous à quel point tu l'aimes ?

Beau interrogea son frère du regard.

— Ça ressemble à de la lâcheté, Beau, déclara Colter.

Beau prit une profonde inspiration et expira longuement. Puis il s'adressa à Adeline :

— Elle ne voulait même pas évoquer l'idée de rester, le soir de votre mariage. J'ai essayé de lui parler. Elle ne voulait rien entendre. Alors, oui, quand je l'ai entendue converser au téléphone, j'ai présumé le pire. Une fois calmé, j'ai compris que j'avais tiré des conclusions hâtives. Mais de toute façon, le problème n'est pas là. Nora ne voulait pas rester. Elle ne voulait pas de moi.

— Lui as-tu demandé de rester ? rétorqua Adeline.

Beau sentit ses veines se glacer.

— Non, admit-il.

— Tu n'imagines pas à quel point Scott l'a fait souffrir, répondit Adeline d'un ton radouci. C'est un homme ignoble, qui l'a traitée comme si elle n'avait aucune valeur. Nora est une femme forte, qui voit toujours le bon côté des choses, mais quand Scott est parti, j'ai vu une part d'elle mourir. Une part qui est revenue à la vie quand Nora était ici, avec toi.

Le monde sembla vaciller autour de lui tandis que les paroles d'Adeline s'enregistraient dans son esprit.

— Elle a besoin d'amour, Beau, ajouta Adeline. Elle a grandi avec des parents calamiteux. Tous ses petits amis l'ont déçue, et le dernier l'a détruite. Je connais Nora aussi bien que je me connais moi-même. Elle cherchait une raison de rester. Tout ce que tu avais à faire, c'était lui en donner une.

Colter acquiesça d'un signe de tête.

— C'est une femme géniale, petit frère, enchérit-il.

Beau réfléchit à tout ce qu'il avait fait. À toutes les choses qu'il avait dites, et à celles qu'il n'avait pas dites.

— Bon sang, j'ai tout gâché. Je n'ai pas pensé que...

— En effet, tu n'as pas réfléchi, l'interrompit Adeline.

— Est-ce que tu lui as parlé ? demanda Beau.

— Oui.

— Est-ce qu'elle va...

— Non, Beau, elle ne va pas bien. Elle sait que tu l'as mal jugée, mais elle sait aussi qu'au lieu de répondre ses appels, tu l'as exclue de ta vie.

Beau passa les mains sur son visage. Il avait cru que Nora voulait fuir, et il l'avait lâchement laissée partir. Seigneur, qu'avait-il fait ?

— Nora est triste ? demanda Austin.

Beau se rendit compte que son fils les avait rejoints. Il s'agenouilla devant lui, remarquant son regard peiné.

— Je vais arranger ça, mon bonhomme. Je te le promets.

Il se releva et se tourna vers son frère.

— Colter, j'ai besoin que tu m'emmènes à New York en avion.

— Ça ne servirait à rien, répondit Colter. Elle n'est pas là-bas.

Beau sentit le sol se dérober sous ses pieds.

— Où est-elle ?

— À Paris, répondit Adeline.

15

Les cafés pittoresques, les monuments historiques, les arts, la mode… la ville de l'amour était tout ce que Nora avait imaginé et plus encore. Assise à une terrasse de café, elle dégustait un cappuccino sous un beau ciel bleu, en regardant les piétons passer. Autour d'elle, il n'y avait ni téléphones ni ordinateurs portables en vue. Uniquement des clients qui aimaient lire un journal ou discuter avec quelqu'un autour d'un café.

Paris était superbe. Tout aurait dû être parfait, pourtant ce n'était pas le cas. Nora avait toujours ce sentiment de vide en elle, celui qu'elle avait fui en quittant New York et en venant à Paris. Depuis son arrivée, ce vide s'était agrandi. Car elle avait goûté à quelque chose de bien plus merveilleux que la vie dans une cité magique. Elle avait goûté au bonheur.

Et maintenant, ce bonheur s'était envolé.

Beau et Austin lui manquaient. Adeline et Colter lui manquaient. Et, à sa grande surprise, Devil's Bluffs lui manquait. Elle regrettait le calme, le silence, les odeurs de la nature. Le manque était si fort qu'il provoquait une douleur dans son cœur qu'elle n'arrivait pas à faire disparaître. Elle voulait détester Beau pour l'avoir crue capable de le trahir, mais elle n'y parvenait pas. Certes, il avait supposé qu'elle avait accepté de vendre ses secrets, mais au lieu d'aller le trouver pour s'expliquer, elle était partie, elle aussi.

Songeant soudain qu'elle avait commis une terrible erreur, elle termina son cappuccino, régla sa note et s'en alla. Quelques minutes plus tard, elle arriva devant un bâtiment historique rénové situé au cœur de Paris. Une fois dans le hall où se croisaient des gens aux vêtements haute couture, elle alla prendre un ascenseur pour gagner le cinquième étage.

Après quelques instants, les portes s'ouvrirent sur les bureaux de Monet.

Déterminée à faire disparaître ce vide en elle que Paris n'avait pas pu combler, Nora alla frapper à la porte de sa directrice. Assise derrière son bureau, Gisèle Monet était l'incarnation de l'élégance. Avec son sens de la mode, son maquillage raffiné et ses coiffures stylées, elle était aussi belle qu'une actrice new-yorkaise.

— Entrez, Nora, dit Gisèle, lui faisant signe d'avancer.

— Bonjour, dit Nora, prenant place sur une chaise face au bureau. Comment allez-vous ?

— Très bien, ma chère, répondit Gisèle, joignant ses mains parfaitement manucurées. Que puis-je faire pour vous ?

Nora prit une grande inspiration pour rassembler son courage.

— Je suis vraiment désolée, Gisèle, mais je dois vous donner ma démission.

— Oh ! non ! s'exclama Gisèle. Pour quelle raison ? Avons-nous fait quelque chose qui vous a perturbée ?

Nora se sentit rougir.

— Non, bien sûr que non. J'adore travailler pour vous. J'aime cette entreprise et ses employés, et j'aime Paris.

Gisèle inclina la tête.

— Alors, quel est le problème ?

— Mes proches me manquent. J'ai essayé de me faire à leur absence, mais je n'y arrive pas.

Gisèle se leva, pinçant les lèvres. Elle contourna son bureau d'un pas élégant et vint s'asseoir à côté de Nora. Elle croisa ses jambes fines dans une posture parfaite.

— Une vie sans amis n'est pas une vie, alors je vous comprends, dit-elle avec douceur.

Nora acquiesça d'un signe de tête. Elle avait fui, tout comme Beau. Elle avait été si décidée à trouver la nouvelle version d'elle-même qu'elle avait oublié à quel point l'ancienne Nora était formidable. La Nora qu'elle avait été avec Beau. La vraie

Nora. Au fond, la situation était simple. Sa place n'était pas à New York. Ni à Paris. Sa place était à Devil's Bluffs.

— Il faut que je rentre chez moi, et je crains de devoir partir dès aujourd'hui.

— Faites ce que vous devez faire. Mais sachez que je vous apprécie beaucoup, et que je ne veux pas vous voir partir.

Gisèle tapota sa lèvre peinte en rouge.

— Seriez-vous d'accord pour rester chez nous, mais en travaillant à distance ?

— Oui ! s'exclama Nora aussitôt. Mais êtes-vous sûre que cela vous ira ? Vous vouliez avoir quelqu'un sur place.

— Une entreprise ne dure pas si elle n'est pas flexible, et les bonnes recrues sont très difficiles à trouver. Votre travail nous a permis d'augmenter le nombre d'abonnés à nos réseaux sociaux de vingt pour cent. Je serais folle de vous laisser partir.

— Gisèle, dit Nora d'une voix émue, je ne sais même pas quoi dire. Hormis merci, bien sûr. Je serais enchantée de rester chez Monet et de travailler depuis les États-Unis. C'est un poste de rêve.

— Excellent, se réjouit Gisèle. Votre salaire serait le même, et au lieu de vous verser une allocation pour votre logement, nous consacrerions la même somme à vos trajets en avion et à vos séjours à l'hôtel. Vous êtes d'accord pour revenir à Paris à chaque réunion trimestrielle, n'est-ce pas ?

— Absolument.

Nora avait déjà assisté à l'une de ces réunions. Pendant quatre jours, tous les employés réfléchissaient ensemble aux projets des mois à venir, Gisèle dirigeant les discussions. Les autres réunions, en comité plus réduit, pourraient être organisées à distance.

— Je serais très heureuse de pouvoir revenir à Paris, assura Nora.

— Excellent.

Gisèle retourna s'asseoir à son bureau.

— Je suis heureuse que vous restiez chez nous, Nora.

— Moi aussi, dit-elle avant de se lever. Je ne sais comment vous remercier d'être si compréhensive.

— Je vous en prie. Il faut que vous ayez conscience de votre valeur, ma chère. Vous fournissez un travail formidable, et nous avons de la chance de vous avoir.

La directrice marqua un temps puis ajouta :

— Prenez quelques jours pour rentrer chez vous et vous remettre du décalage horaire. Ensuite, vous pourrez reprendre votre travail en ligne, n'est-ce pas ?

— Oui, bien sûr.

Elle serra la main à sa supérieure.

— Merci, Gisèle. Je suis enchantée de continuer ma collaboration avec vous.

— Il n'y a pas de quoi. À bientôt, Nora.

Se sentant plus légère qu'à son arrivée, Nora retourna à son hôtel, où l'entreprise Monet lui avait réservé une chambre en attendant qu'elle trouve un appartement.

Proche des monuments et des musées les plus célèbres de la ville, l'hôtel centenaire orné de jardinières fleuries avait un charme romantique, et Nora le quitterait à regret. Elle entra dans le hall. Après quelques pas, elle se figea, stupéfiée.

— Beau ? parvint-elle à dire. Austin ?

Était-elle en train d'avoir une hallucination ?

Se tenant près d'une statue d'ange au centre du hall, le père et le fils se retournèrent. Tous deux étaient vêtus d'un jean et d'une chemise impeccables.

Quand elle remarqua le bouquet de fleurs que portait Austin, Nora sentit son cœur s'emballer.

— Elles sont pour moi ? demanda-t-elle.

Avec un adorable sourire, le petit garçon lui tendit les fleurs.

— Papa dit que quand on présente ses excuses à une dame, on doit lui apporter des fleurs.

Nora sentit son regard s'embuer.

— Les dames aiment les fleurs, c'est vrai, approuva-t-elle, déposant un baiser sur les cheveux d'Austin. Mais elles aiment encore plus les excuses.

— C'est ce que papa a dit aussi.

Tandis qu'elle essuyait ses larmes et croisait le regard de Beau, une émotion intense sembla saturer l'air. Elle avait vu bien des facettes de Beau. Le cow-boy puissant. Le dresseur de chevaux coriace. Le gentleman courtois. L'amant fougueux, déterminé et parfois doux. Et maintenant, l'homme vulnérable au regard tendre. C'était cette facette qu'elle préférait entre toutes.

Il saisit sa main et l'attira vers lui.

— Pendant tout le trajet en avion, j'ai beaucoup réfléchi, Nora. J'ai essayé de penser à toutes les manières possibles de te dire que j'étais désolé de t'avoir mal jugée. Que j'ai été stupide de croire que tu me trahirais pour de l'argent. Je pourrais te dire que j'ai été lâche et t'expliquer que j'ai fui parce que j'avais peur. Mais je me rends bien compte qu'il n'y a rien que je puisse dire qui excusera mon comportement. J'ai très mal agi.

Elle laissa échapper le souffle qu'elle retenait depuis tout à l'heure.

— Eh bien, faire tout le chemin jusqu'à Paris est une bonne manière de faire amende honorable.

— C'est un bon début, dit-il, la voix rauque d'émotion. Mais je peux faire mieux.

Il fit un pas en arrière et serra l'épaule d'Austin.

— Pas vrai, bonhomme ?

Austin afficha un grand sourire.

— Oui, papa.

Nora regarda Beau s'agenouiller devant elle. Quelques secondes plus tard, elle contemplait un solitaire en forme de poire dans son écrin de velours.

— Je peux te promettre que je ne commettrai plus jamais la même erreur, assura Beau. J'ai déjà connu l'amour, et je n'ai pas besoin de mois ou d'années pour être sûr de mes sentiments. J'ai su, dès notre première rencontre via un appel vidéo, que tu avais quelque chose d'unique. Ensuite, quand tu es montée dans mon pick-up pendant la tempête et que j'ai sondé ton regard, j'ai compris que j'étais mordu. Je ne veux plus passer une seule journée sans toi.

Nora sentit ses larmes couler sur ses joues.

— Beau...

— Ces dernières semaines, tu m'as apporté un bonheur que

je croyais ne plus jamais connaître. Tout cela grâce à ce que tu es. J'aimerais que tu viennes vivre à Devil's Bluffs. Je sais que c'est beaucoup demander, mais je ne pourrai pas me le pardonner si je n'essaie pas. Car tu es l'élue de mon cœur, Nora. Tu es la femme aux côtés de laquelle je veux me réveiller chaque matin et m'endormir chaque soir.

Il lança un regard à Austin, qui hocha la tête et prit la main de Nora.

— Nous voulons que tu viennes vivre avec nous, Nora, dit l'enfant. Et nous ne voulons plus jamais que tu partes.

Elle étouffa un sanglot, songeant soudain que tout ce qu'elle avait traversé l'avait menée à ce moment. À ce bonheur.

— C'est vrai ?

— Oui, c'est vrai, affirma Austin.

Il se pencha vers son père.

— Pourquoi est-ce que Nora pleure ? chuchota-t-il.

— Je crois que ce sont des larmes de joie, mon fils.

Nora émit un petit rire.

— Oui, ce sont des larmes de joie, assura-t-elle.

Elle s'agenouilla sur le sol de marbre froid et prit l'adorable visage d'Austin entre ses mains.

— Je veux venir vivre avec vous, et je ne partirai plus jamais.

Austin ouvrit de grands yeux.

— C'est vrai ?

— Oui, bien sûr.

Elle le prit dans ses bras. Elle n'avait jamais connu Annie, mais elle espérait que la mère d'Austin les regardait de là-haut en souriant. Étreignant l'enfant de toutes ses forces, Nora fit la promesse à Annie d'aimer son fils et de le guider du mieux possible.

— À mon tour, fiston, intervint Beau.

Austin quitta les bras de Nora. Elle se releva et fit face à Beau.

— Je t'aime, Nora, dit-il. Je suis presque sûr que je suis tombé amoureux de toi au premier regard. Tu disais vouloir vivre une aventure, alors vivons-la. Épouse-moi.

Elle prit son visage en coupe.

— Oui, Beau, j'accepte de t'épouser, mais j'ai une condition.

— Laquelle, chérie ?

— Depuis que je suis montée dans un avion en direction du Texas, j'ai suivi mon cœur et non ma raison, et cela m'a menée à vous deux. Alors, continuons de faire les choses de manière non conventionnelle.

Il gloussa.

— Avec toi, Nora, je pense que l'aventure ne s'arrêtera jamais.

Il retira la bague de son écrin et la glissa à son doigt.

— Je t'aime, cow-boy.

— Et j'en suis très heureux.

Il ponctua ses mots d'un baiser plein de promesses.

Elle avait très envie de s'abandonner entre ses bras, mais Austin les observait, l'air répugné par leur étreinte.

— Tu sais ce que je veux le plus à cet instant ? demanda-t-elle à l'enfant.

— Non, quoi ? demanda Austin.

Elle regarda tour à tour les deux êtres qui étaient son avenir.

— Je veux rentrer chez nous.

16

Deux semaines s'étaient écoulées depuis leur retour de France. Il s'était passé tant de choses en si peu de temps que Beau n'en revenait toujours pas. Austin, Nora et lui étaient restés à Paris quelques jours. Cette parenthèse avait été magique, en grande partie grâce à Nora.

Depuis la véranda à l'avant de sa maison, Beau contemplait les prairies éclairées par la lune. Ces dernières semaines, il avait enfin retrouvé ce qui manquait dans sa vie, et il ne s'était jamais senti aussi… *entier*.

Des bruits de pas dans l'herbe attirèrent son attention. Il tourna la tête et sentit son cœur s'emplir de joie.

— Comme tu es beau, Austin ! s'exclama-t-il.

Son fils le rejoignit en courant. Il portait un jean noir et une chemise bleu marine, ainsi que son chapeau noir et ses bottes noires.

— Grand-mère m'a dit que je ne pouvais pas m'asseoir, sinon mes vêtements seront tout froissés.

Beau rit.

— Tu devrais sans doute l'écouter. Elle a souvent raison.

— Prêt à te passer la corde au cou ? lança Colter.

Jetant un regard par-dessus son épaule, Beau vit son frère sortir de la maison. Colter portait un jean noir et une chemise blanche élégante.

— Oui, accorde-moi quelques minutes, tu veux bien ?

— Bien sûr.

— Austin, reste avec oncle Colter.

— D'accord, dit Austin.

Beau entra dans la maison et aperçut sa mère, vêtue d'une robe rose pâle, ainsi qu'Adeline, habillée d'une longue robe jaune poussin au tissu fluide. À pas feutrés, Beau monta l'escalier, espérant que personne ne l'avait vu.

La porte de la chambre était ouverte. Dès qu'il franchit le seuil, il eut le souffle coupé.

Nora portait une longue robe blanche fendue, dont le col en V attirait l'attention sur son joli décolleté. Ses cheveux ondulés parsemés de petites fleurs tombaient en cascades sur ses épaules. Son maquillage léger mettait en valeur son magnifique visage.

Soudain, elle croisa son regard dans le miroir.

— Beau ! Tu n'es pas censé me voir ! s'exclama-t-elle, se couvrant avec ses bras. Sors !

— Je ne peux pas.

Il avança et ferma la porte. Quand il se retourna vers Nora, il la vit pâlir.

— J'espère que tu ne vas pas me briser le cœur, Beau Ward, parvint-elle à dire.

— Non, rassure-toi, il ne s'agit pas du tout de ça. J'avais juste besoin de te montrer quelque chose.

— Ça ne pouvait pas attendre après le mariage ? demanda-t-elle d'un ton consterné.

Il sortit de sa poche un article de magazine plié en quatre.

Elle le lui prit des mains. Et elle ouvrit de grands yeux quand elle lut le titre :

Le célibataire le plus sexy du Texas n'est plus célibataire. Découvrez tous les détails de son coup de foudre !

— Tu leur as donné ton histoire ? s'écria-t-elle d'une voix stridente.

— Non. Je leur ai donné *notre* histoire.

Elle cligna des yeux et s'éventa avec ses mains.

— Si tu me fais pleurer et que tu abîmes mon maquillage, je vais te tuer.

Il rit et l'attira vers lui.

— Je me fiche que ton maquillage soit fichu. Tu seras tout de même la plus belle femme qui soit.

Elle s'éventa avec plus de force.

— Ça ne m'aide pas du tout.

Amusé, il ne put s'empêcher de lui donner un bref baiser.

— Je ne voulais pas te faire pleurer, mais je tenais à ce que tu lises cet article. Je veux que tu voies à quel point je suis fier que tu deviennes ma femme.

— Beau, je le sais déjà. Tu n'avais pas à faire cela.

— Si, il le fallait. Lis-le, insista-t-il.

Elle l'observa un instant, puis finit par hocher la tête.

— D'accord.

Elle parcourut le texte, prenant son temps pour le lire comme si chaque mot comptait.

— Tu leur as tout raconté. Sur Annie. Sur ton père.

Elle releva la tête, l'air surpris.

— Tu leur as parlé de moi ? En disant que tu avais retrouvé l'amour ?

— Je veux que le monde sache que tu es l'élue de mon cœur.

Elle émit un petit rire, les yeux mouillés de larmes.

— Eh bien, tout le monde est au courant, maintenant.

Elle posa l'article sur la commode puis se retourna vers lui.

— Y a-t-il autre chose ? demanda-t-elle.

Il avança, la fit asseoir sur le lit puis s'agenouilla devant elle, prenant ses mains dans les siennes.

— Quand j'ai lu l'article ce matin, j'ai pris conscience que j'avais enfin tout ce que j'avais toujours voulu, et même davantage. Il n'y a rien que je voudrais changer. Je suis très chanceux d'avoir autant d'amour dans ma vie.

Il marqua une pause afin de choisir ses mots avec soin.

— Tu as dit que tu souhaitais un mariage non conventionnel, mais es-tu sûre que c'est ce que tu veux, Nora ?

— Je veux t'épouser, oui, répondit-elle aussitôt.

— Bon sang, j'aime la vitesse à laquelle tu as répondu, dit-il en souriant. Mais ce que je veux savoir, c'est si tu es sûre de vouloir te marier aujourd'hui. Ici. Dans ce jardin. Tu n'as jamais rêvé d'avoir un grand mariage ?

Elle lâcha ses mains pour prendre son visage en coupe.

— Pourquoi me demandes-tu cela ?

— Parce que je ne veux pas que tu manques quoi que ce soit, répondit-il, exprimant enfin les pensées qui l'avaient taraudé toute la journée. Je veux que tous tes rêves deviennent réalité. Je tiens à ce que tu aies le mariage que tu as toujours voulu. Je veux tout te donner, Nora.

Il vit une larme glisser sur sa joue.

— Tu m'as déjà tout donné. Toutes les choses que j'ai voulues, et toutes celles que j'ignorais vouloir. Je suis heureuse. T'épouser ce soir, c'est exactement ce que je veux.

— Et tes parents ? Je ne les ai rencontrés que par appel vidéo.

Les deux parents de Nora avaient été très surpris d'apprendre qu'elle était fiancée. Aucun d'eux ne savait que leur fille se mariait ce soir. Nora avait prévu de leur annoncer la nouvelle après la cérémonie.

— Mes parents ne sont pas comme ceux d'Adeline, expliqua-t-elle d'une voix émue. Ils ne seraient pas capables de se réunir et d'être courtois l'un envers l'autre, même pour moi. Ils se disputeraient et feraient une scène. Je ne tiens pas à subir cela.

Elle reprit ses mains dans les siennes.

— Toutes les personnes qui comptent sont présentes ici ce soir et c'est tout ce qui m'importe. Je n'ai besoin de rien d'autre.

— Tu n'auras pas de regrets ?

— Pas un seul. Tu m'aimes. Je t'aime. Que demander de plus ?

En guise de réponse, il scella leurs lèvres.

Soudain, la voix d'Adeline interrompit leur baiser.

— Qu'est-ce que... Beau, tu n'es pas censé être ici !

Beau gloussa et se releva lentement.

— Je m'en vais, je m'en vais, céda-t-il.

— Allez, ouste ! fit Adeline en lui montrant la porte.

Avant de sortir, il fit un clin d'œil à Nora.

— Je te retrouve dehors.

Elle hocha la tête.

— Compte sur moi.

Adeline referma la porte sur lui, mais il entendit tout de même le juron qu'elle proféra. Puis il l'entendit se lamenter.

— Nora, tu as pleuré ! Génial. Maintenant, il faut refaire tout ton maquillage. Ah, les hommes !

Beau continua de rire jusqu'à ce qu'il croise sa mère au bas de l'escalier.

Elle lui décocha un regard sévère.

— Tu brises la tradition, Beau.

— C'est une tradition stupide, de toute façon.

Beverly semblait inquiète à présent.

— Tout va bien, assura-t-il, l'embrassant sur la joue. Ne t'en fais pas.

— Tant mieux. Je t'aurais passé un savon si tu avais gâché la fête.

— Pas de gâchis, promis. Je te vois tout à l'heure.

Sans crier gare, elle le prit dans ses bras.

— Je suis si fière de toi, Beau. Fière du fils et du père que tu es. Et du mari que tu vas devenir. Je t'aime tant.

— Je t'aime aussi, maman.

— Cette journée rendrait sûrement Annie et ton père heureux, ajouta-t-elle d'une voix émue.

Il la serra fort.

— Tu as raison, maman.

Après l'avoir embrassée sur la joue à nouveau, il alla dans le jardin.

Austin et Colter y étaient déjà, ainsi que les cow-boys du ranch et leurs compagnes. Le programme de ce soir était simple. Un mariage au clair de lune, puis une fête qui durerait jusqu'au bout de la nuit, avec des boissons à volonté, des airs de musique country, un feu de camp et un buffet.

Beau avança vers Colter sous les cris et les acclamations des invités.

— Prêt ? demanda son frère.

Beau hocha la tête et, posant la main sur le dos d'Austin, il le guida vers l'officiant. Les invités s'écartèrent pour libérer le passage. La musique des haut-parleurs commença à résonner dans l'air du soir. Bientôt, Beverly apparut, suivie d'Adeline.

Après quoi, le temps ralentit, jusqu'à s'arrêter totalement quand Nora apparut et qu'elle marcha vers Beau pour devenir son épouse.

Tandis qu'il la contemplait, il ressentit la présence de ses chers disparus près de lui. Et en voyant le sourire de Nora, il sut qu'il était l'homme le plus chanceux du monde.

Épilogue

— Noelle Annie, lâche cette corde maintenant ! s'écria Nora, descendant les marches du perron à la hâte et courant vers sa fille de deux ans, qui menait un cheval.

Elle entendit Beau rire à quelques mètres d'elles. Manifestement, il surveillait leur fille avec attention.

— Ce n'est pas drôle, pesta Nora, plantant les mains sur les hanches. C'est dangereux.

— Non, ce n'est pas si dangereux, protesta Beau, prenant sa petite fille dans ses bras. Oakey est un gentil cheval.

— Avec de gros sabots, objecta Nora.

Elle prit Noelle des bras de son père, mais l'enfant s'agita aussitôt.

— Pose. Pose, dit la petite fille.

Nora céda et la posa sur le sol. Noelle retourna aussitôt vers Oakey.

— Che'al.

Beau réprima un rire et regarda sa fille avec fierté.

— On ne peut rien y faire, ma chérie. Elle a les chevaux dans le sang.

Il plaça sa fille sur le cheval. Noelle rit et sautilla sur la selle.

Au même moment, d'autres bruits de sabots se firent entendre. Nora se retourna et haleta de surprise. Elle couvrit ses yeux de ses mains.

— Au bout de trois ans, tu devrais pourtant être habituée à la vie dans un ranch, railla Beau.

— Préviens-moi quand ce sera terminé, marmonna Nora.

Bientôt, le bruit des sabots cessa.

— Tu peux regarder maintenant, dit Beau d'un ton amusé.

Jetant un coup d'œil à travers ses doigts, Nora vit Austin sourire, perché sur un cheval gris.

— Et tu trouves ça drôle ? lâcha-t-elle. Tu allais beaucoup trop vite !

Austin, dix ans, sourit de plus belle.

— Aller vite, c'est plus amusant, maman.

Nora sentait son cœur s'emplir de joie chaque fois qu'il l'appelait ainsi. Cela s'était fait naturellement. Un jour, Austin l'avait simplement appelée « maman ». Et elle l'avait serré dans ses bras.

Bien qu'elle adore sa famille, cela ne l'empêchait pas de faire des reproches. Elle fusilla Beau du regard.

— C'est ta faute, l'accusa-t-elle.

— Absolument, admit-il avec un sourire fier.

Avant que Nora puisse lui rappeler toutes les blessures récentes d'Austin, un bruit de pneus sur le gravier attira son attention. Un taxi approchait.

— Ah, la voilà ! s'exclama-t-elle.

Quand le véhicule s'arrêta près de la maison, une femme brune à la silhouette fine et au teint chaud en descendit.

— Bonjour, maman, la salua Nora.

— Bonjour, ma chérie, dit sa mère en lui faisant un signe de la main.

Tout avait changé depuis que Nora avait épousé Beau. Aucun de ses parents n'avait été contrarié de ne pas avoir été invité au mariage. Tous deux avaient assuré vouloir uniquement son bonheur. Et Nora était heureuse, c'était certain. Mais le plus grand changement s'était produit lorsque ses parents avaient fait la connaissance d'Austin – séparément, bien sûr. Cela ne dérangeait pas Nora. Ces visites apportaient beaucoup de joie à toute la famille.

Ses piètres parents se révélaient être de formidables grands-parents. Sa mère venait voir les enfants au moins tous les deux mois. Son père téléphonait plusieurs fois par semaine et leur rendait visite aussi souvent que son travail le lui permettait.

Le chauffeur de taxi déposa les bagages dans l'allée pendant que la mère de Nora avançait vers Noelle, toujours perchée sur le cheval.

— Bonjour, ma petite chérie !

Beau porta sa fille et la posa au sol afin qu'elle puisse marcher jusqu'aux bras de sa grand-mère.

— Oh ! comme tu as grandi ! s'exclama cette dernière.

Après avoir couvert Noelle de baisers, elle se tourna vers Austin, qui était descendu de cheval.

— Ta sœur n'est pas la seule à avoir grandi. Bonté divine, tu es immense !

Austin sourit.

— Bonjour, grand-mère. Je suis content de te revoir.

Beau mit un bras autour des épaules de Nora. Il lui avait demandé un jour si cela ne l'ennuyait pas que ses parents embrassent d'abord leurs petits-enfants avant leur fille. La réponse était non. Elle adorait les voir tous heureux. L'amour n'était pas une compétition.

— Oh ! fit sa mère, comme si elle avait lu dans ses pensées. Je ne peux pas vous laisser de côté, vous deux.

Elle posa Noelle et serra sa fille contre elle. Nora se laissa bercer par son étreinte chaleureuse.

— Je suis heureuse de te voir, maman.

— Moi aussi, dit-elle avant de donner une accolade à Beau.

La seconde portière côté passager s'ouvrit soudain. Nora vit sa mère rougir.

— Nora, je voulais te le dire plus tôt, mais… j'ai…

Un homme d'une soixantaine d'années avança vers Nora et lui tendit la main.

— Vous devez être Nora. Je suis Jacob Grishaw, le petit ami de votre mère.

Nora accepta sa poignée de main puis interrogea sa mère du regard.

— Ton petit ami ? demanda-t-elle.

— Eh bien, oui. Nous nous fréquentons depuis un moment maintenant.

— Nous avons pensé qu'il était temps que nous rencontrions nos enfants respectifs, enchérit Jacob.

Nora était très surprise. Sa mère n'avait jamais de rendez-vous galants. Elle détestait les hommes, non ?

Beau serra la main de Jacob.

— Enchanté, Jacob. Je suis Beau, le mari de Nora.

— Ravi de vous rencontrer, Beau.

La porte d'entrée de la maison s'ouvrit. Beverly apparut en premier. Puis Adeline suivit, tenant la main de Colter. Enceinte de presque neuf mois, elle semblait à deux doigts d'accoucher de son premier enfant. Elle fit un signe de la main à la mère de Nora et observa Jacob avec curiosité.

— Le dîner est prêt ! lança Beverly en agitant la cloche.

— Venez, dit Nora à sa mère et à Jacob. Il faut absolument que vous goûtiez la cuisine de Beverly.

Pendant que le couple se dirigeait vers la maison, Nora chuchota à Beau :

— Un petit ami. Elle a un petit ami.

— On dirait, répondit Beau.

— Je ne savais même pas quoi dire.

— Il n'y a rien à dire, chérie. Regarde autour de toi. C'est ce qui arrive aux gens qui viennent à Devil's Bluffs. Ils tombent amoureux.

Elle plongea le regard dans celui de Beau, l'homme qui lui avait permis de croire à nouveau en l'amour.

— Tu as absolument raison, conclut-elle.